KB141415

건달바

지대평

구자명 연작 장편

건달바
지대평

차 례

나는 건달이다. 룸펜이니 백수니 업자니 하는 시체 표현들도 있지만 나는 건달이라는 말이 보다 클래식하다고 생각하므로 누가 내게 뭘 하는 사람이냐고 물어 오면 언제나 "건달입니다" 하고 주저없이 대답한다. 그럴 때 사람들은 농담이려니 하고 하하 웃으며 "재미있는 분이시군. 그런데 정말 뭘 하시요?" 하고 부질없이 되묻거나 "아, 예에…" 하고 못 물을 걸 물었다는 듯한 얼굴이 되어 얼른 화제를 바꾸던가 하는 게 태반이다. 더러는 "거, 좋은 직업을 갖고 계시군요. 부럽수다" 하는 식의 반응을 보이는 사람들도 있는데, 그런 경우는 십중팔구 나의 처지를 오해한 데서 비롯한다. 이들은 내가 일부러 초라한 행색을 멋 삼아 하고 다니는 유복한 집 자식이거나 기약된 취업을 앞두고 잠정적 실업을 여유 있게 즐기고 있는 사람쯤으로 생각하여 나의 건달 신분을 확고부동한 현실로 받아들이질 않는 것이다. 그 어느 경우이건 내가 건달로 사는 것은 나 자신이 그러기를 원해서임을 믿으려 하지 않는다는 데 문제가 있다.

물론 내가 이 사회적 신분을 태어나서부터 내내 지녀 왔던 건 아니다. 나도 대한민국 국민이면 대개가 받게 되는 고등학교까지의 교육을 마칠 때까지는 엄연히 학생 신분이었고, 그 후 3년 아니 정확하게는 2년 8개월간 대한민국 남자로서 병역 의무를 필하는 동안은 분명히 군인의 신분을 지녔었다.

허나 그것들은 나의 의지와는 상관없이 사회적 여건 또는 제도에 의해 부여된 신분들이었으므로 나는 제대 후 곧 순전히 나 자신의 의지로 선택한 이 소박하고 편안한 신분을 7년여의 세월 동안 착실하게 유지해 왔다.

내가 건달 신분으로도 최소한의 의식주를 걱정하지 않아도 되는 것은 내게 남은 단 하나의 혈족인 누님 덕분이다. 원래 우리 가족은 내가 초등학교 5학년 때 돌아가신 아버지를 제하면 어머니, 누님, 형, 나 이렇게 네 식구였으나 7년 전 내가 군에서 제대하고 집에 돌아온 직후 형이 스물일곱의 청춘에 몽달귀신이 되어 버리자 상심한 어머니마

뻘

저 시름시름 앓다가 그해 겨울을 넘기지 못하고 돌아가시어 나와 누님만이 남게 된 것이다.

누님은 나보다 아홉 살이나 위인 노처녀로 중학교 교사다. 어려서부터 줄곧 전교 수석을 놓치지 않던 누님은 명문 S대 영문과에 들어가 장래를 촉망받던 재원이었으나 대학 시절 소문나게 사귀던 애인의 변심으로 실연한 후 더이상 남자도 안 사귀고 학사 학위를 끝으로 주위의 만류에도 불구하고 공부와 인연을 끊었다. 그러고는 한 2년간 무역회사에 비서로 나가다가 독신 여성이 평생 일할 수 있는 안정적인 직장을 얻겠다며 뒤늦게 순위고사를 치르고 사립여중 교사가 되었다.

누님은 교사 봉급이 두 식구 생활하기에 불편 없을 만큼 넉넉한 데다 우리 가족이 20여 년 살아온 방 세 칸짜리 구식 벽돌집도 여전히 살 만해서인지 건달 동생을 먹여 주고 빨래 따위의 약간의 일상적 치다꺼리를 해주는 일에 별로 불만을 품지 않는 듯하다. 그 집은 어머니의 유언으로 내가 단독 상속인으로 되어 있지만 누님이나 나나 둘이 따로 사는 걸 한 번도 거론해 본 적이 없을 뿐 아니라, 만일 누님이 그러기를 원하여 내게 그 집 소유권의 일부 또는 전부를 요구한다 하더라도 나는 아무런 이의가 없을 것이다.

왜냐하면 누님이야말로 이 세상에서 내가 내 식대로 사는 것을 이해해 주고 도와주는 유일한 협력자이기 때문이다.

나의 하루는 아주 단순하다. 아침 10시쯤에 일어나서 누님이 차려놓고 간 늦은 아침 겸 점심을 먹고 툇마루에서 그날의 조간신문을 보고 손바닥만 한 앞마당에서 10여 분 맨손체조를 한 뒤 세수를 하고 정오쯤 집을 나선다. 집 앞의 개천을 건너 바로 이어지는 색주가 골목을 가로질러 나가면 종합시장이 나오는데 거기서 나는 이런저런 가게와 물건과 사람들을 구경하며 두어 시간을 보낸다. 오후 2~3시쯤 나는 다시 색주가 골목 한쪽에 붙은 다방이나 당구장에 들러 내 초등학교 동창들이기도 한 색싯집 기도 보는 친구들과 한 시간가량 노닥거린다. 사람들은 흔히 이들을 건달이라고 표현하는데 그건 합당한 표현이 아니다. 그들은 나와 달리 엄연히 하는 일이 있지 않은가.

대개는 4시 전에 집으로 돌아오는 나는 라면이나 국수를 새참으로 끓여 먹고 누님이 올 때까지 소설 따위나 바둑책을 들여다보거나, 또 요새 와선 점점 더 뜸해졌지만 한때 그 방면으로 나가 볼까 마음먹었던 적까지 있던 그림을 끄적거리거나 한다. 누님이 찬거리를 사들고 6시쯤 돌아오면 저녁을 해먹고 함께 텔레비전을 보다가 누님이 자러 자기 방에 건너가는 11시쯤이면 나도 내 방으로 건너와 그날 하루 이것저것 보고 느낀 바를 간단한 일기의 형태로 기록하고는 가부좌를 틀고 사실은 공상이라 해야 할지도 모를 일종의 명상을 하거나 음악을 듣거나 한다. 새벽 1시쯤 나는 운동 삼아 한 바퀴 동네 산책을 하고 2시쯤 잠자리에 든다.

한 달에 두어 번은 낮에 시장 둘러보기를 마친 후 시내 중심가나 딴 동네로 '외출'을 하기도 하는데, 이때는 내가 드물게 누구를 만나거나 술을 한잔 할 때다. 한 가지 밝히고 넘어갈 사실은, 난 절대 우리 동네에선 술을 마시지 않는다는 것. 우리 남매는 이 동네에서 아주 오래 살아왔으므로 별것 아닌 일로다 사람들의 입방아에 공연히 오르내릴 수가 있는데, 나는 그런 성가신 상황을 지극히 경계한다. 누님은 내게 이 외출에 쓰라고 이따금씩 약간의 용돈을 건네준다.

여기까지 얘기한 것만 놓고 볼 때 나는 꽤나 팔자가 늘어진 인간으로 비칠 수 있을 것이다. 그러나 그건 어디까지나 "개 팔자가 상팔자"라는 식의 풍자적 관점일 뿐, 나는 내가 선택한 이 길을 대개의 사람들이 기실은 궁여지책 또는 막다른 길로 생각한다는 걸 안다. 아마 그들은 나처럼 사는 생활을 열흘만 하면 진력이 나서, 또는 알 수 없는 불안에 시달리기 시작하여 더 이상 못 견디고 무언가 일을 찾아 또다시 동분서주하게 될 것이다.

내가 그 사실에 대해 이렇게 단언 비슷하게 할 수 있는 것은 나 자신이 그 과정을 누구보다도 치열하게 겪어 보았기 때문이다. 말하자면 나는 지금의 내 '팔자'를 선택, 보전하는 데 필연적으로 따르는 난관들을 극복해 낸 승리자인 것이다. 남들이 다소 우스꽝스럽고 현실감 없게 여기는 유별난 존재 방식을 내가 전격적이고 주체적으로 도입하게 된 데에는 물론 나 나름의 개인사적 연유가 있다. 그 이야기는 길게 하면 한없이 길어질 수도 있는 무엇이며 그렇게 되면 '일'이 될 수 있는 모든 것을 피한다는 내 기본 생활 철학에도 위배되므로, 여기서는 그 근간을 이루는 두어 가지 사실만 얘기하겠다.

내가 열두 살 때 돌아가신 아버지는 구청의 세무 공무원이었다. 집안 형편으로 대학을 포기해야 했던 그는 군 제대 후 수차례의 도전 끝에 붙은 공무원 공채를 통해 서기보로 출발하여 주사로 생을 마쳤다. 15년이 넘는 공직 생활 동안 그는 모자라는 학벌을 상쇄라도 하려는 듯 주야불식 직장 일에 몸바쳐 살았다.

그해 겨울 어느 날, 아버지는 유흥업소에 조사를 나갔다 밤늦게 귀가하던 중 정체불명의 괴한에게 뒤통수를 얻어 맞고 정릉 산기슭에서 이틀 만에 변사체로 발견되었다. 그 이틀 동안 어머니와 우리 삼남매가 아버지의 행방을 수소문하며 불안에 떨던 걸 상기하면 아직도 입안에 마른침이 돈다. 강원도 두메산골 빈농의 둘째 아들로 태어난 그가 마흔셋에 소위 '공무 중 순직'을 하게 되기까지 살았던 삶은 일의 세계가 거의 전부인 매우 피곤한 인생이었다. 종합병원 영안실에 차려진 빈소에서 문상 온 아버지의 직장 동료들이 수군대던 말 중에서 어린 내 귀에 거듭 포착된 것은 '출세'와 '과욕'이란 단어들이었는데, 내가 후일 성장하면서 점차로 이해하게 된 바, 아버지는 자신의 팽만한 출세욕과는 아랑곳없이 더디기만 한 승진이 답답한 나머지 상납할 비자금을 만들기 위해 어느 검은 세력과 모종의 협상을 벌이다가 그들의 비위를 건드린 모양이었다.

그렇게도 오르기를 원했던 출세의 사다리를 몇 단계 올라 보지도 못하고 불귀의 객이 된 그의 허무한 인생을 가족과 몇몇 친척들이 꺼이꺼이 애도하는 중에 나는 예감이랄까 의지랄까 내 생에 있어 중요한 계기가 될 한 가지 생

각을 떠올리게 되었다. '무엇을 기를 쓰고 성취하는 것이 반드시 최선의 인생은 아닐지 모른다.'

내가 나중에 대학 입시 낙방 후 재수를 거부한 것이나 제법 두각을 나타냈던 미술적 재능마저 주위 사람들 표현 대로 '썩히게' 된 데에는 그 생각의 영향이 컸다. 그처럼 나는 매사에 자연스럽게 발휘되는 의지력 외의 노력을 꺼려 일정 시점에 이르면 손을 놓아 버리곤 했다.

형의 죽음은 나의 이러한 경향을 더욱 견고하게 만들었다. 일찌감치 주위의 기대를 저버린 수재 누이와 도무지 싹수가 보이지 않는 게으른 동생 사이에서 아버지의 못다한 입신출세의 꿈을 이룰 유일한 희망이 된 형은 어렵지만 장래가 보장된 어떤 길을 선택해야만 했다. 아버지의 요절로 인해 관직에 정나미가 떨어진 어머니는 장남에게 의사가 되기를 요구했다. 머리가 좋기로는 누이보다 좀 떨어지지만 노력형인 형은 지독한 근시로 인해 병역마저 면제받고 오직 학업에만 매진한 결과 내가 군 복무를 마치고 돌아오던 해 봄엔 이미 인턴 과정 막바지에 접어들어 있었다. 일주일에 한두 번 집에 올까 말까 병원에서 허구한 날을 지새던 그는 어느 날 지도교수의 수술을 거들던 중 갑자기 극심한 두통을 호소하곤 혼절하여 다시 깨어나지 않았다.

과로로 인한 뇌일혈이 사인이었다.

생때 같은 젊은 자식을, 그것도 남편의 비명횡사로 일찌감치 과부가 되어 온갖 고생 중에 키워 온 당신의 한을 속시원히 풀어 줄 걸로 믿었던 효자 아들을 순식간에 잃게 된 어머니는 거품을 물고 쓰러져 그대로 자리보전을 하게 되었다. 충격으로 지병인 천식이 도져 죽기 전 열 달 내내 가쁜 숨을 몰아쉬며 간간이 이미 저세상 사람이 된 아들을 찾는 헛소리까지 내질러 남은 자식들의 가슴을 쓰라리게 한 그 불우한 여인을 지켜보며 나는 그때까지 어렴풋이 정해 놓았던 내 인생의 방향을 보다 구체적으로 잡게 되었다. 힘들게 노력해야 하는 어떤 일도 하지 않고 살겠다는 결론, 즉 건달의 삶을 살기로 한 것이다.

내가 남다른 인생관을 갖게 된 데에는 앞에서 말한 가족사적 사연들 외에 타고난 천성에 힘입은 바도 크다. 어릴 적부터 나는 악지나 오기 같은 게 도무지 없어 어른들로부터 "사내자식이 저렇게 물러 터져서야, 원" 하는 식의 걱정을 듣곤 했는데, 한편 나 자신은 무엇이든 그렇게 기를 쓰고 갖거나 하고 싶은 게 없었으므로 다른 사람에게 양보하고 물러나는 일이 별로 어렵거나 불편하지 않았다.

그런 나를 두고 대학에 철학 강의를 나가는 고등학교

동창 김천세는 "노자의 마지막 제자"라고 사람들에게 소개하곤 한다. 나는 노자가 정확히 뭘 가르쳤는지는 잘 모르지만 《도덕경》이라는 유명한 책을 남겼고, 유식한 천세가 꽤나 존경하는 사람인 듯해서 그의 제자라는 표현이 듣기 싫지가 않다. 그러나 우리 누님은 의견이 좀 다르다. 같은 동네에 살아 만만해서 그런지 심심찮게 한 번씩 소주병을 꿰차고 별로 나눌 얘기도 없는 나를 찾아오는 그에게 누님은 이렇게 말한다.

"흥, 노자 같은 소리 하고 있네. 얘한테 뭐 무위 사상 같은 게 개뿔이라도 있어서 이러고 사는 줄 알아? 얜, 그냥 게으른 거란 말이야. 너도 이제 그 따위 환상은 버려."

누님은 그렇게 말하면서도 천세의 방문을 꽤 반겼다. 그래서 그가 올 때면 평소에 잘 안 하는 낙지볶음 같은 음식도 만들어 내곤 했다. 그리곤 별로 할 말이 없는 동생일랑 아랑곳하지 않고 천세와 장시간 수다를 떨었다. 술은 별로 못하지만 책을 많이 읽는 누님과 수준이 맞는지 천세 또한 술은 나하고 대작하면서 대화는 주로 누님과 이끌어 나갔다.

달포 전에도 천세가 그러한 방문을 했다. 마침 토요일 오후라서 누님도 오전 수업만 하고 일찍 돌아와 있었다.

내가 말아 준 국수를 한 사발 먹고 한숨 늘어지게 낮잠을 자고 난 누님이 마루에서 바둑책을 들여다보고 있는 날 불렀다.

"평아, 담배 있니?"

평소 담배를 많이 안 피우므로 한 갑을 사면 일주일도 가고 열흘도 가는데 그날따라 한 개피도 남아 있지 않았다. 누님으로선 드물게 한 번씩 찾는 담배인지라 몹시 피우고 싶은가 보다 싶어 사다 주겠다고 하곤 슬리퍼 짝을 꿰는데 껑충한 키를 숙이며 천세가 쪽문을 밀고 들어섰다. 천세는 골초라 담배가 떨어지는 일이 없으므로 나는 나가려던 걸음을 돌려 누님을 불렀다.

"누님, 천세 왔수. 담배 얻어 피우슈."

늘 그러듯이 천세의 바지 양 주머니에는 소주병이 하나씩 꽂혀 있었다. 천세는 성큼 툇마루로 올라서서 누님 방쪽을 기웃거리며 말했다.

"태평이 친구 천하가 왔수다, 지화자 누님."

물론 내 이름은 태평이 아닌 대평이고, 제 이름은 천하가 아닌 천세이며, 누님의 이름은 지화자가 아닌 지숙자이건만 그는 늘 그렇게 인사말을 건넸다.

"어 그래, 왔어?"

인사는 심드렁하게 받으면서도 누님은 반가운 기색이 역력한 얼굴로 그를 맞았다. 천세한테 담배 한 대를 맛나게 얻어 피운 누님은 술상을 봐주겠다며 부엌으로 내려갔다.

천세가 좁은 미간 위에 놓인 구식 뿔테 안경 속에서 평소 같지 않게 왠지 좀 근심스러운 눈빛을 띠며 말했다.

"오늘 너한테 부탁할 게 있어 왔어. 듣고 나면 거절할지도 모르니까 들어주겠다고 약속부터 해줄래? 여하튼 너한테 손해 될 일은 아니니까."

천세는 고등학교 때부터 알아온 의리 있는 친구로 절대 남에게 손해를 끼칠 사람이 아닌 데다 나를 잘 알고 있으므로 내게 부담이 될 일을 시킬 사람은 더더욱 아니었다.

"그래, 얘기해 봐, 뭔지. 나 같은 사람도 해줄 수 있는 일이 있다면 좋지, 뭘."

"너니까 해줄 수 있는 일이야. 다른 사람한테는 어려워도 너처럼 여유파는 쉽게 해줄 수 있지."

누님이 개다리소반에 데친 두부와 김치 볶은 걸 한 접시 담아 내왔다. 천세는 누님 솜씨를 칭찬하며 김치에 두부를 말아 한 젓가락 집어먹곤 소주 한 잔을 홀랑 털어 넣더니 누님과 나 누구에게랄 것 없이 자신의 고민을 털어놓았다.

얘긴즉슨 이러했다. 경북 성주에서 과수원을 하는 그의

부모는 2대 독자 천세가 서른이 다 되도록 장가갈 생각을 안 하자 벌써 여러 차례 줄을 대어 색싯감을 물색해 선을 보이려 해왔으나 번번이 그는 핑계를 대며 회피해 왔다. 그런데 며칠 전 하숙집으로 전보가 날아왔는데 내용인즉 몇 날 몇 시에 명동 R호텔 커피숍으로 색싯감을 하나 올려 보내니 그리 알고 무조건 나가 만나라는 아버지의 지엄한 분부였다. 추신에 '이름은 박인실, 중키에 녹색 복장'이라고 적혀 있었다. 부랴부랴 시골집에 전화를 걸어 또 무슨 핑계인가를 대려 했으나 그의 아버지는 낌새를 챘는지 여자는 이미 하루 전에 서울 친구 집에 올라가 대기 중이며, 그곳은 지금 연락이 안 되므로 취소할 수 없다고 딱 잡아떼는 것이었다. 그 약속 일자가 바로 내게 찾아온 다음날인 일요일이었다.

천세에게는 시 쓰는 혜윤이라는 애인이 있었다. 대학원 시절부터 수년간 사귀어 온 여자인데 그 여자나 천세나 각자 자기 하는 일에 정신이 팔려 아직 결혼 같은 건 별로 생각해 보지 않은 그런 상태였지만, 언젠가 결혼이란 걸 하게 된다면 다른 상대는 생각할 수도 없이 깊어진 관계였다. 그러나 그 여자에 대해서 부모한테 솔직히 얘기할 수도 없는 것이, 어떤 부모가, 더구나 대대로 조상이 물려준

전답에 농사짓고 절기 따라 제사 올리는 시골 양반 가문에서 일찌감치 양친을 여의고 혈혈단신 도시에서 시 나부랭이 쓴답시고 제멋대로 살아가는 말 같은 여자를 반기겠는가? 게다가 여자는 생계 수단으로 천세가 나가는 학교 앞에서 조그만 카페를 운영했다. 시골 노인네들한테 카페란 다방이나 인삼 찻집과 동의어일 뿐이었다. 결국 현 상태론 그네들 눈에 노류장화로나밖에 안 비칠 여자를 며느릿감으로 불쑥 들이밀 수는 없을뿐더러 여자 자신부터 콧방귀 뀔 노릇이었다.

여기까지 얘기한 천세는 긴 한숨을 내뱉곤 자신이 비운 술잔을 채워 내게 건넸다.

"그래서 네 도움을 받을 생각을 한 거야. 넌 안경만 안 꼈다뿐이지 체격이나 인상이 비슷하잖아. 여기 내가 예전에 쓰던 도수 없는 보안용 안경을 가져왔으니 이걸 쓰고 나가면 대충 넘어갈 수 있을 거야. 다행히 여자 쪽에서는 내가 그저 서울서 대학에 강의 나가는 과수원집 외아들이라는 것 외엔 구체적으로 알고 있는 게 없나 보니, 네가 하루만 수고해 주면 일이 해결될 것 같아."

"그럼, 나보고 대신 선을 보라는 얘기냐?"

"그래, 이 김천세 노릇을 한번 해달라는 거야."

옆에서 묵묵히 듣고 있던 누님이 삐뚜름히 웃으면서 끼어들었다.

"야, 천세 너! 왜 순진한 내 동생 끌어들이냐? 네가 직접 해도 될 일을 갖고."

천세가 갑자기 부끄러운 표정이 되어 누님에게 고했다.

"정곡을 찌르시니 털어놓을 도리밖에 없군요. 실은… 그날 혜윤일 데리고 병원엘 가기로 했거든요. 걔가 요새… 조심을 했는데… 임신을 했나 봐요."

"어머, 어머, 그럼 낳을 거야?"

"아이구, 누님도. 어떻게 낳아요, 지금 우리 형편에."

"그것도 그렇군. 야아, 평아, 네가 들어줘야 할 부탁인 것 같다. 덕분에 시골 각시하고 데이트도 해보고."

그렇게 해서 나는 다음날 팔자에 없는 선이란 걸 보게 되었다. 뭐, 어차피 어떤 일에도 매인 몸이 아닌 데다 그즈음 들어 동네에서 노상 보는 군상들하고 상대하는 일도 좀 싫증이 나 있던 차여서 천세의 뜬금없는 그 부탁이 은근히 흥미를 돋우었다. 제대 직후 어머니가 맞춰 주신 단벌 감색 양복에다 누님이 어디선가 사은품으로 타온 자주색 넥타이를 매고 오랜만에 핑계 삼아 이발도 하고 나니, 나 스스로도 혼기 찬 숫총각의 설렘 같은 게 느껴져 민망하면서도 나쁘지 않은 기분이었다.

약속 시간이 4시지만 점심을 먹고 곧바로 집을 나와 두 시간 넘게 남아 있었으므로 나는 전철을 타는 대신 좌석 버스를 타고 여유 있게 거리 풍경을 감상하며 시내로 나왔다. 내린 버스 정류장에서 약속 장소인 R호텔까지는 걸어서 15분이면 될 거리여서 오랜만에 나온 도시 중심가를 줄이어 장식하고 있는 쇼윈도를 천천히 구경하며 걸었다. 양복을 입어 본 게 어머니 장례 이후 처음 있는 일이라 윈도에 비친 내 모습이 딴사람처럼 낯설게 느껴졌다. 그래, 오늘 하루 딴사람이 되어 보는 거야. 건달 지대평이 아닌 철학 강사 김천세가.

한 7여 년 동안 여자라곤 누님과, 시답잖은 농짓거리나 주고받는 사이인 동네 유흥가 아가씨들밖에 상대해 보지 않고 산 터라 정식으로 여자를 만난다는 일이 어떤 것인지 감이 오질 않았다. 그러나 천세는 그냥 나 생겨 먹은 대로 행동하면 소기의 목적, 즉 여자 쪽에서 딱지 놓게 만드는 건 저절로 이루어질 일이라 했다. 그리고 내 등을 툭툭 두들기며 덧붙였다.

"기왕에 일이 벌어진 거 이참에 확실하게 초를 쳐서 우리 노인네들이 더 이상 갖다 댈 생각을 못하게 만드는 거야. 시골은 한번 소문이 돌면 무섭거든."

그렇다면 나는 거죽은 김천세이면서도 내용은 지대평이어야 하는 거다. 상대는 시골서 농사 외에 곡물상도 하는 부농의 막내딸로, 간호학원을 마치고 읍내 병원에 나가는 스물다섯 살짜리 처녀라 했다. 보나마나 서울 명문 대학 출신의 박사 후보라는 사실에 환상을 가지고 있겠지. 현재 시간강사로서 그야말로 제 하숙비도 제대로 못 버는 주제라는 걸 생각 못 할 거야. 또 놈이 공부하는 철학이란 것도 그래. 뭐, 실생활에 보탬이 될 물건 하나라도 만들어 내거나 아니면 하다못해 그 바탕이 될 이론이라도 내놓는 게 아니라 그저 허구한 날 구름 잡는 얘기만 저희들끼리 갑론을박하다 마는 게 그치들 짓거리 아닌가.

이 지대평을 보아. 얼마나 떳떳한가 말이다. 처음부터 난 건달로 살겠다고 선언하고 나선 거야. 그치들처럼 누구의 존경을 바라지도 않고 알아주기를 원하지도 않아. 비록 밥은 누이 덕으로 먹고살지만 밥 대주는 누이가 없었더라면 아마 걸식을 해서라도 내가 원하는 대로 살았을 거야. 살아지는 데까지…. 그렇게 되면 지금보다 신체적으론 편안치 못하겠지.

그러나 어때? 마음의 자유가 중요한 거 아니겠어? 뭣인가 되고, 뭣인가 이루고, 뭣인가 얻으려고 사람들은 기를 쓰고 용을 빼고 악에 받쳐 하루하루 자신을 마구 소진시켜 가고 있어. 난 윤회니 뭐니 하는 거에 대해서 잘 모르지만 그쪽 사람들 표현대로라면 어차피 돌고 도는 게 우리네 삶일진대 주어진 이 한 생을 남들이 역사니 문화니 해서 정해 놓은 대로가 아니라 전적으로, 주체적으로 자기가 원하는 대로 살아 보는 것도 좋지 않겠어?

물론 나처럼 사는 삶에도 나름대로의 자기 수련과 극복이 요구되지 않는 건 아냐. 적적할 때, 따분할 때, 이유 없이 짜증이 날 때가 있지. 그럴 때 자기 마음을 다스릴 줄 아는 현명함이 필요한데 그건 책이나 누구의 가르침을 통해서 얻어지는 게 아니야. 그저 조용히 앉아 스스로에게 일깨우는 거야. '이 길은 내가 선택한 길이다. 이 말고 내가 원하는 길이 또 있는가?' 이렇게 충실한 자기 탐색을 하고 나면 거의 예외없이 나는 본궤도로 돌아오게 되지. 여기 이 거리에 쫓기듯 바쁘게 다니는 사람들을 좀 보라구. 어딘가 자기 넋을 저당 잡힌 듯한 얼굴들을 하고 있잖아? 하긴 스스로들이야 '잘 살고 있다' 또는 '열심히 살고 있다'고 믿겠지. 허나….

꼬리를 물고 일어나는 상념에 팔려 정신없이 걷다 보니

어느새 R호텔 앞이었다. 손목시계를 보니 아직 30분이나 여유가 있었다. 어떻게 할까 잠시 망설이다가 들어가 기다리기로 하고 양복 안주머니에서 천세가 준 보안용 안경을 꺼내 쓰곤 호텔 회전문을 들어섰다. 그런 나를 입구에 있던 벨보이가 보고선 저 나름대로 짚이는 데가 있는지 의미심장한 눈길을 보냈다. 그러거나 말거나 나는 아랑곳없이 진지한 표정을 하곤 로비 왼쪽에 있는 커피숍으로 보무당당히 걸어갔다.

커피숍은 일요일이라서 그런지 주로 쌍쌍의 젊은 남녀들로 붐볐다. 개중에는 나처럼 서로 초면인 사람들도 없지 않으리라 생각하니 기분이 좀 묘해졌다. 어떤 대중적 입장에 놓인 자신을 발견하는 건 그리 유쾌한 일이 못 되었다. 마치 정신적 순결의 일부분을 타협해 버린 듯한 느낌마저 들었다. 안 하던 짓을 하면 동티가 난다던데…. 7년 넘게 다수의 길과는 거리가 먼 삶을 살아온 내가 아닌가. 아무리 친구의 간곡한 부탁이라곤 하지만 이거 공연한 일에 말려드는 거 아냐? 그 여자가 우리 남매나 천세의 생각대로 순진한 시골 처녀여서 내 연극에 쉽사리 넘어가 준다면 모르거니와 그렇지 않고 뭔가 수상한 낌새를 채 버린다면 어쩐다지? 이 방면에 경험 없기로 말하자면 나야말로 낙도에서 온 시골 쥐 수준밖에 더 되는가. 상황이 어렵게 되어 버리면 능치고 얼렁뚱땅 무마할 재주도 없는 주제에 이렇게 나와 앉는 만용을 부리다니…. 허나 이미 엎지른 물, 될 대로 되라지 뭘.

나는 심호흡을 한 번 한 뒤 그 사이 좀 경직된 듯 느껴지는 얼굴에 가능한 한 자연스러운 표정을 얹으려 안면 근육을 이리저리 움직여 보았다. 그리고 아무래도 익숙지 않은 안경을 빼, 눌렸던 코 주변을 좀 어루만져 주곤 다시 걸쳤다. 홀 중앙에 놓인 대형 조각 시계가 4시를 가리키고 있었다. 입구 쪽으로 눈길을 주는데 마침 방금 도착한 듯한 어떤 여자가 종업원에게 말을 거는 게 보였다. 연녹색 원피스 차림이었다. 저 여잘 거야. 나는 벌떡 일어나서 빠른 걸음으로 그녀에게 다가갔다.

"박인실 씨죠?"

희고 갸름한 얼굴이 올려다보았다.

"그라믄… 김천세 씨?"

"예, 그렇습니다. 저쪽에 자리를 잡아 놨으니까 그리로 가시죠."

여자는 다소곳이 내 뒤를 따라 왔다. 정면에서 마주 보는 여자는 옷맵시나 이목구비가 단아하여 시골 여자치고는 제법 세련된 분위기를 풍겼다. 나는 종업원을 불러 차를 시켰고 그 차가 날라져 올 때까지 둘 사이에는 어색한 침묵이 흘렀다. 커피를 두어 모금 마시는 동안 천세의 부탁을 떠올리며 무슨 말부터 꺼내는 게 좋을까 궁리하는데 뜻밖에 여자가 먼저 입을 열었다. 경상도 말씨였으나 차분하고 정감 있는 목소리였다.

"갑자기 연락 받고 놀라셨지예. 당숙모가 그저께 밤에 전화로 알리주시대예. 김천세 씨하고 가까스로 약속이 됐다고. 사실 지는 서울서 뭣 좀 알아볼 일이 있어서 휴가 내 갖고 사흘 전부터 자취하는 친구 집에 와 있었거든예. 올라오기 바로 전날 당숙모가 오시 갖고 서울 가면 총각을 하나 만나 보라 카대예. 지는 아직 선 같은 거 본 경험도 없고 낯선 타지에서 혼자 초면식의 누굴 만난다는 게 선뜻 내키지 않아 싫다 캤더니, 그 총각은 여간해서 선볼 생각을 안하는 사람이라서 이번 참에 못 만나면 정말 아까운 혼처를 놓치게 되는 거라며 꼭 만나 보라 카대예. 엄마도 옆에서 하도 권하고 해서 이래 나오기는 했지만 좀 얼떨떨하고… 그쪽도 마찬가지가 아닐까 싶네예."

여자는 유자차가 담긴 찻잔을 두 손으로 싸안으며 배시시 웃었다. 치열이 고른 이빨이 윤곽이 또렷한 붉은 입술 사이로 진주알처럼 드러나면서 얌전한 얼굴이 순간 화려해졌다.

"솔직히 좀 황당하더군요. 갑자기 받은 일방 통보라서… 우리 아버지가 본래 좀 그러신 분이죠. 인실 씨 당숙모 되시는 분이 대구에서 청과 도매상을 하시나 본데, 그 집하고 전부터 거래가 있던 아버지가 얼마 전에 내 얘길 했나 봐요. 워낙 내가 집안일에 등한한 데다, 장가 얘기만 나오면 도망가기 바쁘니까 어른들께서 일을 그렇게 공교롭게 꾸민 것 같군요. 하지만 인실 씨를 이렇게 만나고 보니까 혼사 문제를 떠나서 일단 기분이 좋군요. 미인을 만난다는 건 남자들에겐 어쨌거나 행복한 일이죠."

여자의 뺨이 살짝 붉어졌다. 순진한 처녀인 것이다, 기대한 대로. 나는 내심 회심의 미소를 짓고 당초 천세의 전략대로 나 지대평의 적나라한 면모를 유감없이 발휘하기로 마음먹었다.

"인실 씨는 간호사라죠? 좋은 직업을 가졌군요. 남한테 실질적인 도움을 주는 일이니까 나같이 쓸데없이 말만 많은 공부를 한 사람보단 훨씬 낫죠, 안 그래요? 난 사실 별로 공부도 안 하고 싶은 사람인데 어쩌다 보니 이쪽으로 풀렸지만 요즘 와선 다 집어치우고 매인 데 없이 자유롭게 살고 싶은 생각뿐입니다. 밥이야 부모님 살아 계신 동안엔 먹여 주시겠고, 돌아가신 후엔 땅만 관리해도 굶진 않을 테니까요. 그러니 결혼 같은 건 아예 생각 않는 게 좋겠죠. 마누라나 자식이 생기면 어디 나 살고 싶은 대로 살아지겠어요? 물론 이쁜 아가씨들 보면 때로 연애하고 싶은 마음도 들겠지만 그게 어디 간단합니까? 좀 사귀다 보면 반드시 결혼 얘기가 나오고 그만두자면 죽네 사네 하는 푸닥거릴 치러야 할 테니… 어이, 생각만 해도 닭살이 돋아요. 내가 인생에 거는 최대의 바람은 그저 간섭 안 받고, 안 하고 아등바등할 필요 없이 생존에 필요한 최소한의 활동만 하면서 유유자적하게 사는 거예요. 그러니 어떤 여자가 이런 나를 좋다 하겠습니까? 그래서 여지껏 부모님이 색싯감 선보이려는 걸 번번이 피해 왔던 거죠. 하지만 오늘 인실 씨와 만난 걸 계기로 부모님께도 내 생각을 확실히 알릴까 해요. 물론 손孫이 끊기게 만드는 일이 될 테니 불효막심이죠. 허나 자신이 원하지 않는 삶을 사느라 평생 불행하다면, 에… 그 또한 그분들의 자식 사랑에 대한 올바른 보답은 아닐 거라고 판단되고…."

일방적으로 줄줄이 엮어 대는, 다소 의도적인 내 궤변을 눈을 동그랗게 뜨고 듣고 있던 여자가 별안간 그 진주

알 같은 치아를 다시 보이며 호호호 웃었다. 얼굴이 붉어진 것은 이번엔 내 쪽이었다.

"아니, 왜 웃으십니까? 지금 내가 한 말들이 농담 같습니까?"

"어머, 아이라예. 죄송합니더. 지도 모르게 실례를 했네예. 그냥… 말씀하시는 내용에 비해 말투가 너무 진지해서…."

나는 어, 요것 봐라 싶어, 헛기침을 하곤 목을 가다듬었다.

"그럼 말의 내용은 진지하지 않다, 이 얘깁니까?"

여자는 약간 느슨해졌던 자세를 고쳐 앉으며 대꾸했다.

"그렇다기보다 하도 특이한 생각을 얘기하시니까 실감이 잘 안 돼서예. 어찌 보면 지를 놀리시는 것 같기도 하고…."

"내가 왜 처음 만난 인실 씨를 놀리겠습니까? 지금까지 한 말들은 모두 진심에서 나온 거고, 또 내 인생 철학입니다. 혹자들은 그런 내 생각을 말 같잖은 개똥철학이라 하겠지만, 개똥이든 쇠똥이든 사람은 자기 철학을 가져야 되죠. 그게 없는 사람은 허구한 날 남들이 정해 놓은 방식에 질질 끌려 다니며 살게 될 뿐이죠."

"그라믄 천세 씨가 이때까지 공부나 강의를 하신 철학은 지금 말씀하신 인생관하고 어떤 관계가 있나예?"

"관계요? 이때까지 내가 해온 일은 나 자신의 생각에 의한 게 아닙니다. 성장하면서 내게 주입된 다른 이들의 생각이나 기대에 부합하려 애쓰다 보니까 거기에 이른 거지, 나의 주체적인 의지로 이뤄진 일은 아니죠. 그래서 이제부터라도 나 자신이 선택한 길을 가려고 하는 겁니다."

나는 양복 안주머니에서 새로 사온 담뱃갑을 꺼내 뜯었다. 라이터를 찾느라 옷 여기저기를 뒤지는 나를 본 여자는 테이블 한쪽 구석에서 호텔 마크가 찍힌 성냥갑을 하나 찾아 그 옆에 놓인 재떨이와 함께 살며시 밀어 주었다. 나는 목례를 한 뒤 담뱃불을 붙였다. 너무 제멋대로 떠들어 댔나 싶어 약간 미안한 마음이 들었다. 어쨌건 상대는 그럴듯한 배우자감을 기대하고 어려운 걸음을 나선 꿈 많은 나이의 처녀가 아닌가? 나를 구제 불가능한 신랑감으로 인식시켜 천세가 원하는 방향으로 실수 없이 이끌어 간다 할지라도 인간과 인간의 만남에서 지켜야 할 최소한의 예의는 지켜야 한다는 생각이 들었다. 상대방의 기분을 불쾌하게까지 만들어선 안 되는 것이다.

"이거 어쩌다 보니 본의 아니게 인실 씨가 내 그런 결심을 털어놓는 첫 대상이 되고 말았군요. 그런데 의외로 침착하십니다. 다른 여자들 같으면 '뭐 이런 괴물 단지가 있어' 하고 진작에 일어났을지도 모르는데….”

여자는 대꾸 없이 찻잔을 기울여 식어 버린 남은 차를 몇 모금 더 마셨다. 슬쩍 얼굴을 살펴보니 그다지 기분이 상한 것 같지는 않았으나, 찻잔 위로 내리깐 두 눈 위로 버들가지처럼 가느다란 포물선을 그린 아미가 잔잔하게 떨리는 듯했다. 잠시 후 고개를 든 여자가 정면으로 건너다보며 자기 얘길 시작했다.

“지는 오늘 남자한테서 이런 식의 얘기 들어 보는 거 처음이라예. 사실 만나 본 남자도 벨로 없지만 직장에서나 어데서나 천세 씨같이 서슴없이 자기 인생관에 대해 얘길 하는 사람은 못 봤어예. 그냥 이쁘다, 어쩐다, 집에 형제가 몇이냐, 취미가 뭐냐… 그런 소소한 얘기들만 하다가 차 마시고 밥 먹고, 뭐 그러다 헤어지고 다시 만나면 또 그런 얘기들의 반복이고, 그러거든예. 솔직히 말씀드리면 지도 좀 엉뚱하다는 얘기를 듣는 편이라예. 고등학교 졸업하고 일년 재수해서 대구 H대 가정학과에 들어갔는데 두 학기 다니고선 집어치웠어예. 공부도 재미없고, 또래들하고 학교는 건성으로 다니면서 겉멋이나 내고 돌아다니다

뿔

보니까 어느 순간에 '이기 아인데' 싶더라꼬예. 한동안 집 안에 틀어박혀 닥치는 대로 책을 읽으며 살림이나 좀 거들고 지냈는데 얼마 안 가서 따분해지기 시작하대예. 그래 뭔가 기술이라도 하나 익혀야겠다는 생각을 하고 간호학원엘 나갔지예. 해보니까 꽤 적성에 맞는다 싶어 결국 보조간호사 자격증을 따고 지금 다니는 병원에 취직을 하긴 했는데…."

여자는 갑자기 수연한 눈빛이 되어 창 너머로 시선을 던졌다. 원피스의 둥근 네크라인 위로 상큼하게 솟은 우윳빛 목에 파르스름한 혈관이 내비쳤다. 나는 시선을 끄는 한 폭의 초상화라도 감상하듯 몸을 뒤로 기대며 담배를 또 한 대 빼물었다. 여자가 말을 이었다.

"거기서 하는 일이사 힘든 기 없어예. 오히려 너무 편해서 탈이지예. 지가 그전부터 할머니 병수발을 들어 봐서 아픈 사람 상대하는 일에는 익숙하거든예. 세 살 때부터 지는 엄마가 읍내에서 장사를 시작했기 때문에 할머니 손에서 자라났는데 막내 손주라 그런지 끔찍이 위해 주셨어예. 그라던 할머니가 지 고등학교 들어가든 해에 중풍에 걸려 꼼짝도 못하고 누워 계시다 3년 만에 돌아가셨는데, 그 치다꺼리를 일손이 딸리는 집안이라 대부분 지가 하게 됐어예.

그때 언니들하고 오빠는 이미 출가했거나 타지에 나가 있거나 그랬거든에. 중풍 환자 수발이 해도 해도 끝이 안 나는 일이라, 학교 공부 할 시간도 많이 부족하고 친구들하고 한번 마음껏 놀아 보지도 못하고 그라이까 짜증이 나대예. 그래서 지가 시중을 들면서도 늘 못되게 굴었어예. 그런데 돌아가시고 나니까 꼭 지가 잘못해서 빨리 가신 것만 같은 기, 그렇게 죄스럽고 허무할 수가 없더라꼬예. 결국 할머니는 지한테 큰 마음의 빚을 지워 놓고 가신 셈이지예. 그래서 그런지 지금도 편찮으신 노인들 돌봐 드려서 쪼매라도 나아지시는 거 보면 그렇게 좋을 수가 없어예. 그래, 지는 이제 일반 병원보다는 노인들을 집중적으로 돌봐 드릴 수 있는 양로 의료 시설 같은 데서 일해 보고 싶어예. 요번에 서울 올라온 것도 그 일을 알아볼라꼬 왔지예. 마포에 그런 데를 연결해 주는 사회복지단체가 있는데 어제 거기 가서 소개를 부탁해 놓고 왔어예."

얌전한 고양이 먼저 부뚜막에 오른다더니 이 여자 생뚱스럽기가 나보다 한술 더 뜨네 싶어 나는 좀 뜨악한 기분이 되었다.

"그런 나이팅게일 사상을 지닌 분께서 어째서 이런 세속적인 자리에 나올 생각을 하셨죠?"

나의 비아냥거림에도 아랑곳없이 여자는 천연덕스러웠다.

"지는 앞으로 하고 싶은 일이 그렇고, 또 얼마 뒤엔 어데 가서 어떤 식의 생활을 하게 될지도 모르는 상태라 결혼 같은 건 아주 먼 훗날의 일처럼 생각하고 있었거든예. 집에서도 딸부잣집이라 마지막 남은 막내딸 하나쯤 천천히 보내도 되지 싶었는지 벨 말씀 없으셨고예. 그래 선 같은 건 관심 밖이었는데 이번 봄부터 엄마가 무슨 생각이 나셨는지 종종 친척들한테 지 혼사 문제를 의논하시는 거 같대예. 아마 지가 어데 새로 일자리를 구해 떠날 것 같은 눈치니까 그랬는가 봐예. 그래도 지는 벨로 신경 안 쓰고 있었는데…."

여자의 목소리에 수줍은 기색이 실렸다.

"… 솔직히… 혼사에 관심이 있어서가 아니라 철학 하시는 분이라 캐서 한번 만나 보고 싶었어예. 지 주변에서 그런 분야에 계신 분을 한 번도 만난 적이 없어서 무척 호기심이 나더라꼬예. 뭔가 보통 사람들하고 다를 거라는 생각이 들어서… 과연 참 다르시네예. 그래도 결혼을 염두에 두고 나오신 분으로 생각했는데, 그것까지도 예상 밖이라 지는 오히려 부담이 없어 좋네예."

부담이 없어 좋네예. 그것 참 마음에 드는 얘기였다. 그 말을 듣는 순간 나는 어차피 주어진 이 만남을 좀 임의롭게 즐겨도 무방하지 않을까 하는 생각과 함께 그러고 싶다는 강렬한 욕구가 일었다. 새로운 시간을 가지려면 장소도 바꾸는 게 좋을 것이었다. 일단 여자의 흥미를 부추기자면 잠시 철학자연 할 필요가 있겠다는 데 생각이 미친 나는 하도 여러 번 들어 외다시피 하는 천세의 몇 가지 철학적 견해를 마치 내 것인 양 나름대로의 표현을 써서 한참을 주워섬겼다. 그리곤 이제 그 모든 게 내게 아무런 의미가 없어졌으니 그런 얘기 더 이상 해서 뭣하겠냐고 허탈한 듯 덧붙였다. 여자의 얼굴에 아쉬운 빛이 스쳤다. 나는 기회를 놓치지 않고, 이왕 만났으니 어디 가서 간단히 식사겸 술이나 한잔 하겠느냐고 물었다. 여자는 반가운 기색으로 응하곤 나를 따라 일어섰다.

　호텔 밖으로 나서니 오월의 훈풍이 기분 좋게 얼굴을 간지럽혔다. 나는 거추장스러운 안경을 빼서 양복 안주머니에 접어 넣었다. 여자는 그러는 나를 흥미롭게 바라보더니 "안경 안 쓰신 얼굴이 훨씬 좋네예" 하며 방싯 웃었다. 늦봄의 잔광을 받고 선 여자는 착 달라붙는 연녹색 니트 옷 속에서 옥으로 빚은 호로병처럼 매끈하고 탐스러웠다.

뽈

나는 그 잘록한 허리를 한 번 보듬어 보고 싶은 충동을 느꼈다. 하지만 함께 충무로 식당 골목으로 가는 동안 서로 몸이 닿지 않도록 일정한 간격을 유지하려 애쓴 건 오히려 내 쪽이었다.

다음날 아침, 뇌 바가지가 깨지는 듯한 두통을 느끼며 잠을 깬 내 눈에 제일 먼저 들어온 것은 낯선 무늬의 천장 벽지였다. 내 방의 거북등 문양이 아닌 꽃무늬 벽지였다. 벌떡 일어나 방안을 둘러본 나는 그곳이 여관방임을 깨달았다. 외박을 한 것이다. 제대하고 돌아온 이래 딱 두 번 다녀온 여행을 빼곤 집 밖에서 자본 적이 없는 나였다. 더욱 해괴한 것은 얌전히 덮여 있던 이불 밑에서 내가 하고 있던 꼬락서니였다. 와이셔츠는 풀어헤친 상태나마 러닝과 함께 걸쳐져 있었으나 아랫도리는 완전히 벗은 상태로 양말만 장화처럼 꿰고 있었다.

주위를 다시 살펴보니 팬티는 발치에 얌전히 접혀져 놓여 있었고 양복은 윗목 벽 옷 걸개에 단정히 걸려 있었다. 나는 우선 팬티를 꿰고 머리맡에 놓인 주전자 주둥이에 입을 대고 물을 들이켠 후 가부좌를 틀고 한 5분간 복식 호흡을 해보았다. 정신이 쬐금 들었다. 이게 도대체 어찌

된 노릇인가? 왜 나는 낯선 여관방에서 이 꼬라지를 하고 자게 되었단 말인가?

양복을 뒤지니 찌그러진 담뱃갑이 손에 잡혔다. 벽에 기대 담배를 피우며 나는 간밤 일을 기억해 내려 했다. 한숨처럼 내뱉은 연기 속에서 그 여자 인실의 난감해하던 얼굴과 노란 우산 모양의 네온이 떠올랐다. 그래, 어젯밤 포장마차에서 나와 비틀거리다가 우산장인가 하는 여관 앞에서 쓰러졌었지. 여자가 날 부축해 일으키려고 애를 썼던 것 같아. 그러곤 필름이 끊겨 버렸군. 그렇담 그 여자가 어찌어찌해서 나를 여기 데려다 눕혔나 본데, 이 벗은 아랫도리는 어떻게 된 거지? 설마 그 얌전한 처녀가 그랬을 리는 없고 벗어도 나 스스로 벗었을 텐데…. 아니, 이거 무슨 일벌인 거 아냐? 나는 소름이 좌악 돋으면서 갖가지 심상찮은 상상들이 머리 속을 휘젓고 지나갔다.

해물탕집에서 나와 입가심이나 하자고 들어간 생맥줏집에서만 해도 나는 멀쩡한 정신이었다. 그런데 그 후에 들른 포장마차에서 꼭지가 돌기 시작했던 것이다. 도대체 생전 처음 만난 여자와, 더구나 친구의 부탁으로 어떤 은밀한 임무를 띠고 한시적 상황 아래 만난 여자와 뭣 때문에 그렇게 술을 마셔야 했으며, 그토록 오랜 시간을 함께 있으려 했단 말인가? 물론 얼른 떠오르는 표면적 이유는 있다. 즐거웠기 때문이라는. 나는 실로 즐거웠었다, 어느 시점까지는….

그 여자 인실은 의외로 술을 잘 마셨고, 술자리 분위기를 돋울 만한 객담도 제법 주고받을 줄 알았다. 식사도 할 겸 들어간 여수옥에서 일어났을 즈음, 나는 이미 주흥이 도도해진 상태라 더 마시고 싶어졌다. 여자 또한 한잔 더 하자는 데 이의가 없었다.

2차로 들른 맥줏집 풍차의 스탠드바식 실내는 분위기가 아주 아늑했고, 우리는 친숙한 연인처럼 다정하게 붙어 앉아 쓰잘 데 없는 얘기로 두어 시간가량을 낄낄거렸다. 풍차를 나올 때 나는 슬그머니 손을 여자의 어깨 위에 올려놓았으나 그녀는 굳이 뿌리치지 않았다. 허나 몇 걸음 내딛다가 몸을 돌리더니 그만 헤어질 의사를 밝혔다.

"조만간 성주에 내리오실 일 있으면 다시 한 번 뵈었으면 싶네예. 어른들 모르시게가 좋겠지예. 연락은 병원으로…."

여자가 재빨리 적어 건넨 쪽지를 받아든 나는 새삼 내가 김천세가 아니며 그녀가 말하는 성주가 내 고향이 아니라는 사실이 실감되었다. 그러자 갑자기 걷잡을 수 없이 낭패감이 몰려들었다. 나는 한동안 말을 잃고 서 있다가 돌연 길 건너 포장마차로 그녀를 낚아채듯 데리고 들어갔다. 여자는 처음엔 약간 당황하는 것 같더니 이내 침착을 되찾고 그때부터 내 입에서 쏟아져 나오기 시작한 취중진담에 귀를 기울였다. 결국 모든 걸 이실직고해 버린 것이다. 여자는 내 이야길 시종일관 담담한 태도로 들었고 나무라거나 원망하는 기색 따윈 전혀 비치질 않았다. 오히려 내가 얘기 끝에 "난, 뭐 그렇게 좀 껄렁한 놈입니다" 하며 자조적인 웃음을 지었을 때 여자는 정색을 하며 이렇게 말했다.

"댁에가 김천세 씨든 지대평 씨든 지는 상관 안 합니더. 지한테 중요한 건 오늘 댁이라는 특별한 사람을 만나 기억에 남을 시간을 보냈다는 사실이라예."

댁이라는 특별한 사람. 그녀의 입에서 떨어진, 난생처음 들어 보는 그 이상한 말은 도저히 맨정신으로는 감당할 수 없는 힘으로 내 깊은 곳 어딘가를 뒤흔들었다. 가슴속에서 어떤 아픔과도 같은 감미로움이 모닥불처럼 피어올랐다. 그때부터 나는 마구 퍼마시면서 내가 살아온 삶과 살고 있는 삶에 대해 스스로도 뭔지 모를 소리를 횡설수설 떠들어 댔던 듯하다.

여자의 간곡한 만류로 마침내 포장마차에서 일어섰을

뿔

때 나는 걸음을 가누지 못할 정도로 주혼酒魂에 점령당해 있었다. 그녀의 부축으로 간신히 도달해 쓰러진 곳이 우산 장이란 여관 앞이었다. 내가 그 지경이었음에도 그 이름을 기억하는 것은 파란 네온 글씨로 된 상호 위에 얹혀 있던 커다란 우산 모양의 노란 네온이 안겨 준 인상 때문이리 라. 나는 마치 멀쩡한 날씨에 길을 나섰다가 예기치 못한 소낙비를 만나 어찌할 바 모르고 갈팡질팡하는 형국이 된 내 심정을 다독거려 주는 듯한 그 노란 네온 우산이 더없 이 포근하게 느껴졌다. 순식간이지만 그 우산 밑에서 웃고 서 있는 누님의 환영이 스쳤다. 그래서 나는 그 집으로 들 어가겠다고 몸을 일으켰다가 또 쓰러졌던 듯하다.

나는 이 집이 그 집인가 확인할 양으로 문갑 위를 살피 다가 경대 앞에 놓인 방 열쇠를 집어들었다. 까만 플라스 틱 손잡이에 우산장 204호라고 새겨져 있었다. 여자는 결 국 너무 취해 귀가가 불가능하게 된 나를 여기서 재우기로 작정했을 것이고 여관 측에 도움을 청하여 나를 이 방까지 옮겨다 놓았을 것이다.

그런 후 그녀는 곧 가버렸을까? 팬티와 양복을 얌전히 수습해 놓은 걸로 볼 때 여자는 내 아랫도리가 벗겨져 나 간 이후 떠났다는 얘기가 성립된다. 나는 팬티를 들추고 내 물건을 이리저리 훑어보았으나 별달리 여자를 따먹었다거나 혹은 만에 하나 따먹혔다는 흔적이 될 만한 무엇도 발견할 수 없었다. 다만 평소보다 그것이 좀 후줄근해 보일 따름이었다. 여자와 관계했을 가능성을 배제한다면 아랫도리를 벗어야 할 어떤 다른 이유가 있을 수 있는 걸까? 술 때문에 번열이 뻗쳐 더워서? 그렇다면 윗도리부터 벗어야 마땅하지 않은가. 남자란 걸 증명해 보이려고? 피싯. 나도 모르게 실소가 나왔지만, 한편으론 그 가능성을 완전히 배제할 순 없겠단 생각도 들었다. 왜냐하면 밖에 나가서 일용할 양식을 벌어 오고 한 집안을 책임지고 관리하는 가장 노릇을 하고 남자의 담력과 체력이 요구되는 갖가지 생활 잡사를 맡아 처리하는 등속의, 보통 남자들이 으레 하고 사는 일들을 나란 사람은 일절 안 하므로 그 '일'이란 관점에서 볼 때 나는 남자의 기준에서 벗어나지 않는가 하는 의구심이 간혹 들기 때문이다. 만일 조금이라도 그와 관련된 동기에서 취중 객기를 부린 것이라면 정말 창피한 일이 아닐 수 없었다.

거기에 생각이 미치자 나는 내 '건달'로서의 입지에 타격을 줄 어떤 심상찮은 일이 간밤에 벌어졌다면 어쩌나 하는 불안과 함께 잠시 잊고 있던 두통이 다시 치받쳐 올랐다. 물론 여자와는 이제 만날 일이 없을 터였다. 어젯밤에 건네받은 여자의 연락처가 있긴 했지만, 결코 그것을 사용할 내가 아니었다. 여자 쪽에선 나한테 연락할 방법이 없었다. 그럼, 무얼 걱정한단 말인가? 나는 모호하지만 집요하게 달라붙는 불안의 정체를 파악해 보려고 애를 썼으나 머리가 너무 지끈거려 더 이상 생각이 진행되질 않았다. 일단 이 괴로운 신체적 증상부터 해결해야 할 것 같아 나는 양복을 걸치고 방 밖으로 나왔다.

좁고 어두운 복도를 지나 아래층으로 내려가는 계단을 막 밟는데, 어디서 나타났는지 타월을 한아름 안은 늙수그레한 아주머니가 카랑카랑한 목소리로 알은체를 해왔다.

"아저씨, 괜찮시요? 간밤에 너무 마셨드마. 우리 집 영감이 젊은 사람 업어다 올리느라 혼났시요. 아주 인사불성이면 오히려 나은디, 어떻게 나부대든지…. 그래도 우리같이 오래 장사한 집에 온 것이 참말 다행이요."

나는 고맙다고 하곤 계산이 어떻게 되느냐고 물었다.

"아이고, 여관은 다 선불인디 벌써 냈지 안 내고 방 썼갔시요? 같이 온 색시가 다 계산했시오. 한디, 그 색시가 보통이 아닙디다. 거게서 소리도 질러 가메 주정을 꽤 해대든디 조용해질 때까지 꼬박 옆에 있어 주다 나오대요. 눈치를 보니 아즉 그렇기 허물없는 사이도 아닌 것 같드마…
나갈 때는 우리 영감한티 수고하셨다고 어떻게 인사를 영
절시럽게 하던지, 참. 할 소린지 모르지만 우리도 그런 메
누리나 하나 봤시면 싶습디다. 암튼 아저씨는 그 색시 잘
붙드소. 요새 그런 여자 만나기 힘드누마."

얼굴이 화끈 달아오른 나는 도망치듯 여관을 빠져 나왔
다. 근처에서 숙취에 좋다는 드링크제 하나와 두통약을 사
먹곤 이미 출근해 있을 누님한테 연락을 하려고 공중전화
를 찾아 큰길로 나왔다.

거리에는 아무것도 달라진 게 없다는 듯 여전히 사람
들은 속절없이 부산했고, 차들은 부지런히 매연과 소음을
만들어 내고 있었다. 그래도 5월 아침의 봄볕은 훈훈하니
좋았다.

"어머, 대평이 오빠. 왜 그러고 서 있어? 딴 오빠들 안
나왔어?"

차 배달을 나갔다 오던 향다방 미스 송이 생글거리며

물어 왔다. 늘 이 시간이면 들르는 내가 계단 입구에서 머뭇거리고 있었기 때문이다.

"어… 몰라. 아직 안 내려가 봤어."

"내려가자, 오빠. 오늘 내가 냉커피 한잔 살게. 장수부동산서 두어 장 긁어 왔거든."

"아냐, 고맙지만 가봐야겠다. 뭣 좀 잊고 온 일이 생각나서… 나중에 봐."

나는 고개를 갸웃거리는 미스 송을 뒤로하고 황망히 다방 앞을 떠나 당구장 옆 샛길로 해서 개천가로 빠져 나왔다. 평소에 다니는, 다방 왼쪽에서 이어지는 색주가 골목 길이 더 빠른 길이지만 오늘은 왠지 그쪽 여자들하고도 마주치고 싶지가 않았다.

이 동네 어깨들이나 다방 아가씨들과 색싯집 여자들에게 나는 별종으로 통한다. 하지만 무익한 만큼이나 무해한 것도 틀림없어 그들로선 드물게 마음을 놓는 상대이기도 하다. 그들처럼 거칠고 고달픈 삶을 사는 사람들에겐 나처럼 아무런 이해관계도 없고 어떠한 경계나 비교 의식도 가질 필요가 없는 대상이 담당해 주는 나름대로의 몫이 있는 모양이다. 일종의 안도감 같은 것이리라. 그래서 그런지 이 개천 주변의 업소나 골목에서 매일 한 차례씩 마주치는 사내들이나 여자들은 모두 내게 악의 없이 잘 대해 준다. 그들은 거의 매일 보는 나를 늘 반갑게 대하며 주머니가 가벼운 게 당연한 내게 이따금 차나 밥을 사기도 한다. 앞에서 얘기했듯이, 나는 누님이나 천세하고 집에서 한잔 할 때를 빼놓곤 절대 이 동네에선 술을 마시는 일이 없기 때문에 그들이 상대하는 나는 늘 품행이 한결같은 작자인 것이다. 그 점 또한 그들이 나에 대해 기껍게 생각하는 요소인 듯하다. 예측불허에다 숨가쁘게 자꾸자꾸 바뀌는 이 풍진 세상에 변함없이 그대로 있어 주는 무언가가 주변에 있다는 게 위로가 되는 것이리라.

그런데 나는 요즈음 내 안에서 그들의 기대를 배반할 어떤 변화에의 욕구를 조금씩 느끼고 있는 중이다. 아까 늘 보는 패거리들이 와 앉았을 다방 안으로 들어가지 않은 것도 어느 구석에선가 달라지고 싶어하는 나 자신의 모습을 들키고 싶지가 않았기 때문이다.

그들과 어울리지 않게 되자, 별달리 집 밖에서 할 일이 없어진 나는 우리 집 쪽의 주택가와 유흥가 사이를 가르는 개천이 다른 동네로 휘감아 드는 모퉁이에 새로 조성됐다고 들은 마을 운동장까지 가보기로 했다. 20분 남짓 걸어 도착한 마을 운동장에는 농구대 따위의 간단한 운동 시설과 플라타너스 그늘을 인 벤치가 몇 개 갖춰져 있었다. 월요일이라 그런지 노인들 서넛이 나와 앉았을 뿐 어지간히 한산했다. 빈 벤치에 가서 앉은 나는 바지 뒷주머니에서 박인실의 편지를 꺼내 들었다. 닷새 전에 받은 그녀의 편지는 그동안 매일 한 번씩 읽고도 모자라 노상 몸에 지니고 다녀서 손때가 꽤 타 있었다. 그녀와 비봉사몽간에 헤어지고 난 이래 석 달 만에 날아든 소식이었다. 편지엔 여자의 것이라고 믿기 어려울 만큼 아주 활달한 필체로 이렇게 쓰여 있었다.

대평 씨 보세요.

치자꽃 향기 그윽한 이 밤, 오랜 망설임 끝에 펜을 듭니다. 당신은 이미 저를 기억 속에서 지워 버렸을지도 모르겠으나 저는 지난 몇 달 동안 당신에 대해 많은 생각을 해왔습니다. 사실 이 편지 이전에도 여러 차례 펜을 잡았으나 이 무슨 주제넘은 짓인가 싶은 회의가 들어 찢어 버리곤 했으며, 개인적으로도 생활에 큰 변화를 맞이하여 경황이 없었다가 이제 좀 안착이 되어 마침내 용기를 낸 것입니다.

저는 지금 전라도 남쪽 바다에 자리한 소록도란 섬

에서 이 편지를 쓰고 있습니다. 서울서 당신과 만났을 때 제가 어떤 사회복지단체에다 새 직장 소개를 의뢰해 놓았다고 한 것 기억하시는지요? 당신과 헤어지고 집에 내려온 지 얼마 안 되어 그곳에서 모집 정보를 알려와, 숙고 끝에 이곳 소록도국립병원 간호조무사 양성소에 입소한 지 오늘로 두 달이 되었습니다.

들어 보셨는지 모르지만, 이 섬은 완치가 거의 불가능한 나병 환자들이 타지와 격리된 채 그들끼리 별세계를 이루고 살아가는 곳입니다. 양로 의료 시설 근무를 지망하던 제가 이 섬에 와서 이곳 특유의 간호 길을 처음부터 새롭게 배우기 시작한 것은 이곳 환자들이 대부분 평균 연령 60세를 웃도는 노인들이기 때문입니다. 일 년여의 양성소 과정을 거쳐 정식으로 간호조무사 발령을 받게 되면 저는 달리 문제가 생기지 않는 한 원하는 기한만큼 아픈 노인들을 돌보며 이곳에서 살게 된답니다. 그렇게 되면 결국 당초의 제 소망을 이루는 셈이죠.

그러나 그간의 양성소 생활을 통해 그 길이 결코 우아한 백의천사의 길만이 아니며, 이 섬 안에서 벌어지는 온갖 생로병사의 희로애락을 온전히 자기 것으로 하지 못하는 한 진정한 보람은커녕 자기 회의와 패배감만 안고 떠나게 마련이라는 것을 깨달았습니다. 지금으로선 과연 그렇게 할 수 있을지 전혀 자신할 수가 없습니다. 하지만 무슨 길이든 그것이 자신의 참뜻이라면 해나가는 과정 중에서 그 길의 완성에 필요한 지혜와 힘은 반드시 생겨나리라고 믿고 일단 최선을 다해 보려 합니다.

이제부터 그날 밤 우산장에서 일어났던 일을 말씀드리겠습니다. 당신은 너무 취한 상태라 거의 기억하지 못할 걸로 생각되어 되도록 상세히 얘기하겠으나 설혹 거북한 표현이 있더라도 양해하시기 바랍니다.

그날 밤, 만취한 당신을 간신히 업어다 눕힌 여관집 아저씨가 방을 나가자 곧 당신은 벌떡 일어나더니 느닷없이 제게 당신의 진실을 보여 주겠다며 아랫도리를 훌랑 벗어던졌습니다. 처녀인 제가 당황했을까 걱정하실 필요는 없어요. 잠깐이지만 비노기과 근무로 했거든요. 벗고 선 채 당신은 저를 한참 쏘아보다가 말했어요. 어머니가 돌아가신 이후 누구 앞에서 당신의 치부를 드러내는 건 제가 처음이라고. 덧붙여 세상에서 가장 가까운 누님조차 그 치부를 보지 못했기 때문에 당신의 진정한 속내를 이해하지 못한다고 했어요. 제가 당신의 진정한 속내가 뭔지 들어 봐도 되겠냐고 했더니, 이미 다 보여 줬는데 뭘 묻느냐고 하면서 이제 알았으니 실컷 비웃기나 하라고 버럭 소리를 질렀어요. 영문 몰라 하는 저를 당신은 서글픈

50

눈으로 바라보더니 커다란 짐승처럼 엎드려 크엉크엉 울기 시작했어요. 제가 등을 쓸어 주니까 진정이 되는지 점점 울음이 잦아들더니 엎어진 자세 그대로 코를 골기 시작했어요. 제가 당신 몸을 밀쳐서 돌려 눕히고 팔다리를 반듯하게 한 다음 이불을 덮어 주고 나오려는데 당신이 말을 했어요. "인실이, 난… 두려워… 싸울 자신이 없어…."

저는 그새 깼나 해서 다가가 보았더니 잠꼬대였는지 그대로 잠든 채였어요. 그때 잠든 당신의 얼굴이 어찌나 가엾어 보이던지…. 마치 훌륭한 뿔을 가지고도 아무도 그것을 뿔이라고 얘기해 주지 않았기 때문에 아예 겨루어 볼 생각조차 안 하고 뿔 자랑하는 다른 사슴들을 공연히 피해 다니는 수사슴을 보는 듯했어요. 너무 황당한 비유라면 용서하세요. 아무튼 저는 그 순간 제가 당신이 지닌 뿔의 존재와 가치를 알려주는 몫을 할 수 있을 것만 같은 느낌에 밀물처럼 휩싸였습니다.

결국 다시 주저앉았지요. 왠지 이대로 헤어지고 나면 영영 당신과는 인연이 끊어져 버릴 것 같았고, 또 그렇게 되어 버릴 경우 너무나 안타깝게 느껴졌습니다. 저로서도 처음 느껴 보는 감정이었습니다. 그래서 당신이 연락을 해오지 않는다면 제 쪽에서라도 연락을 취할 수 있는 방법을 생각하다가 당신이 벗어 놓은 양복 바지에서 삐져나온 지갑을 보았습니다. 그것을 뒤졌더니 당신의 주민등록증이 나오길래 거기에 나타난 주소를 베껴 적었습니다. 저의 외람된 행동을 이 자리 빌려 사과드립니다.

저는 그 시절을 통틀어 당신과 함께 보낸 시간이 모두 즐거웠지만 그것은 그저 흘려보낼 추억거리에 지나지 않았습니다. 그러나 뜻하지 않게 당신의 '속내'를 엿보게 되자 비로소 우리의 만남이 범상치 않은 인연임을 알게 되었습니다.

대평 씨, 저는 당신만 거부하지 않으신다면 당신의 벗이 되고 싶군요. 서로 멀리 떨어져 있다 하더라도 마음만 있다면 그것은 가능한 일이 아닐까요? 당신의 회답을 기다리겠습니다.

작은 사슴섬에서
인실 씀

여섯 번째 읽는 건데도 편지를 접어 넣는 내 손끝은 가늘게 떨려 왔다. 그것은 내 내면의 웅덩이에 조용하지만 지속적인 파문을 일으키고 있었다. 오랫동안 외부의 영향을 받지 않고 오롯이 고여 있던 웅덩이였다. 좀 허전하긴 해도 편안했던 그 적요를 흔드는 팔매질을 그 여자 인실이 해온 것이다. 처음엔 화가 났다. 여자가 자기 우려마따나 주제넘다고 여겨졌고, 특히 내 치부 운운한 대목에 대해선 그것이 비록 나 자신의 입에서 나온 것이었다 할지라도 자존심이 무척 상했다. 그래서 여자에게 사실을 왜곡 또는 과장할 만한 어떤 불순한 저의가 있었을 거라고까지 생각해 보았다. 그러나 그 생각은 오래 붙들 수가 없었다. 그 이야기 뒤에 이어진 그녀의 소감에서 부인할 수 없는 절절한 진심이 느껴졌기 때문이다.

뿔. 그 뿔이란 단어가 파문의 핵심이었다. 도대체 그녀가 일깨워 주고 싶다는, 나 자신은 가진 줄도 모르고 있는 나의 뿔은 무엇이란 말인가? 나한테 숨어 있는 어떤 재능을 말하는 것인가? 재능이라면 소싯적부터 꽤 인정을 받았던 약간의 그림 솜씨밖에 더 있는가?

고등학교 때까지 각종 미술대회에서 상도 수없이 타고, 따로 레슨 같은 것을 받지 않아도 실기 성적만은 늘 학교에서 최고였던 만큼 나는 그 방면에 두드러진 재능이 있는 걸로 평가받아 왔었다. 그것은 코흘리개 적부터 그저 그림 그리는 게 즐거워 늘 무언가를 그리며 지냈던 나로선 노력하지 않아도 저절로 이루어지는 수월한 일이었다.

그러나 워낙 부진한 학과 성적으로 미대 입시에 실패한 후 그림을 그린다는 사실 자체의 객관적 가치에 대한 회의와 제도권 밖에서 그림 그리는 자로 살아가는 데 대한 무망함을 느끼기 시작했다. 그렇다고 그러한 내적 갈등을 이겨낼 만한 어떤 뿌리칠 수 없는 작가적 기질 같은 것도 없었던 나는 점차 그림에 대한 흥미를 잃어 갔다. 그런 상태에서 나는 군에 갔고, 군 복무 기간의 공백을 계기로 흐지부지 붓을 놓고 말아 지금에 이른 것이다.

하긴 요즈음도 시장 풍경을 스케치하거나 길 가다가 또는 집에서 내 마음에 떠오른 심상들을 조그만 화첩 따위에다 끄적거려 보는 일이 아주 없는 건 아니다. 그러나 그건 어디까지나 심심풀이 소일거리로 그러는 거지 결코 예전에 지녔던 흥미가 살아나서가 아니다. 오히려 그동안 무뎌진 솜씨 탓에 대부분 탐탁지 않게 나오는 그 그림들은 번번이 부질없는 짓거리란 생각만 심어 준다.

그런데 어떻게 그녀가 이미 과거사가 되어 버린 내 미술적 재능에 대해 알 수 있겠는가? 혹시 취중에 내가 예전에 그림을 좀 그렸다는 얘기를 했는지는 몰라도, 그것은 단지 얘기일 따름이지 그 자체만으로 그녀가 나의 재능을 파악할 수 있는 무엇은 아니잖은가. 그러니까 '뿔'은 나의 재능하고는 상관없는 것으로 내게 있는 다른 어떤 고유한 요소를 말하는 것이리라.

내게만 있는, 나만의 독자적 요소는 무엇인가? 오래전 건달의 삶을 선언하고 그대로 살아온 내가 새삼 내세울 수 있을 내 존재의 독자적 가치는 무엇일까? 제일 먼저 떠오르는 건 내가 누구보다 몸과 마음이 편하다는 사실이다. 내 육신을 힘들게 부려 해야 할 일도 없으며, 무엇을 꼭 뜻한 대로 이루려고 고심할 필요도 없는 것이다. 인간은 대개 자기가 편하면 남을 못 살게 굴지 않는 법이다. 그로써 떠오르는 사실은 내가 남에게 해를 끼치지 않는다는 것이다. 나는 생산하지 않는 대신 파괴도 하지 않는다. 오늘날 얼마나 많은 자들이 생산이란 미명하에 파괴와 해악을 자행하는가? 정치·경제·교육·환경 할 것 없이 모두 이 생산 제일주의의 모순 속에서 악순환을 거듭하고 있는 듯 보인다. 이에 반해 나는 평화주의적이며 보존주의적 차원에서 세상에 기여한다고 할 수 있겠다.

또 뭐가 있을까? 그 밖에는 딱히 떠오르는 게 없다. 아니, 한 가지 더 보탤 게 있다. 그건 내가 가진 게 시간밖에 없는 사람이기 때문에 남의 얘기를 늘 들어줄 수가 있다는 사실이다. 어떤 구체적인 도움은 주지 못하지만 다만 사심

없이 귀를 열고 진지하게 들어주기만 해도 사람들은 자못 위안을 받는다는 사실을 나는 내 누이나 천세를 비롯한 몇몇 친구들이나 동네에서 알고 지내는 사람들한테서 누차 확인한 바 있다. 이 바쁜 세상에 나 같은 건달 말고 누가 한가롭게 남의 얘기에 귀기울일 여유를 갖겠는가? 시간의 여유도 문제지만 마음의 여유가 더더욱 문제인 것이다.

마음의 여유. 나는 벤치에서 벌떡 일어났다. 별안간 주변이 밝아지는 듯 느껴지면서 지난 며칠 동안 가슴속을 뒤덮고 있던, 도무지 익숙지 않은 복잡한 감정의 안개가 스르르 걷히는 것 같았다.

아마도 그걸 거야. 그 여자 인실이 마음으로 알았으나 구체적으로 표현 못한 것이. 내게 남이 가지지 못한 것이 있다면 바로 그 여유가 아니고 무엇이랴. 다시 말해서 그녀는 내가 '여유'라는 희귀한 덕목을 가진 인간임을 알게 되어 이끌림을 느끼게 된 게 아니겠는가.

나는 이쯤에서 결론을 내리고 자유로워지고 싶었다. 그녀의 편지를 받은 이래, 이전에 느껴 보지 못한 이상스런 설렘과 잘 풀리지 않는 '뿔'의 수수께끼에 대한 답답증과 이유 모를 자괴감이 뒤죽박죽된 혼란스런 감정에 꽤나 시달려 왔던 것이다. 결국 그 여잔 내게 건달의 삶 나름의 가치를 다시 한 번 확인시켜 준 셈이군. 그런데 나 스스로 충분히 알 수 있는 걸 가지고 자기가 도와주고 싶다느니 어쩌느니 한다는 건 월권이며 나로선 부담스러울 따름이야. 심하게 취하면 무슨 헛소린들 못하겠어. 치부니, 두렵다느니, 자신이 없다느니 하는 소리들…. 그런 취중 헛소리들을 그렇게 심각하게 받아들인 그 여자한테 문제가 있는 것 같군. 그래, 그 여자 상당히 엉뚱했어. 지금도 한창 나이에 그 소록돈지 뭔지 하는 델 가서 불치병 걸린 영감 할망구들 틈에서 청춘을 보낼 생각을 하고 있다니…. 나 참, 별난 여자 다 보겠군. 하긴, 나름대로 주체적인 인생관은 있는 것 같구먼. 그래서 그런지 같이 한잔 하면서 얘기는 꽤 통하는 여자였어. 좋아, 답장 해주자. 서울 올라오는 기회가 있으면 술이나 한잔 또 하자고.

나는 마을 운동장을 꺾어 돌아 옆 동네에 있는 우체국으로 걸음을 향했다. 생각난 김에 우편엽서를 사기 위해서였다. 편지를 쓸 때 '용건만 간단히'는 나의 신조였다. 우체국 문을 열고 들어서니 소포 창구에 천세가 어떤 여자와 함께 서 있는 게 보였다. 나는 잠시 망설이다가 그에게로 다가갔다. 천세는 의외의 장소에서 마주친 것에 좀 놀란 듯 일순 어색한 표정이 스치더니 곧 특유의 싱거운 웃음을 지으면서 옆의 여자를 소개했다.

"인사해, 얘기했지? 대평이라고. 여긴 혜윤이."

여자가 반가운 기색을 보이며 인사한다.

"말씀 많이 들었어요. 저번에 이이 부탁으로 수고 많으
셨죠?"

"네? 아… 별 말씀을. 저도 재밌었습니다, 덕분에. 참,
애기 잘 크지요?"

여자는 고개를 끄덕이며 수줍은 미소를 짓는다. 그러
고 보니 헐렁한 옷 위로도 여자의 허리선은 눈에 띄게 두
리뭉실했다.

박인실과 만난 다음날 천세는 전화로 어떻게 됐냐고 물
어 왔고, 나는 하는 수 없이 낭패스럽게 느껴지는 그날의
자초지종을 솔직히 얘기해 주었다. 나의 염려와는 달리 천
세는 난감해하기는커녕 하하 웃더니 차라리 잘 된 일이라
고 하는 게 아닌가. 어리둥절해하는 내게 그는 이제 자기
부모한테 모든 걸 알리기로 했으니 어제 일은 어찌됐거나
자기한테는 상관없게 됐으므로 이제부터 박인실과의 관
계는 나 좋을 대로 하라고 했다. 그리고 이어진 얘기인즉,
그날 애인 혜윤과 함께 산부인과에 가는 도중에 그녀가
사실은 아이를 낳고 싶다고 고백해 왔고 그 바람에 일단

발길을 돌린 그들은 숙의 끝에 마음을 달리 굳혔다는 것이 었다. 결국 정식으로 결합하고 아이를 낳기로 한 것이다. 그 뒤 우여곡절 끝에 그들은 천세 부모의 허락을 얻어냈고 보름 전쯤에 우리 집에 들른 천세가 전한 소식에 의하면 다음달에 성주에 내려가 식을 올리기로 했다는 것이다.

그때 여자는 이미 임신 6개월쯤 되었으리라. 식은 전통 혼례로 한다니 풍덩한 한복에 부른 배를 웬만큼 가릴 수 있어 다행이다 싶었다.

"한꺼번에 지아비와 아비가 될 판이라 정신없다, 야. 게다가 안 하던 효자 노릇까지 할려니까 좀 되네, 그랴. 며칠 뒤에 우리 영감 생신이라 각시 잘 보이려고 선물 부치러 나왔지."

"철 좀 나려나 보다, 김천세. 아무튼 내 몫까지 철 많이 들어라. 제수씨 위해 드리고."

"하하 그래. 너도 이제 누님 그만 부려먹고 색시 하나 얻지 그래. 접때 선본… 박 뭐더라… 그 여자 어때? 연락처도 적어 줬다며?"

"싱겁긴, 자아식. 야, 나 저쪽 창구로 간다. 일 보고 가. 그럼 다음에 뵐게요, 혜윤 씨."

"그래, 조만간 같이 한번 누님 뵈러 갈게."

나는 엽서 몇 장만 사가지고 얼른 우체국을 나와 집을 향해 발길을 옮겼다. 우리 동네로 접어드는 모퉁이를 돌기 전에 나는 다시 한 번 우체국 쪽을 쳐다보았다. 마침 천세와 혜윤이 일을 마쳤는지 그곳을 나오고 있었다. 뭐가 그리 우스운지 멀리서도 허리를 접었다 폈다 하며 깔깔대는 여자의 모습이 보였다. 천세는 그러는 여자의 머리를 몇 번 문지르듯이 쓰다듬더니 그녀의 어깨를 감싸안고 나와서는 반대 방향으로 가버렸다. 나는 같이 놀던 아이들이 다 빠져 나간 놀이터에 혼자 남겨진 것 같은 묘한 허전함을 느꼈다.

천세…. 천세의 삶은 이제 많이 달라질 게 틀림없다. 쇼펜하워나 니체를 조상신인 양 들먹이며 줄담배에다 하루에 한 끼는 소주로 때우며 하숙집을 전전하는 보헤미안의 생활은 더 이상 할 필요도 없고 해서도 안 되는 것이다. 식 올리고, 아이 낳고, 학위 끝내고, 교수님 자리를 따내고…. 여느 사람들처럼 정신없이 돌아가는 일상의 탁류에 휩쓸리게 되리라. 앞으로 우리 집에 소주 꿰차고 찾아오는 일도 드물어지겠지.

아침부터 찌뿌드드하던 하늘이 한두 방울씩 비를 흩뿌렸다. 아직 장마가 끝나지 않고 있었다. 본격적으로 쏟아지기 전에 서둘러야겠다 싶어 걸음을 재촉했으나 주택가 쪽으로 건너가는 다리까지의 거리를 반도 채 못 가서 장대비가 마구 쏟아졌다. 어디 잠시 피해 있을 처마 밑이라도 없을까 우왕좌왕하는 사이 나는 이미 홈빡 젖어 버렸다. 일편 후텁지근하던 몸이 물을 맞으니 시원하기도 해서 기분은 나쁘지 않았다. 나는 비를 피할 생각을 그만두고 소용돌이치며 흐르는 개천을 따라 처벅처벅 걷기 시작했다.

제법 강도 있는 바람까지 동반한 비는 삽시간에 사방을 인적 끊긴 낯선 곳으로 만들어 놓았다. 갑자기 어두워진 사위 속에서 개천 건너편에 하나 둘 켜지기 시작한 불빛을 바라보자, 순간 사는 게 왜 이렇게 쓸쓸한가 하는 생각이 들었다. 가슴이 시렸다. 비를 막아 줄 우산보다는 곁에서 따뜻한 생기를 나눠 줄 사람의 체온이 그리워졌다. 그러면서 의식의 저편에 묻혀 있던 몸의 기억 하나가 살아났다. 그날 밤 등을 쓸어 주던 인실의 따슙고 상냥한 손길…. 그녀가 몹시 보고 싶어졌다. 주머니 속에서 너무 젖어 쓸 수도 없게 된 우편엽서가 만져졌다. 마찬가지로 엉망진창이 되어 버린 그녀의 편지도 만져졌다. 전남 고흥군 도양읍 소록 1번지. 이미 외워 버린 겉봉의 주소가 떠올랐다. 당장이라도 그 섬으로 찾아가고 싶었다. 그녀의 작은 사슴섬으로….

노변에 늘어선 수양버들들이 물이 뚝뚝 듣는 짙푸른 머리채를 흔들어 길 가는 사내의 뺨이며 가슴팍을 건드렸다. 마치 '용기를 가져요. 변화를 두려워 말아요' 하고 말하는 것 같았다. 나는 나무들과의 교감이 반가웠다. 나무 하나를 부여안고 그 치렁치렁한 머리채 속에 얼굴을 묻은 나의 감은 눈 위로 떠오르는 영상이 있었다. 그것은 희고 늠름한 뿔을 인 사슴 한 마리가 울창한 잡목림을 헤치고 숲 저편에서 어린 과목을 심고 있는 어떤 여인을 향해 기운차게 달려가는 모습이었다. 썰렁하던 가슴에 훈김이 돌면서 명치께를 짓누르고 있던 정체 모를 기운이 마침내 소리가 되어 터져 나왔다.

"우와아, 우와아, 우와아아아아…."

낮게 깔린 구름 사이로 빼꼼히 말간 하늘이 내비치면서 빗방울이 잦아들기 시작했다.

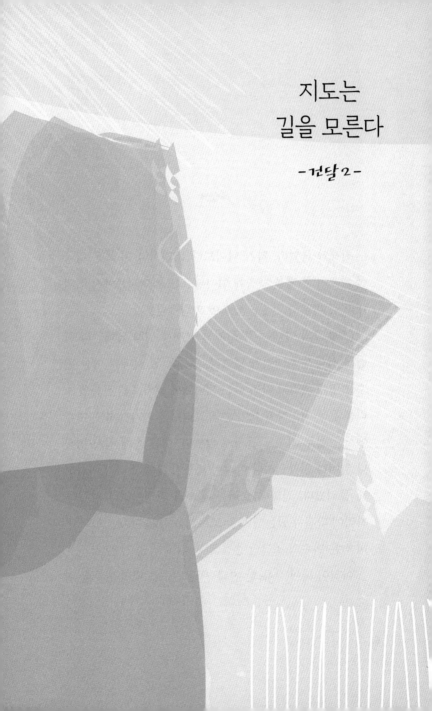

지도는
길을 모른다

-전달2-

천세가 죽었다. 자기 나이보다 10년이나 더 묵은 영국산 위스키 한 병을 뱃속에 털어넣고 고층 아파트에서 뛰어내려 갓 마흔의 인생을 단숨에 마감했다.

그때 그의 아내는 르포 기사 취재를 위해 남해안의 한 철새 서식지에 내려가 있었다. 그들의 열 살배기 아들 만수를 옆에 데리고 자던 나는 새벽녘에 날카로운 전화벨 소리를 듣고 소스라쳐 깨어났다. 그러나 전화기가 놓인 마루에서는 아무 기척도 들리지 않았다. 어둠 속에 잠시 멍하니 일어나 앉았으려니 어디서 뻐꾸기 우는 소리가 아슴하게 들려왔다. 전화벨 소리는 꿈속의 환청이었나 싶었다. 자리에 다시 누웠는데 까닭 모르게 서글픈 마음이 들어 곤히 잠든 만수의 조그만 손을 감싸 쥐고 잠을 청했다.

아침이 되어 우유 한 잔과 계란 반숙을 먹인 만수를 학교에 바래다주고서 평소보다 시간이 조금 이르긴 했지만 곧바로 동네 뒷산으로 갔다. 늘 하던 대로 3킬로미터 정도 등산하여 정상에서 20분가량 기공 체조를 한 다음 중턱의 약수터로 내려왔을 때였다. 이따금 산행에서 마주치는 일이 있는 초로의 부부와 동네 슈퍼에서 더러 보는 중년 여자 하나가 무슨 이야긴가를 나누고 있다가 나를 보더니 흠칫 놀라는 기색으로 말을 멈추었다. 나는 몸을 구부려 돌거북 등 위에서 솟아오르는 약수를 손으로 받아 마시는 동안 목덜미 뒤로 그들의 시선이 얹히는 것을 느꼈다. 허리를 펴며 젖은 손을 바지에 문지르는데 중년 여자가 멈칫거리며 말을 걸어 왔다.

"저어… 상록아파트에 아는 분 사시죠?"

"예, 친구네가 살아요. 그런데, 왜요?"

여자가 부부를 돌아보며 거 보란 듯이 눈짓하며 말했다.

"어머, 어쩐지 그런 것 같더라니… 아직 모르고 계시군요."

죽었대요, 그 사람, 오늘 새벽 3시쯤에. 아파트 화단에 쓰러져 있는 걸 경비가 발견했대요. 머리가 깨져서 피가 낭자한 게… 술에 취해 베란다에서 떨어졌대나 봐요.

늙은 남자가 혀를 찼다.

"거참, 한창 신나게 일할 나인데. 얼마 전 방송 토론에 나와서 말도 그렇게 잘하던 멀쩡한 사람이 어쩌다…."

나는 그들이 잘 이해되지 않았다. 나하고 상관도 없는 이야기를 왜 저렇게 주워섬기나 싶었다. 그래서 잠시 멀뚱하게 서 있다가 목례를 하고 산 아래로 걸음을 옮겼다. 기슭에 거의 다 내려왔을 쯤에 뻐꾸기 우는 소리가 또 들렸다. 새벽과 달리 바로 주위에서 우는 듯 또렷하고 구성졌다.

요즘 뻐꾸기는 밤낮도 없이 울어대는군. 하긴, 저기 저 초여름부터 피어 있는 코스모스를 보라지? 모든 게 때가 따로 없게 돼버렸어. 천세가 언젠가 그랬지. 하늘도 이제 귀찮아서 자유방임 노선을 택한 듯하다고. 그러니까 사람도 알아서 스스로의 때를 정해 가버리면 그만이라고. 스스로의 때… 아까 그 사람들이 얘기한 친구는 그렇게도 못했구먼. 헌데, 가만… 방송 토론에 나왔었다고? 설마…!

등줄기에 푸르르 서리가 일었다. 나는 집 쪽을 향했던 발길을 상록아파트 쪽으로 돌려 뛰기 시작했다. 뻐-꾹! 가슴속에서 산뻐꾸기 울음이 심야의 괘종 소리처럼 커다랗게 울렸다.

사위가 빠르게 어두워 오자 혜윤은 좀 초조한 듯 보였다. 그녀는 운전대 위로 몸을 숙이며 눈을 가늘게 뜨고 갈림길에 세워진 표지판을 노려보더니 머리를 흔들었다.

"이래 가지고서야 어디 지도란 걸 믿고 여행을 다닐 수 있겠나. 대평 씨, 아까 분명히 거기서 15킬로미터 정도 가면 화산 분기점이 나오는 걸로 돼 있었죠? 그런데 이것 보세요. 왼쪽은 율산 방향이고 오른쪽은 곡천으로 빠진다니… 도대체 어떻게 된 거죠?"

나는 내가 뭘 잘못해서 찾는 길이 안 나타나기라도 하는 양 약간 주눅 들린 목소리로 대꾸했다.

"그러게 말입니다. 잘 본다고 봤는데 왜 자꾸 어긋나는지 모르겠군요."

혜윤은 어이없다는 듯 피식 웃었다.

"참, 대평 씨도. 그게 무슨 대평 씨 잘못인가요? 지도 자체가 문제인 거지. 아무래도 5년 전엔가 산 거라 이제 시효가 다 됐나 봐요. 요새같이 모든 게 빨리 바뀌는 세상에 길이라고 그대로 있으란 법 있겠어요? 아무래도 국도로 다시 나가 휴게소든 어디서든 물어 보고 가야 될 것 같네요."

지도는 길을 모른다

뒷좌석에서 축 늘어져 있던 만수가 제 엄마 입에서 휴게소란 단어가 나오자, 강시처럼 벌떡 몸을 일으키며 외쳤다.

"아저씨, 나 아이스크림 사줘!"

"얘는! 엄마한테 사달래야지, 왜 아저씨한테 그러냐?"

혜윤이 아이에게 살짝 눈을 흘겼다.

"제 아빠한테는 생전 뭐 하나 졸라 보지도 못하고선…."

녀석은 정말 그랬다. 걸음마를 떼고부터 제 아빠인 천세한테는 잠시 편안히 몸을 맡기고 있지도 못했다. 아니, 아이가 일부러 그랬다기보다 천세 자체가 그처럼 아이를 편안히 해주질 못했다는 쪽이 맞는 얘기일 것이다. 우선 천세는 굉장한 골초였으므로 몸에 밴 독한 니코틴 냄새가 아이를 불편하게 자극했을 것이고, 사흘이 멀다 하고 억병으로 취해 들어와 웩웩 토해 낸다든지 엄마에게 공연히 시비를 걸어 싸운다든지 하는 모습들도 아이에게 곱게 보였을 리가 없다. 또, 해야 할 일이나 유지해야 할 인간관계가 너무 많았던 천세의 피로한 신경이 아이의 응석 따위를 받아줄 여유를 갖기도 힘들었을 것이다.

그런 면에선 혜윤도 이제 크게 다르지 않았다. 그녀가 밤늦게 취해 돌아올 남편을 기다리며 시를 쓰던 조용한 생활을 접고 3년 전부터 국제 환경운동 조직인 '그린리그'가

발행하는 환경 전문 주간지에서 프리랜서 기자로 활동하고부터 만수는 엄마보다도 동네 아저씨며 아빠 친구인 나하고 보내는 시간이 많아졌다. 천세가 '스스로의 때'를 결정하고 자신의 지친 넋을 피안으로 날려 보낼 거사를 진행하고 있던 그날도 만수는 방과후부터 내내 나와 함께 있었다. 그날 아침 일찍 혜윤이 찾아와서 자신이 출장을 가야 하는데 이틀 전에 학회 관계로 지방에 내려간 천세가 하루 더 늦어진다고 연락이 왔다며 아이를 하룻밤 데리고 있어 주겠느냐고 부탁을 했다. 처음 있는 일이 아니므로 나는 두말없이 응낙했다. 오래전부터 나는 만수한테 친조카 이상의 정을 갖고 있었고, 녀석과 지내는 시간이 정말 즐거웠으므로 마다할 이유가 없었다.

게다가 우리는 뭣이냐, 요새 젊은 애들이 하는 말로 '케미스트리'가 잘 맞았다. 녀석은 내가 해주는 음식을 뭐든지 잘 먹었는데, 특히 제 엄마의 기준에서 보면 불량 식품이라 할 만한 것들을 좋아하는 취향도 나와 케미스트리가 맞는 점 중의 하나였다. 녀석이 나한테 오기를 좋아하는 또 다른 이유 중 하나는, 내가 사는 집이 저희가 사는 아파트와 달리 단독주택이라 조그만 마당이 달려 있고 그곳에서 비슷한 또래인 세 사는 집 아이들과 어울려 놀 수 있다는 점이다. 나는 예나 지금이나 가진 게 시간밖에 없는 사람이므로 이따금 그 세 아이들의 놀이에 가담하여 그들의 재미를 나눠 갖기도 한다.

마흔이 다 되어 결혼한 누님이 몇 달 전에 세 번째 아이를 밴 만삭의 몸으로 불쌍한 노총각 동생을 찾아보러 왔다가 그러한 광경을 보더니 말했다. 네가 이렇게 애들을 좋아하는 걸 보니, 가약도에 와서 우리랑 살았으면 좋겠다. 이제 내 새끼만도 셋이 될 테니 나도 좀 힘들 것 같아. 매형이야 분교 일은 자기한테 다 맡기고 손 놓으라지만 어떻게 그래? 게다가 키우던 짐승들도 수가 불어나서 요새 그것들 먹이는 일이 장난이 아니야. 네가 와서 조카들만 돌봐 줘도 큰 도움이 될 텐데….

그러나 천만의 말씀이었다. 10년 전이나 지금이나, 나는 어떤 식으로든 '수고롭게' 될 소지가 있는 일은 절대로 손대지 않는 사람이었다. 누님도 이제 늙어서 그런지, 아니면 오랫동안 떨어져 살아 그런지, 동생이 어떤 종류의 인간이라는 걸 깜빡 잊은 듯했다. 내가 사십 평생 동안 그런대로 평온한 삶을 살 수 있었던 것은, 스스로가 즐겁게 감당할 수 있는 한도 밖의 일은 절대 하지도 맡지도 않는다는 신조에 충실했던 덕분이라고 믿는다.

그런데 천세는…. 나는 그 시니컬하고 골치 아픈 생각들로 가득 찬 사내와 어쨌거나 10년이란 세월을 살아 낸 혜윤이 새삼 대단하게 느껴졌다. 남편의 장례 이후 아이만 변함없이 드나들게 할 뿐 통 얼굴을 내밀지 않던 그녀가 갑자기 무슨 생각으로 이 여행에 나를 끌어들였는지 모를 일이었다. 다만 오늘 늦은 점심을 막 먹고 났을 때 그녀가 불쑥 차를 몰고 나타나서 천세의 옛 스승인 무하 선생을 찾아보러 가는데 동반해 줄 수 있겠냐고 하길래 셔츠만 갈아입고 따라 나선 것이다. 참담한 상喪을 입은 지 두 달밖에 안 되는 사람한테 뭘 캐묻고 하는 것이 조심스러워서 궁금한 내색을 보일 수도 없었다. 마침 여름방학을 맞이한 만수도 데리고 가니 친구 미망인과의 불편할 수도 있을 단독 동행이 아닌, 비교적 편안한 조건의 여행인 셈이었다. 마음을 가볍게 먹고 차에 오르자 오랜만에 바깥바람을 쐬는 데 대한 은근한 기대까지 일었다. 더욱이 무하 선생이란 양반은 천세한테 이야기를 하도 많이 들어 언제 한번 만나 봤으면 싶던 사람이었다.

"그 무하 선생이란 분은 그렇게 외떨어진 곳에서 혼자 무슨 낙으로 산답니까? 언젠가 천세한테 들은 바로는 몇 년 전에 은퇴한 후로 학문하고도 인연을 끊었다던데…. 그렇다고 귀농 같은 걸 한 처지도 아니라니 종일 뭘로 소일하며 지내는 걸까요?"

벌써 네 시간 가까이 한 차 안에 있으면서도 혜윤과 나 사이에는 길 찾는 일로 주고받은 몇 마디 외에 거의 대화란 게 오가지 않은 터였다. 혜윤은 국도를 향해 차를 되몰아 가는 동안에도 아이가 말을 시키지 않는 한 침묵을 지켰다. 그러한 그녀가 내게는 뭔가 잘 소화되지 않는 먹이 하나를 끊임없이 되새김질하고 있는 초식 동물처럼 느껴졌다. 나는 그녀가 이제 그 고독한 되새김질을 그만 멈추었으면 싶었다. 그리고 눈길을 돌려, 슬슬 자신의 역할에 회의를 느끼기 시작한 동행의 입장도 좀 살피기를 바랐다. 그래서 무슨 말이라도 끌어낼 셈으로 때마침 머리 속에 지나가던 생각 하나를 입에 옮겨 본 것이었다.

그런데 뜻밖에도 그녀는 그 얘기가 나오기를 기다리기라도 했다는 듯이 고개를 두어 차례 끄덕이더니 나를 흘깃 보며 후후후 하고 웃었다. 나는 좀 당황스러웠으나 그녀가 오랜만에 웃는 모습을 보이니까 어쨌든 기분은 좋았다.

"내가 뭐 말 안 되는 질문이라도 했습니까?"

"아뇨. 그게 아니라, 후후, 대평 씨가 그런 식으로 말하니까 마치 딴사람같이 보여서요. 무하 선생이 살아가는 방식은 대평 씨 같은 분이 제일 잘 이해할 것 같은데…."

"아, 물론 이해는 하죠. 나야말로 애당초 건달로 살아왔으니까요. 하지만 건달은 건달 나름대로 자기 소일거리가 있는 법인데 그분은 주변에 상대할 사람도 참견할 일도 자극받을 일도 없이 무료해서 어떻게 사나 싶어서요. 나도 내 생활이 어쩌다 한 번씩 무료하게 느껴질 때가 있습니다만, 그래도 나는 주변에 아는 사람들도 꽤 있는 데다 세입자 관리도 하고 그림도 그리고 애들도 데리고 놀고 텔레비전도 보고 음악도 듣고 바둑도 두고 기공 수련도 하고, 또 중간에 관뒀습니다만 한복 만드는 것도 배우고… 이럭저럭 심심찮게 지낼 만큼 소일거리를 가지지 않았습니까? 혜윤 씨 같은 분이 보시기엔 그 정도야 그저 판판이 놀고먹는 거나 다를 바 없겠지만요."

"어머, 그렇지 않아요. 대평 씨는, 뭐랄까… 거의 천연기념물적인 무공해 인간이에요. 이 정신없이 내달리는 산업 사회의, 기능성과 생산성에만 가치를 두는 시대 조류에 휩쓸리지 않고 자기 소신대로 당당히 살아가니까요. 만수 아빠 대평 씨를 늘 부러워했죠. 대평 씨처럼 사는 것도 아무나 하는 게 아닌, 특별한 정신력의 소유자만이 할 수 있는 일이라고. 웬만한 사람더러 그런 식으로 한 3년만 살라고

하면 양아치급으로 전락하거나 돌아 버리거나 둘 중 하나
일 거라고 했어요."

본의 아니게 칭찬 비슷한 걸 듣게 된 나는 좀 겸연쩍어
져 슬그머니 화제를 딴 데로 돌리려고 뒷좌석에 누워서 워
크맨을 귀에 꽂고 차창 턱에 올려놓은 다리를 흔들거리고
있는 만수를 돌아보며 말했다.

"애들은 어떤 면에서 어른보다 강하다는 생각이 들어
요. 분노나 슬픔 같은 마음의 고통을 어른보다 훨씬 잘 극
복하는 것 같아요. 마음의 성질이 그만큼 유연하다는 얘
기겠죠. 만수만 해도 지가 그간에 겪은 일들에 비해 그렇
게 밝고 의연할 수가 없어요. 내가 저 녀석한테서 많이 배
운다니까요."

"애들이라고 다 그런 건 아니겠죠. 쟤는 다행히 나나 지
아빠를 안 닮고 좀 낙천적인 것 같아요. 애기 때부터 대평
씨하고 시간을 많이 보내서 그런가 싶기도 하구요. 왜 짐승
도 키우는 사람 성질을 닮는대잖아요? 지 아빠는 워낙 덧
정 없는 사람이었고, 나도 근년에 와서는 에미 구실 제대
로 못했지요. 알량한 환경운동 한답시고 파출부 아주머니
한테 웬만한 가사는 다 떠넘기고, 또 만수는 걸핏하면 대평
씨한테 데려다 놓아 폐를 끼치게 했으니까."

"아닙니다, 혜윤 씨. 내가 오히려 저 녀석 덕을 톡톡히 봤지요. 그렇잖으면 장가도 못 가고 혼자 사는 놈이 어디 정 줄 데나 있겠어요?"

"그렇게 말하시니 덜 미안하네요. 하지만 나는 어느 시점부턴지 모르겠지만 뭔가 아귀가 어긋난 판단에다 억지로 나 자신과 가족의 삶을 맞추고 살아왔다는 생각이 자꾸만 들어요. 그런데 어디가 어떻게 어긋나 있는지를 모르겠는 거예요. 무하 선생을 찾아뵈려는 이유 중 하나죠, 그게. 그분이 정말 남편이 선망했던 그 어떤 경지를 득하신 분이라면 좋겠는데, 만일 그렇지도 못하다면…. 아, 모르겠어요, 내가 이런 여행 한 번으로 뭘 얻을 수 있을지…."

혜윤의 목소리가 다시 처지며 피곤한 기색을 띠었다. 나는 여기서 더 대화를 진행하는 건 무리겠다는 생각을 하고, 뒤로 몸을 돌려 그새 잠들었는지 눈을 감고 있는 만수의 치켜든 발바닥을 집게손가락으로 간지럽혔다. 만수가 용수철처럼 튀어 일어나 앉으며 외쳤다.

"휴게소 다 왔어, 아저씨?"

아닌 게 아니라 저만치 200미터쯤 전방에 국도로 올라가는 삼거리가 나타났고, 시간 반 이상 헤매며 달린 고적하고 컴컴한 지방도와는 달리 많은 차량들과 가로등 불빛으로 북적대고 환하였다. 만수에게 고대하던 아이스크림을 곧 들려 줄 수 있으리란 기대에 잠시 착잡해졌던 내 마음도 밝아졌다.

"안젤라 자매님!"

감청색 제복에 하얀 삼각 수건을 머리에 둘러쓴 젊은 수녀가 복도 안쪽을 향해 맑은 소프라노 음성으로 외쳤다. 그러나 아무 대답이 없자 그녀는 또 한 번 더 크게 외친다.

"안젤라 자매님, 거기 안에 없어요?"

복도 왼쪽 방에서 할머니 하나가 문지방에 엉덩이를 걸치며 내다보았다.

"안젤라 여그 없어, 아께 수사님허고 읍내 장보러 나가는 거 같등만."

"어머, 그래요? 한참 걸리겠네. 어쩌나, 손님 오셨는데…. 좀 기다려 보시겠어요? 나갔다가도 노인들 식사 수발 거들러 밥때 전엔 들어올 테니까요. 30분만 있으면 점심시간이거든요."

수녀는 우리를 일단 건물 입구의 사무실로 안내해 소파에 앉게 한 후 마실 것을 가지고 오겠다며 방을 나갔다. 방 정면 벽에는 빛나는 십자가가 박힌 하트 모양의 심장을 가슴에 품은 예수의 초상화가 걸려 있다. 또 그 옆에는 서예 족자가 하나 걸려 있는데, '마음이 가난한 사람은 행복하다. 하늘나라가 그들의 것이나니' 하고 쓰여 있었다. 나와 혜윤 사이에서 두리번거리며 앉았던 만수가 누구에게랄 것 없이 불쑥 물었다.

　"마음이 어떻게 가난해? 돈이 없으면 마음이 가난해?"

　"글쎄다."

　혜윤이 약간 난감한 표정을 지으며 대꾸했다.

　"꼭 그렇지는 않을 거야. 부자든 가난뱅이든 욕심 없이 사는 사람이 마음이 가난한 사람 아닐까?"

　만수는 제 엄마 얘기가 잘 이해되지 않는 듯 고개를 갸웃거리더니 아무려나 상관없다는 듯이 자리에서 일어나 열어 놓은 창가로 가서 고개를 쑥 내밀고 바깥을 살피다가 갑자기 환호를 질렀다.

　"우와, 강아지들이다! 엄마, 나가서 구경해도 돼?"

　마침 마실 것을 들고 온 수녀가 그 말을 듣고 묶어 놓은 어미 개가 사나우니 자기와 함께 가보는 게 좋겠다고 만수에게 말했다.

결국 혜윤까지 따라나섰으므로 혼자 남게 된 나는 수녀가 가져온 냉오미자차를 마시며, 이 '사랑의 공동체 성요셉원'이란 무의탁 노인 양로 시설에서 3년 넘게 봉사 생활을 하고 있는 한 특이한 여자에 대해 생각했다.

박인실 ─ 그녀가 바로 그들이 안젤라라고 부르는 여자였다. 그녀는 내가 10여 년 전 어떤 특별한 사정이 있었던 천세를 위해 그로 위장하여 선을 본 적이 있는 여자였다. 결국 그녀는 그 '대리 맞선'의 내막을 알게 되었고, 또 내가 결혼 같은 것에 흥미도 자격도 없는 알건달이란 것도 알게 되었지만, 우리는 그 후 좀 묘한 경위를 통해 일종의 우정을 나누는 사이가 되었다. 물론 인간관계에 있어 대체로 소극적인 나보다는 그녀 쪽에서 기울이는 정성이 컸다. 소록도에서 간호조무사로 나환자들을 돌보며 살던 시기에는 매주 편지를 써 보냈고, 두어 달에 한 번 정도는 휴가를 받아 서울에 올라와 나를 만나고 가곤 했다.

그러다가 이곳 영평에 와서부터는 처음 두 해 동안은 편지는 그대로 보내 왔으나 예전보다 사정이 여의치 않은지 나를 만나러 오는 횟수는 일 년에 두세 번쯤으로 줄었다. 워낙에 게으른 편인 나는 그 편지들에 대한 답을 마음이 내킬 때 불규칙적으로 했으나 내 쪽에서 그녀를 찾아가는 일은 여러 번 그녀의 제의가 있었음에도 불구하고 시도하질 않았다.

어쨌건 그렇게 직·간접적인 왕래가 오가는 동안 우리는 다른 사람들과는 쉽게 나누지 못하는 흉금의 얘기들을 주고받게 되었고, 그러한 대화들을 통해 그녀는 어쩐지 몰라도 나는 인생의 또 다른 차원에 눈뜨게 되었다. 즉, 내가 남다르게 지니고 있는, 그녀 표현에 의하면 '훌륭한 사슴뿔'과도 같은, 존재의 질質을 뚜렷이 의식하고 그 가치를 높여 나가려는 의지가 생긴 것이다.

중학교에서 영어를 가르치던 노처녀 누님이 '참교육실천연합'이란 교사들의 모임에서 만난 한 남자와 뒤늦게 사랑에 빠져 그의 고향이며 일터인 서해의 섬마을로 시집을 가버리자, 나는 돌아가신 부모님이 나를 상속자로 지정해 놓은, 누님과 살던 집을 일부 개조하여 세를 놓아 생계를 해결하게 되었다. 그래서 많은 돈을 필요로 하지 않는 나의 단순한 생활을 유지하는 데 별 문제가 없던 나는 그전과 다름없이 생존에 요구되는 최소한의 노동만 하면서 남들이 보기엔 한없이 '게으르고 심심한' 삶을 살 수 있었다. 이웃의 아파트에 살던 천세는 그런 나를 일컬어 내 이름 대평大平을 따서 '태평도인太平道人'이라 부르곤 했다. 그러면서 덧붙이기를, 무하 선생이란 철학자가 계신데 너는 그 양반의 철학을 아메바적 형태로 구현하고 사는 놈 같아, 했다.

그런데 나는 인실과의 대화가 깊어짐에 따라 나의 '게으르고 심심한' 삶도 어떠한 목적의식을 가져야 궁극적으로 의미 있는 것이 되지 않을까 하는 생각을 점차 하게 되었다. 하루하루 살아지는 대로 그냥저냥 살다 가는 게 인생이라면 뭣 때문에 어머니 배를 아프게 하며 세상에 태어났겠는가? 나와 달리 아등바등 쫓기며 바쁘게 사는 사람들이라고 반드시 그러한 생의 목적의식을 지니고 사는 것 같지는 않다. 오히려 그들 중에는 그냥 짝짓고 새끼 낳고 먹고 사는 데만 정신이 팔려, 삶의 궁극적 목적 같은 것은 직업적으로 그런 것들을 생각해야 하는 사람, 이를테면 철학자 같은 특별한 사람들한테나 관계있는 무엇처럼 여기는 이들이 더 많은 듯하다. 그러므로 사람이 의미 있는 삶을 추구한다는 것은, 바쁘게 살고 한가하게 살고 — 이를 '열심히 살고 게으르게 살고'로 표현할 사람도 있겠지만 — 에 관계없이 자신의 삶에 스스로 목적을 부여하려는 의지를 갖느냐 안 갖느냐의 문제인 것이다.

여기까지의 결론에 이른 나는 내게 맞는 생의 목적을 '창안'하는 데 도움이 될 독서를 좀 할까 해서 철학 교수인 천세에게 자문을 구했는데, 그는 노자와 에머슨을 권했다. 천세가 빌려준 이 두 현자의 저서 몇 권과 인실이 권하며 사서 보내 준 기독교 신약 성경을 날마다 몇 페이지씩 읽는 것을 생활화한 지 한 일 년 되었을 때 일이다. 그제껏 독서라곤 소설류나 잡지 따위가 고작이었던 내가 그런 무게 있는 책들을 얼마나 제대로 소화해 냈는지는 몰라도, 나는 그 동서東西의 명저들이 나의 삶과 연관되게 말해 주는 한 가지 사실이 있다는 것을 어느 날 아침 산행을 하면서 문득 깨달았다. 진리 또는 도라는 것은 어떤 절대 불변의 법칙이 아니라 내가 '지금, 바로 여기' 존재하는 상태에서 시시때때 만들어 가는 무엇이라는 것.

그래서 예수는 "죽은 자들의 장례는 죽은 자들에게 맡기라" 했고, 노자는 "도는 틀 지어 이름 붙이는 순간 더 이상 도가 아니다"라고 했으며, 에머슨은 "자신이 처해 있는 상태가 바로 자기가 구하여 묻는 바에 대한 해답이다"라고 하지 않았겠는가. 나는 갑자기 주변 세상이 환히 빛나고 만사가 다 여의하게 다가오는, 생전 처음 경험하는 벅찬 느낌을 안고 하산하여 곧바로 영평에 있는 인실에게 시외 전화를 걸었다. 내 쪽에서 전화 연락을 하는 것도 처음 있는 일로서, 그 환희로운 경험을 누군가에게 얘기하고 싶어 견딜 수가 없었던 나는 인실이야말로 그러한 비현실적 체험을 비웃지 않고 이해해 줄 사람이라고 생각했던 것이다.

그런데 그녀는 늘 그래 왔듯이 이번에도 역시 한 걸음 앞서 있었다. 하고 싶은 얘기가 있으니 그쪽이 움직이기 힘들면 내 쪽에서 영평으로 찾아가 만났으면 한다는 의사를 전했을 때 그녀는 말했다.

"대평 씨, 이제 저는 당분간 바깥사람들을 만나기가 힘들 것 같아요. 얼마 전에 열흘 동안 금식 피정을 했는데 하느님의 답변을 들었거든요. 그래서 봉쇄 수도회인 갈멜 수녀원에 입회할 수 있는지를 알아보고 있어요. 만약 입회가 허락되지 않는다면 다른 길을 모색해야겠지만 아무튼 지금 당장은 근신하면서 소식을 기다려야 해요."

나는 마치 혼자 재미 삼아 연습하던 높이뛰기에서 뜻밖에 올리게 된 성과를 자랑하려고 동무를 찾았다가 그가 이미 그 분야의 선수 생활을 고려하고 있는 단계임을 알게 된 기분으로, 어쨌든 나중에 연락 한 번 달라고 하고선 전화를 끊었다. 어떤 정신적 변화가 생기면 곧바로 그것을 실천에 옮기는 여자. 부농富農 집안의 귀염받는 막내딸로 소읍의 병원에서 편안하게 보조 간호사 노릇을 하다가 어느 날 홀연히 불치성 나병을 앓고 있는 사람들의 격리된 세상인 소록도의, 일 어렵기로 소문난 국립의료원으로 자원해 들어간 여자. 그곳에서 그녀는 유능하고 인기 있는 간호사로 몇 년간 멀쩡하게 잘 있다가 환자 사목을 보던 한 헌신적인 신부한테 감화를 받아 천주교 세례를 받았다. 그 후 영평의 어느 수녀원에서 운영하는 장애인 재활원에서 봉사할 간호 인력을 절실히 필요로 한다는 얘기를 전해들은 그녀는 그다음 달로 짐을 싸서 그곳으로 옮겨 갔다. 박인실, 그녀는 그처럼 자신을 좀 더 깊이 투신할 그 무엇을 끊임없이 모색하는 불가사의한 내적 열정을 지닌 여자였다.

그녀는 그 후 세속에 머물면서 선교와 봉사 활동을 하는 가운데 수도 생활을 하는 재속 수도자가 되었다. 30대 초반을 훌쩍 넘겨 버린 나이가 결격 사유가 되어 원하던 봉쇄 수녀원 입회는 이루어지지 않았던 것이다. 그녀는 재속 수도회 입회를 결정한 직후 그것을 알리는 편지를 한 번 보낸 뒤 일체의 연락을 끊었다. 그러다가 천세가 죽은 며칠 뒤 엽서를 한 장 보내왔는데, 발신인 주소가 같은 영평이긴 했지만 장애인 재활원이 아닌 '사랑의 공동체 성요셉원'으로 되어 있었다.

'신문에서 천세 씨 일을 알았어요. 마음이 좀 가라앉으면 저 사는 곳에 한 번 다녀가시겠어요? 그분이 대평 씨께 어떠한 벗이었는지 저는 기억합니다. 하느님의 크고 부드러우신 손길이 임하시기를 기도하겠습니다. 인실 씀.'

어제 길을 너무 헤매다 보니 어느덧 밤이 깊어졌으므로 무하 선생 산채 도착을 하루 미루기로 결정한 혜윤 모자와 내가 숙박할 여관을 찾아 우연히 들어선 데가 공교롭게도 영평이었다. 그 이름이 왠지 익숙해서 곱씹어 보니 인실이 보낸 엽서의 주소가 떠올랐다. 결국 그녀와 무하 선생은 같은 군내에 살고 있는 것이었다. 나는 새삼 깨닫게 된 그 사실이 모종의 계시처럼 느껴졌다. 그래서 어젯밤 만수가 잠들자 맥주 몇 병을 시켜 올려놓고 나더러 자기네 방으로 건너와서 한잔 같이 하기를 청한 혜윤에게 아침에 성요셉원이란 델 잠시 들렀다 갈 수 있을지를 물었다. 혜윤은 일순 망설이는 듯하더니 짧은 한숨을 내뱉으며 응낙했다.

"그러지요, 뭐. 과부 된 주제에 여기저기 얼굴 보이고 다니는 게 내키진 않지만 인실 씨라면 경우가 좀 다르니까요."

천세와 무하 선생과 인실…. 그들은 각기 방식은 다르

지만 모두 속세를 떠나 버린 사람들이 아닌가. 혜윤과 나는 그중 한 사람의 부재를 가슴에 품고 나머지 두 사람이 머물고 있는 수도 도량으로 순례를 나선 셈일까? 그 순례를 통해 우리가 얻고자 하는 것은 무엇인가? 공연히 그들과의 사이에 넘지 못할 간극이 존재한다는 것만 확인하게 되는 게 아닐까?

"아저씨이—!"

흥분한 외침이 들리면서 만수가 후닥닥 방으로 뛰어들었다.

"수사님이, 나, 강아지, 한 마리, 주겠대."

가쁜 숨을 고르며 아이가 말했다.

"아저씨 집에서, 키워도 돼?"

곧이어 혜윤과 함께 수사로 짐작되는 중년 남자와 낯선 여자 하나가 따라 들어왔다. 까무잡잡한 피부에 남자처럼 짧은 커트 머리를 하고 색이 바랜 검정색 작업복 바지와 헐렁한 흰색 셔츠를 입은 여자가 입을 열었다.

"오랜만이군요, 대평 씨. 저 알아보시겠어요?"

나는 눈을 의심했다. 그 희고, 단아하고, 세련된 맵시의 처녀는 어딜 가고 중성적 이미지의 시골 아낙이 내 앞에서 인실을 자처한단 말인가? 불과 3년 남짓 사이에 사람이 이토록 달라질 수 있단 말인가? 어리벙벙한 얼굴로 엉거주춤 일어서는 내게 인실은 그녀나 마찬가지로 검게 탄 얼굴에 건강하고 활달한 느낌을 주는 그 남자를 소개했다.

"문 야고보 수사님이세요. 이곳의 총책임자시죠."

문 수사는 마침 점심때니 잘됐다며 우리를 식당으로 안내했다. 길다란 상을 여러 개 이어 놓은 커다란 온돌방을 지나 그 옆의 작은 방으로 들어가니 식탁 두 개와 의자들이 놓여 있고 남자 네 명이 한 식탁에 모여 앉아 있었다. 문 수사는 안젤라 자매의 손님이라고 우리를 소개한 후 그 옆 식탁에 앉게 했다. 인실은 노인들 식사 수발을 들기 위해 큰 식당 방으로 먼저 건너간 터였다. 그 작은 식당 방은 문 수사를 포함한 네 명의 수사와 한 명의 노인 신부가 식사를 하는 곳이었다. 수녀들과 주방 아주머니들과 인실 등은 노인들이 식사가 끝난 후 그곳에서 식사를 한다고 했다. 주방과 연결된 창문으로 뭔가 지시하더니 잠시 후 네 사람 몫의 음식을 트레이에 받쳐들고 수사가 우리 자리에 와 앉으며 말했다.

"여기선 이렇게 먹고 삽니다. 우리 밭에서 따온 거라 재료는 싱싱하니 소찬이라도 많이 드십시오."

완두콩을 섞은 보리밥에 오이냉국, 풋고추와 상추 한

소쿠리, 호박나물, 열무김치로 이루어진 확실한 그린필드에 고춧가루를 벌겋게 뒤집어쓴 꽁치조림 한 접시가 번지수를 잘못 찾은 불청객처럼 곁들여져 있었다. 문 수사는 이곳에 사는 사람들은 몸이 성치 않은 노인들을 제외한 전원이 각자 능력에 맞게 밭농사를 짓는다고 했다. 그래서 자기네 수도회에서 운영하는 몇 군데 복지시설 중에서 식량 자급도가 가장 높다고 말했다. 그러면서 묻지도 않았는데 인실에 대한 칭찬을 한참 늘어놓았다.

　"안젤라 자매님도 처음 왔을 때와 달리 이젠 일급 농사꾼이지요. 어디 농사뿐인가요? 본디 간호사 출신이라 노인들 병 나면 웬만한 증세는 의사 보일 필요도 없이 잘 처치해 주죠. 또 노인들 신앙 지도에 수녀님들보다도 더 열심이에요. 이곳에 비신자로 입소한 노인들도 꽤 있었는데 안젤라 자매님의 인도로 거의 다 세례를 받고 이제 아주 열성적인 신자들이 됐어요. 게다가 집 주위의 화초 가꾸는 일이나 개 기르는 일 같은, 우리 수사들이 소홀히 하는 일들까지 자청하여 여간 정성을 들이는 게 아녜요. 하여튼 매사에 얼마나 철저하고 열심인지 그 자매님이 손대는 일은 뭐든지 확실한 성과가 있어요. 정말 우리 공동체에 없으면 안 될 소중한 일꾼입니다."

식사를 마치자 문 수사는 뒤뜰로 우리를 데리고 나왔다. 그곳에는 수령이 꽤 되어 보이는 등나무들이 녹색 차일을 드리운 넉넉한 그늘에 전통 가옥의 마루를 연상케 하는 커다란 평상이 놓여 있었다. 평소에는 온통 노인들 차지인 평상이지만 오늘은 점심 후에 특별 미사가 있어 손님들이 앉아 보는 행운을 누리게 됐다며 너털웃음을 웃어 보이고 문 수사는 안으로 들어갔다.

곧이어 인실이 다과를 담은 쟁반을 들고 나타났다. 너무 오랜만에 보는 데다 놀랍게 달라진 모습을 하고 있는 그녀에게 무슨 말을 어떻게 걸어야 할지를 몰라 어색한 침묵에 붙들려 있는 내가 딱해 보였던지 두 여자는 자기들끼리 얘기를 시작했다. 천세 이야기는 민감한 부분이라 피차간에 피하는 것 같았고 주로 각자의 일을 화제로 삼았다. 그들의 대화는 옆에서 듣기에 둘 간의 친분에 비해 퍽 진솔한 것으로, 나중에는 자기들이 일하면서 겪는 애로에 관한 것까지 얘기가 오갔다. 먼저 혜윤이 자기가 활동하는 환경운동권 내부에서 정치 논리에 오염되어 세력 다툼을 일삼거나 상정모리배적 이권 추구에 열을 올리는 일부 '공해적' 인간들과 함께 일하지 않을 수 없을 때의 어려움을 얘기하자, 인실이 의외의 속내를 털어놓았다.

"이곳도 사람 사는 곳인지라 역시 인간관계에서 생겨나는 갈등의 문제가 제일 어려운 것 같아요. 몸을 부려 일을 열심히 하는 건 얼마든지 하겠는데, 동료들 간의 미묘한 감정적 알력, 서로 견주며 자신의 우월함을 확인하려는 마음, 공동 작업에서 일이 잘 안 풀리면 생겨나는 남에 대한 원망 따위로 속을 끓이고 나면 기도도 잘 안 되고, 내가 이럴 바엔 어쩌자고 하느님께 수도자의 서약을 했을까 싶을 때가 있어요. 차라리 한 평범한 여자로서 결혼하여 지지고 볶고 살면서 한 가정이나 충실하게 꾸려 가는 게 오히려 분수에 맞는 정직한 삶이 아니었을까 싶을 때조차 있구요."

혜윤이 나를 힐끗 쳐다보며 그녀에게 말했다.

"지금도 늦진 않았지요. 인실 씨 마음먹기에 따라 평범한 삶의 행복이야 이제라도 얼마든지 추구할 수 있는 거 아니겠어요?"

"아, 아녜요. 그건 그렇지 않아요. 저는 이미 기도 속에서 하느님께서 저를 어떻게 쓰기를 원하시는지를 알았어요. 좀전에 말씀드린 것처럼 이런저런 분심이 들어 마음의 평온을 잃을 때가 많지만, 하느님께서 제게 주신 은총의 선물인 봉사의 능력은 제가 그분께 부르심을 받았을 때의 상태를 유지할 때 가장 효과 있게 쓰이리라는 믿음만은 변함이 없기 때문에 다른 형태의 삶은 생각할 수가 없어요. 다만 제가 하느님께서 선물해 주신 믿음의 은총을 자만하여 분수에 맞지 않는 생각에 빠져들거나 나도 모르게 사람들을 거짓 겸손과 거짓 애정으로 대하는 위선적인 생활을 하게 될까 봐 두려운 거죠."

"자신에 대해 굉장히 엄격하시군요. 나같이 세속적인 사람은 거짓 겸손과 거짓 애정으로라도 그렇게 자신을 바쳐 봉사할 수만 있다면 얼마나 대단한 일인가 싶은데요. 내게는 그런 것이 타고난 자질의 문제라고 생각되었는데, 인실 씨는 그것을 하느님의 은총이라고 보시는군요. 어쨌든, 뭐든가 하나 흔들림 없는 신념을 가졌다는 것은 행복한 일 아닐까요? 나도 그렇지만 만수 아빠도 결국 그게 잘 안 돼서⋯."

혜윤은 평상에서 일어서며 등나무 이파리들이 얼기설기 그림자를 드리워 빛과 어둠이 한꺼번에 깃들인 얼굴을 내 쪽으로 향하고 말했다.

"나, 만수한테 좀 가볼게요. 얘가 아주 강아지들한테 빠져서 오도 가도 않네요. 이제 출발할 때도 거진 됐는데⋯ 두 분이서 말씀 나누고 계세요."

개집이 있는 건물 입구 쪽으로 걸어가는 혜윤의 맥없는

뒷모습을 바라보던 나와 인실이 거의 동시에 입을 열었다.

"천세는ㅡ"

"천세 씨는ㅡ"

인실은 엷은 미소를 띠고 먼저 얘기하라는 듯한 표정으로 나를 쳐다보았다. 서로의 얼굴을 정면에서 바라보기는 이때가 처음이었다. 그녀의 검게 탄 얼굴은 다부진 시골 아낙 같은 인상을 주긴 했으나 열정과 신념에 차 강한 빛을 발하는 두 눈의 표정이 예사롭지 않았다.

"천세는 너무 복잡하게 살았어요. 몸도 마음도 쉴 틈 없이 부렸지요. 나같이 세상 물정에 밝지 못한 사람이 옆에서 봐도, 저러다 언제 확 고꾸라지지 싶게 많은 책임들을 짊어지고 살았어요. 학교, 연구소, 학회, 각종 사회단체와 연대 등 수많은 조직에 관여하면서 온갖 사람들을 상대하고… 강의, 연구, 저술, 발표, 토의, 행사 참여, 시위, 방송 출연, 원고 집필 등 끝도 없이 생겨나는 일들을 엄청난 의지력으로 해냈지요. 그런데 어젯밤 늦게까지 혜윤 씨와 얘기를 좀 나눴는데, 근래 들어 천세는 자신의 그 복잡한 삶에 대해 회의를 많이 했다더군요. 술이 설 취해서 들어오면, 이렇게 살려고 철학을 공부한 게 아닌데, 어떻게든 정리를 해야 해, 정리를! 하고 괴로워했대요. 그래서인지 보통 술을 마시면 녹초가 될 때까지 마시곤 했어요. 그렇게 가 버릴 양이면 무슨 결단인들 못 내렸으랴 싶은데도 살아서 는 끝내 그 정리란 것을 할 엄두를 못 냈던 거죠. 인실 씨 살아가는 걸 보니까 천세에게 종교가 있었더라면 좀 다르 지 않았을까 싶기도 하군요. 하느님 은총이란 게 어떻게 해야 내리는 건진 몰라도."

"마음에 너무 많은 것들이 들어 있으면 하느님이 자리 하실 틈이 없지요. 그래서 마음이 가난한 상태를 수도자들 은 추구한답니다. 그러나 우리 인간이 나약해서 온갖 것들 에 한눈을 팔게 되니까 그 상태를 설령 얻었다 하더라도 계속 유지하는 것은 참 어려운 일이죠. 그래서 끊임없이 기도를 통해 간구해야 해요. 천세 씨는… 정말 안타까워요. 그만한 지성의 소유자가 하느님을 알았더라면 아주 큰 빛 을 발하는 존재가 됐을 텐데…."

이 여자는 아직 젊은 나이에 어떻게 이처럼 확고한 의 식 세계를 갖게 되었을까? 예전에도 다분히 그럴 가능성 이 있어 보이던 여자였지만 몇 년 사이에 나로선 상대하기 벅찬 수준의 인격으로 변모한 그녀와 대화하는 것이 좀 부 담스럽게 느껴졌다. 그녀와 나는 어떤 면에서 정반대되는 형태의 삶을 선택한 게 아닌가. 그녀의 삶이 어떤 뚜렷하고 확고부동한 지향을 지닌 정형定型의 삶이라면 나의 삶은 아무런 지향도 지니지 않는 비정형의 삶이어서, 그 둘은 이제 각자 평행선상의 길을 걸어갈 뿐 별로 만나지진 않을 터였다. 그동안 많이 궁금해도 하고 또 그녀와 보냈던 시간들을 때로 그리워도 했지만, 막상 만나고 보니 사용 한도가 만료된 전화 카드를 그런 줄도 모르고 지갑에 고이 간직하고 있었던 것 같은 느낌이 들었다.

인실은 얘기를 더 나누고 싶어하는 눈치였지만 나는 이만 출발할 때가 된 것 같다며 자리를 털고 일어났다. 그녀의 눈에 순간적으로 쓸쓸한 빛이 스친 듯했다. 그러나 마침 미사가 끝났는지 뒤뜰로 몰려나오는 예닐곱 명의 노인들을 보자 얼른 다가가 반기며 말을 건네는 그녀의 얼굴은 온화한 미소로 환히 빛났다.

이윽고 화산 방향을 가리키는 푯말이 서 있는 갈림길이 나타나자, 혜윤이 이제 좀 한숨 돌리겠다는 듯이 슬몃 웃으며 말했다.

"어때요? 나, 길 제법 잘 찾죠? 어제 하도 혼이 나서 아예 지도는 참고할 생각을 안 했더니 오히려 잘 찾아지네요. 길이란 게 있다가도 없어지고 새롭게 들어서기도 하는 거란 생각을 어제는 왜 못 했을까요? 길을 갈 때 헤매지 않도록 지침 구실을 하는 게 지도라는 건데, 요새같이 자고새면 세상이 바뀌는 판국에 5년이나 묵은 지도를 철석같이 믿고 길을 찾으니 당연히 헤맬 수밖에요. 이미 지나간 시대의 지침에 집착했을 때 생겨나는 부작용이랄까요."

성요셉원에서 출발하여 한 시간 정도 오는 동안 혜윤은 주유소에 들렀을 때 딱 한 번 염두에 둔 방향을 확인한 외에는 거의 자신의 직감적 판단에 의지해 차를 모는 듯했다. 나는 행여나 해서 무릎 위에 꺼내 놓았던 지도를 차 캐비닛에 도로 넣으며 대꾸했다.

"그러니까 시시각각 일어나는 세상의 변화를 따라잡지 못하면 지침으로서 쓸모가 없을 뿐 아니라 장애가 될 수도 있다는 얘긴가요?"

"뭐, 전적으로 그렇다곤 할 수 없겠죠. 그래도 아직까진 바뀌는 것보다는 그대로 있는 게 더 많으니까. 하지만 이즘 와선 나도 우리가 지침으로 삼고 있는 많은 것들이 어디까지나 시간에 종속된 가정물假定物에 불과하다는 생각이 자꾸 드네요. 시간을 이기는 지침이란 없다 — 는 생각, 얼마나 불안하고 허망한가요! 만수 아빠가 미치게 원망스럽다가도 어떨 땐 너무나 이해가 돼요. 언제까지 이렇게 질주하는 세상의 꽁무니를 뒤쫓아 전전긍긍하며 살아야 하는지….”

대화가 조금 진행되다 보면 자꾸만 어두운 자의식에 빠져드는 혜윤을 보며 나는 생각했다. 어젯밤에도 좀 그렇게 느껴졌었지만, 이 여자는 지금 어떠한 기로에 서 있는 거다. 천세가 죽기 전부터도 그녀는 삶에 대한 혼란과 불안감을 많이 안고 있었던 것 같고, 그의 죽음을 계기로 자기도 어떤 결단을 내리지 않으면 안 된다는 생각을 하게 된 것 같다. 그래서 무하 선생도 찾아보려는 걸 거다.

나는 그녀가 친구의 미망인으로서가 아니라 한 인간으로서 측은하게 여겨졌다. 비록 고된 헌신의 삶이지만 정신적 안정과 뚜렷한 확신 속에 살아가는 인실과 비교할 때 얼마나 허약한 인생인가 싶었다. 위로의 뜻을 품고 나는 그녀에게 아이의 존재를 상기시켰다.

“우리 집에 저놈의 강아지를 갖다 놓으면 내가 팔자에 없는 애완동물에다 만수까지 먹여 살려야 할지 모르니까, 차제에 혜윤 씨네도 아파트 생활을 청산하고 단독주택으로 옮기는 게 어떨까요? 우리 옆집도 세 내놨던데…. 그래서 강아지도 키우고, 토끼도 키우고, 상추도 좀 심어 먹고 그러면 좀 더 환경친화적인 삶이 되지 않을까요? 뭐, 환경

운동이 별겁니까?"

뒷좌석에서 강아지를 보듬고 졸고 있던 만수가 어느 틈에 그 말을 귀담아 들었는지 좋아라 소리쳤다.

"와! 그러면 진짜 좋겠다. 그치—이, 엄마?"

비가 내려 산행을 못하게 된 나는 마루에서 기공 체조 대신 30여 분간 단전호흡을 했다. 열어 놓은 미닫이문 밖에서 베로가 앞발에 고개를 묻고 엎드려 비 내리는 뜨락을 뭔가 곰곰이 생각하는 눈길로 바라보고 있다.

한 달 전 영평에서 데려온 이 삽살개 잡종은 이제 제법 자라 우리가 라면으로 끼니를 때울 때면 한 그릇도 모자라 내 몫까지 널름거린다. 놈에게 베로라는, 만화영화 속 우주 영웅의 이름을 붙여 준 만수는 지금 취재 간 제 엄마를 따라 어느 대안학교에서 개최한 숲 속 여름 캠프에 가 있다. 만수는 그동안 나와 베로와 함께 우리 집에서 지냈으면 했지만 제 엄마가 너무 여러 날 동안이라 폐스럽다며 데리고 가버렸다. 나도 베로도 서운해한 건 물론이다. 그러나 한편으로는 혜윤이 만수와 함께 지내는 시간을 될 수 있는 한 많이 가지려 하는 것 같아 다행스럽게도 여겨진다.

그리고 보니 그녀에게는 무하 선생의 산채에 다녀오고 얼마 후부터 작은 변화가 일고 있는 듯하다. 시도 다시 쓰기 시작했다고 하고, 집에 친구들을 불러 음식을 해 먹이기도 한다. 나도 한 번 초대받아 무슨 퓨전 파스타라나 하는 국수 요리를 얻어먹었다. 옷 색깔도 주로 무채색만 입더니 바다색, 치자색, 복숭아색 같은 화사한 색상의 옷도 더러 입고 나타나곤 한다. 화산의 산채에서 무슨 일이 있었던가?

화산의 허심당虛心堂. 우여곡절 끝에 찾아간 그 산거의 초당에 무하 선생은 없었다. 우리가 그날 오후 갖은 잡초 우거진 뜰에 들어섰을 때 마주친 것은 허물어질 듯한 흙집의 툇마루에서 삶은 닭고기를 뜯고 있는 비쩍 말라비틀어진 노인이었다. 우리가 무하 선생이시냐고 묻자, 그 노인은 손사래를 치며, 무하라는 영감은 며칠 전에 어디론가 떠나 버리고 없고 자기가 언제 돌아올지 모르는 그를 대신해 그 '움막'을 지켜 주고 있다고 했다. 그러면서 손으로 기름기 묻은 입을 훔치며 하는 말이 이랬다.

"그 영감은 어딜 진득이 붙어 있질 못해. 걸핏하면 횡하니 나가서 수일씩 정처 없이 떠돌아다니다가 파김치가 돼서 돌아오곤 하지. 몇십 년간 잊지 못해 찾아다니는 어떤 여인네가 있나 봐. 뭐, 현주라나 하는 여인넨데, 못 만나고 돌아올 때면 칠십 바라보는 영감이 이불을 뒤집어쓰고 엉엉 울기도 하더라고. 내가 아무리 기집은 모두 요물이니다 잊고 나랑 낚시질이나 다니며 맘 편히 살라고 해도 그러지를 못해. 저기 뒷방에 잔뜩 쌓여 있는 책들도 요즘엔 통 쳐다보지도 않고, 어쩌다 자식들이 찾아와도 눈길 한번 안 줘서 서운한 마음으로 돌아서게 만들고, 더러 제자들처럼 보이는 사람들이 자네들처럼 한소리 듣겠다고 찾아오면 귀찮다고 문전박대해서 내쫓더라고. 내가 몇 년 가까이서 지켜보는데 사람이 점점 못쓰게 돼 가는 것 같아. 헌데, 이번에 그 영감이 돌아와서 지가 유일하게 이뻐하며 거두는 장닭을 잡아먹은 걸 알면 어떻게 나올지 궁금하구면. 뭐, 그 영감은 이놈을 봉새의 현신이라니 뭐니 하면서 저는 굶어도 때때마다 챙겨 먹이며 신줏단지 모시듯 하는데, 요즘에 가만히 보니 꼬박꼬박 졸기만 하고 도통 홰도 안 치는 게 병이 든 것 같더라고. 그래서 복날도 되고 해서 보신 좀 하려고 삶았지. 늙어서 좀 질기긴 해도 놔 기른 닭이라 맛이 담백한 게 괜찮아. 좀 먹어들 볼래?"

무하 선생과 어떻게 되는 사이냐고 묻자 그 노인은 친구도 되고 형제도 되고 생판 모르는 남도 되고 하는 사이라는, 알쏭달쏭한 대답을 했다.

크게 실망하고 허탈한 마음을 안고 그 묘한 여행에서 돌아와 일상으로 복귀한 지 열흘쯤 지났을 때의 일이다. 혜윤이 연락도 없이 저녁 늦은 시간에 책 한 권을 들고 상기된 표정으로 우리 집에 나타났다. 일종의 철학 에세이집인 그 책은 《동양 철학, 오늘을 살다》라는 제목에 저자가 황해룡으로 되어 있었는데, 천세가 집에 두고 보던 책들을 정리하다 보니 나왔다는 것이었다. 혜윤이 겉표지의 날개를 들춰 보이는데 그곳에 낯익은 얼굴이 하나 박혀 있었다. 화산의 초당에서 만난 그 늙은이, 자기 할 말만 마치고 낚싯대를 챙겨 들더니 온다 간다 말도 없이 반대편 산기슭으로 사라져 버린 그 노인이었다. 그러고 보니 무하 선생이 산으로 들어가기 전에 '황' 뭐라는 이름의 철학 교수였다는 얘기를 천세한테서 들은 게 생각났다. 그 노인이 황해룡, 즉 무하 선생이었던 것이다.

천세가 굵은 만년필로 밑줄을 그어 놓은 것 중에는 이런 대목이 있었다. "물物이란 시공간상에서 파악되는 것이요, 파악이란 다름 아닌 시간과 공간을 만들어 내는 작업이다."

무슨 소린지 확실히 알아먹을 수는 없었지만 내가 몇 년 전 노자의 《도덕경》을 여러 번 되풀이해 읽고 나름대로 도달했던 이해와 뭔가 좀 맥이 닿는 이야기 같았다. 혜윤이 펼쳐 보인 또 다른 페이지에서는 장자의 세계를 논하면서, 지식이나 논리적 사고로는 들어갈 수 없는 진리의 자리를 상징한다는 '현주玄珠'라는 개념을 이렇게 풀어놓고 있었다. "현주는 아름다운 여인이다. 순수하고 풀잎 같은 여인이다. 많은 사람들이 모두 그녀를 만나고 싶어했다. 그러나 지금까지 아무도 만난 사람이 없고 홀로 짝사랑만 하다가 죽어 갔다."

혜윤과 나는 서로 마주 보며 기가 막혀 실소를 터뜨렸다. 잠시 침묵이 흐른 뒤 그녀가 말했다.

"결국, 무하 선생은 그 초당에 없기도 하고 있기도 하군요. 있으면서 없고, 없으면서 있는 사람 ― 과연 남편이 선망했을 법한 경지군요. 헌데, 난 왜 그 양반이 불행하게 느껴질까요?"

물론 나는 그 이유를 모른다. 남들이 내가 자기들이 보기에 초라하고 따분한 삶을 살아가면서도 불행하지 않은 이유를 모르듯이 말이다. 하여간 나는 언제까지나 건달로 살아갈 작정인데, 자처한 건달로서의 이 삶도 예기치 못한 변수와 복병적 요소로 가득 차 있음을 남들은 알까? 그래서 행여 건달의 본질인 한가로움을 본의 아니게 잃게 되는 상황이 닥칠까 봐 걱정도 한다는 것을 알까?

나와 베로는 점점 굵어지는 빗줄기에 질퍽하게 젖어드는 뜨락을 하릴없이 바라본다. 어제까지만 해도 봄내 이어진 지독한 가뭄으로 먼지가 풀풀 일던 뜨락이다. 장마가 시작되었다. 곧, 이 낡은 집구석 어디선가 또 비가 샐지 모른다.

강물은
흘러흘러
어디로 가나

-건달 3-

희한했다.

백 원짜리든, 오백 원짜리든, 천 원짜리든 뭘 넣어도 쳐다볼 염을 않던 그가 만 원짜리 지폐가 들어간 줄 어떻게 알았을까? 누가 소쿠리에 뭘 넣든 아랑곳없이 눈도 입도 꾹 봉하고 간혹 한 번씩 생각난 듯 좌우로 몸을 흔들어대며 앉았던 사내다.

"왜… 싫어요? 곧 추석인데…."

대답이 돌아올 거란 기대도 어차피 없었지만 사람을 쳐다보지도 않고 땟국이 줄줄 흐르는 손으로 지폐를 들어 가져가란 시늉을 하는 그를 보자, 대평은 썩 유쾌하지 않다. 지폐를 받아든 대평이 한 걸음 비켜서자 담벼락 위에 걸쳐졌던 그의 그림자도 함께 물러나며 길바닥에 퍼질러앉은 사내의 뒷전이 환해졌다. 보일 듯 말 듯 희미한 미소가 사내의 핏기 없는 입술을 스쳤다. 홍, 디오게네스시군. 나야 알렉산더가 아니니 당신한테 감복할 이유가 없지. 머쓱해진 기분에 대평은 보도 위에 버려진 빈 플라스틱 병에 불량스런 발길질을 한 방 먹이고는 마포대교를 향해 걸음을 옮겼다.

다리 위에 서서 내려다보는 한강은 언제나 약간의 현기증을 일으켰다. 강은 오늘도 장자가 말한 곤鯤이란 물고기처럼 가늠할 길 없이 긴 몸통을 느릿느릿 움직여 어디론가 가고 있다. 아득하고 기약 없는 재회의 약속처럼 뭔가 서글픈 느낌을 자아내는 풍경이었다. 며칠 전 태풍이 한 차례 몰아치고 간 뒤라 윤슬에 반사되어 부서지는 초가을 햇살이 유난히 투명했다. 혜윤에게서도 늘 이렇게 좀 투명하고 서글프단 느낌을 받곤 하지. 대평은 그녀와 함께했던 황하 여행을 애틋한 심정으로 떠올리며 강의 양변兩邊이 만들어 내는 먼 소실점을 향해 시선을 던졌다.

지난겨울 대평은 뜻하지 않게 친구의 미망인을 안아 보았다. 중원 대륙의 웅혼한 자연 속에서 일어난 일이었다. 혜윤이 황하의 흙탕물 속으로 떨어질 뻔한 아찔한 순간은 그 여행의 맥락과 관계없이 난데없이 발생했다. 바로 뒤에서 있던 대평이 황급히 팔을 뻗어 어깨를 잡아채자, 그녀의 헐렁한 몸이 그의 품안으로 풀썩 안겨 왔다. 그 자세 그대로 놀란 가슴을 벌렁이며 서 있던 몇 분간이 그에겐 영원처럼 느껴졌다.

그때 그녀는 나중에 그가 일행에게 얼버무렸듯이 실제로 발을 헛디뎌 그랬던 것일까? 그 의문은 아직도 풀리지 않았다. 하지만 그 후로도 그것을 물어 볼 용기는 나지 않았다. 좀 떨어진 곳의 바위 옆에 엎드려 소용돌이치는 강물을 카메라에 담고 있던 추 선생이 고개를 돌려 의아한 눈길로 쳐다보는 걸 알아차리자, 그들은 곧바로 서로에게서 떨어졌다. 아직도 목덜미 한쪽에 달싹거리는 따뜻한 입술의 느낌으로 남아 있는 기억은 그 순간 혜윤이 뭔가를 말하려 했었다는 것이다. '주전자 주둥이壺口'란 이름을 가진 황하 중류의 폭포는 겨울이라 반쯤 얼어붙었는데도 그 소리가 천둥소리처럼 우렁찼다. 추 선생이 그만 차로 돌아가자는 신호를 손짓으로 보냈을 때 혜윤은 잠시 강을 향해 돌아서서 얼굴을 감싸고 있다가 그를 앞질러 차 세워둔 곳으로 걸어갔다. 추 선생은 차에 먼저 가 있던 자신의 중국인 친구와 조선족 통역에게 가서 얘기를 나누는가 싶더니 갑자기 돌아서서 혜윤과 뒤따르는 그를 향해 카메라

를 쳐들었다. 찰칵. 찰칵. 찰칵. 찰칵. 폭포에서 멀어지니 광
막한 자연 속에서 그 조그만 기계음이 세상의 모든 소리
인 듯 귀를 점거했다. 외롭고 동떨어진 문명의 소리였다.

"어… 아저씨, 언제 왔어요?"

만수가 얼굴을 들지도 않은 채 담배를 바코드 리더에 갖
다 대며 이천오백 원이요, 하다가 대평을 뒤늦게 알아보고
씨익 웃었다. 입가에 여러 줄의 세로 주름을 잡으며 웃는
양이 제 아비와 꼭 닮았다. 천세도 그 나이 때 꼭 저런 모
습이어서 애늙은이란 별명이 붙었다. 내가 좀 늙은 영혼인
데 그 티가 나는 걸 나도 어쩔 수 없구만, 하며 혼자서 재
미 삼아 터득한 관상술로 또래 애들의 미래를 점쳐 주던
그가 떠난 지도 십 년이 흘렀다. 대평에게 중년 이후 여복
이 안 들었다며 요리하는 법이나 익혀 두라고 충고했었다.

아닌 게 아니라 이십대 중반에 어머니가 돌아가시고 삼
십대 중반까지 함께 살며 입성과 먹성을 책임져 주던 누
님이 결혼해 떠나 버린 후 그의 여복은 끝난 셈이었다. 그

가 오십이 되도록 독신으로 살게 될 것까지 내다봤던 천세도 투신자살로 단명할 자기 운명은 몰랐다. 천세가 그걸 알았더라면 아버지 없이 자라게 될 저 아이가 태어날 일을 애시당초 만들지 않았을 것 같아 대평은 '중이 제 머리 못 깎는' 수준에 그친 친구의 관상술이 새삼 다행스럽게 여겨졌다.

곧 교대 시간이라며 만수는 제가 먹을 컵라면과 햇반을 전자레인지에 돌려놓고 캔 사이다 하나와 땅콩 한 봉지를 꺼내 들고 카운터 앞 계단으로 그를 이끌었다. 점심을 방금 먹고 나왔다는데도 굳이 제 나름대로 손님 접대를 하려는 것이다. 이런 면은 제 어미를 닮았다. 혜윤은 어린 만수를 그에게 데려와 맡길 때 아무리 짧은 동안이라도 반드시 음료수나 과일, 담배 등을 사들고 오곤 했다.

만수가 다시 내려가 교대할 알바생과 인수인계를 하는 사이 대평은 강변 24시 편의점 이층 테라스에서 사이다를 몇 모금 마시고 새로 산 담배를 땄다. 평일 오후인데도 날씨가 모처럼 좋아서인지 강변에는 사람들이 꽤 나와 있었다. 연 날리는 아이 두 명이 이리저리 뛰어다니며 하얀 솜구름이 점점이 떠 있는 푸른 하늘에 동화적 그림을 만들고 있었다. 대평은 어린 만수를 데리고 정릉 골짜기로, 방학동

들판으로 스케치를 다니던 생각이 났다. 늦가을 들판에서 제 몸을 붉게 물들인 방아깨비를 보고 만수가 신기해하며 물었지. 얘도 철따라 옷을 갈아입은 거야, 나뭇잎처럼? 나뭇잎은 좀 있으면 다 떨어질 텐데 얘도 날개가 다 떨어질까? 만수가 그 말을 하고 난 후 눈에 물기가 어렸던 게 그였는지 그 아이였는지 기억이 분명치 않다.

라면 국물에 만 햇반을 두세 번 숟갈질에 먹어치운 뒤 끄윽 트림까지 올리고 나자 만수는 대평의 담뱃갑에 눈길을 주었다. 아직 만 열여덟도 안 된 녀석이다.

"안 돼, 여기선. 아저씨 미성년자 흡연 방조죄로 걸린다."

"에이, 아저씨. 애들 여기서 다 피워요."

"난 어른이야. 남들이 보는 데서 허락할 순 없지. 내가 나쁜 놈 되잖아."

"엄마도 아는데요, 뭘. 알았어요…. 이따 아저씨 가고 나서 피울게요."

"너 벌써부터 중독은 아니겠지?"

"물론이죠. 그냥 하루에 두세 대 빨다 말다 해요. 아저씨도 그러잖아요?"

"응. 그래, 난. 네 아빠같이 골초였던 적은 한 번도 없지.

근데 웬일이냐? 낮에 다 보자 그러고. 뭐 또 사고 친 거 아니지?"

"사고요? 아저씨두 참…. 학교까지 때려치운 놈이 무슨 사고 또 쳐요? 착하게 놀다 가자, 그게 내 인생 목표구만. 잘 아심시룽. 그냥 아저씨랑 얘기 좀 하고 싶었어요. 엄마 일도 그렇고…."

"엄마? 왜, 증세가 더 심해?"

"예에. 밥도 거의 못 먹어요. 토하느라고. 우리 엄만 유난히 힘들어하는 거 같아요. 딴 아줌마들은 항암 치료 하면서도 할 거 다 하던데…. 나이트도 다닌대요, 우리 친구 고모는. 아무튼 불쌍해 죽겠어요. 짜증도 나고. 그러게 왜 진작 얘기할 때 병원엘 안 가고 병을 키워 쌩고생인지…. 가발 맞춰 쓰고 외출도 좀 하고 그래도 말을 통 들어야죠. 아무도 안 만나잖아요. 아저씨마저도."

"응, 그건… 엄마도 여자라서 그런 거야. 여자들은 그렇대, 자기 외모가 망가졌다 생각하면 남자들 보기가 딱 싫어진대."

"치! 아저씨가 남자는, 무슨…. 그냥 가족이나 마찬가지지. 글고 엄마도 이젠 여자 아니지, 그 나이 잡수셨으면. 자기가 무슨 안젤리나 졸리라도 되는 줄 아나? 완전 토마토

네, 울 엄마!"

"토마토? 그게 뭔데?"

"과일도 아닌 것이 과일인 척한다, 이거죠."

"뭐야? 짜식이 경애하올 모친한테 못 하는 소리가 없네, 이거?"

"헤헤. 그러니까 아저씨한테 부탁하려는 거예요. 울 엄마 달팽이병 더 심각해지기 전에 좀 끌어내 달라고. 뭐 좀 더 갖다 드리까? 맥주 한 병? 삿뽀로나 칭따오루다. 나, 아까 주급 받아서 그 정돈 쏠 수 있는데. 기름을 좀 쳐야 우리 늘보 아저씨 엔진이 움직이지!"

"얼씨구? 관둬, 쨔샤! 코흘리개 뇌물에 침 흘릴 군번이냐, 내가? 이따 집에 가면 엄마 상태 살펴봐서 언제쯤 쳐들어가면 좋을지나 알려. 알았어?"

"넵, 캡틴. 충성!"

만수는 대평이 제 마음을 알아줄 때 떠올리곤 하는 익숙한 눈빛을 건네며 거수경례를 붙인 후 챙길 물건이 있다며 먼저 아래층으로 내려갔다. 잠시 후 뒤따라 내려온 그의 코앞에 만수가 비닐봉지를 불쑥 내밀었다.

"이따 엄마 보러 올 때 갖고 오세요. 여자들은 이런 거에 약하거든요."

봉지 속에 든 것은 빨간 리본으로 장식된 초콜릿 상자
였다.

추석 때 내려올 거냐며 전화해 온 누님에게 대평은 기
차표 예매를 해놓지 않아 힘들 것 같다고 대답했다. 사실
버스를 한두 번 더 갈아타면 될 일이었지만 만수네를 생각
하면 명절 동안 서울에 남아 있어야 할 것 같아서였다. 워
낙에 뭔가를 이리저리 조정하는 걸 번거롭게 여기는 동생
인 줄 아는 누님은 더 토를 달지 않았다. 어차피 성묘는 시
댁 일이 먼저인 누님이 시간 낼 수 있는 추석 이후에 함께
가기로 한 터였다. 그녀가 서해안의 작은 섬으로 시집가고
난 후 대평은 추석이나 설 둘 중에 한 번만 그곳에 가서 누
님 가족과 일주일 정도 지내다 오곤 했다.
　누님이 매형과 함께 그곳에서 초·중등과정을 통합한 분
교를 2인 체제로 꾸려 가며 산 지도 어언 십오 년이었다.
지금은 그나마 아이들이 대여섯 명밖에 안 되어 누님은 부
업이었던 동화쓰기에 더 주력할 수 있게 되었다. 책도 그
사이 세 권쯤 냈는데, 그중 '섬아이'란 제목이 붙은 첫 책에
는 그가 삽화를 그려 독자들로부터 제법 좋은 반응을 얻었
다. 고등학교 때도 남들은 코피 흘려 가며 입시공부 할 때

휘파람 불며 스케치북 끼고 다녀 '갈고 닦은' 유일한 취미랄지 솜씨랄지가 처음으로 쓸모를 발휘한 경우였다.

그 후로 누님은 계속 자기 책에 들어가는 그림을 그가 맡아 주기를 바랐고, 또 출판사에서 다른 저자의 것도 해 달라는 요청이 있었지만 그는 거절했다. 그런 걸 계속하게 되면 그가 가능한 한 피하며 살고자 하는 '일'이 되어 버릴까 저어해서였다.

이십 년 전이나 지금이나 그는 고전적 의미의 건달 본색, '하는 일 없이 먹고 노는 자'로서의 정체성을 지키고자 한다. 물론 아까 만 원 적선을 거절한 거리의 디오게네스에 비해 그는 돌아가신 부모님이 물려주신 집 덕분에 일종의 유산자有産者로 살아간다는 점에서 순수성이 떨어지는 건 사실이다. '빈털터리로 하는 일 없이 지내는 사람'이란 사전적 의미에 그 노숙자가 더 걸맞기 때문이다.

하여간 그는 그 유산자 신분을 잘 운용하여 최소한의 의식주 걱정은 안 하며 지낸다. 부모님이 물려주신 월곡동 구옥이 재개발 지역에 포함되어 아파트로 바뀐 후 그 보상금으로 작은 상가 하나를 분양받아 월세를 놓고 마포에 원룸을 얻어 옮겨와 산 지도 꽤 여러 해 되었다. 그는 자기 한 몸 먹고 사는 데 드는 돈이 얼마 안 들어 노후를 위해 약간의 저축도 한다. 한마디로 그는 운이 퍽 좋은 건달인 것이다. 딱히 윤회설을 신봉하는 입장은 아니지만 그는 자신의 행운을 생각하면 뭔가 전생에 적덕을 해둔 게 있지 않나 싶어진다. 아쉬운 게 별로 없이 살기란 그리 쉬운 일이 아니잖은가!

하지만 일반적인 기준에서는 그가 가진 것보다 가지지 못한 것이 훨씬 많다고 볼 것이다. 직장도, 처자식도, 자동차도, 컴퓨터도, 심지어 핸드폰도 없으니까.

천세가 떠난 이후 그는 친구도 거의 사귀지 않았다. 허나 이런저런 사람들과 딱히 친하다고 할 순 없어도 그냥 편하게 대화하고 술이나 차를 나눌 정도의 관계는 유지하며 살아왔다. 그런데 혜윤과의 관계는 뭐라고 불러야 할지 그 자신도 헷갈린다. 그녀의 아들 만수를 어릴 적부터 조카처럼 돌봐 오긴 했지만 엄연히 친구의 미망인이라 조심스러운 측면이 있는가 하면, 어떨 때는 죽은 천세보다도 더 어릴 적부터 알아온 동무처럼 허물없게 다가오기도 한다. 또 드물게 한 번씩, 애인을 둔다면 이런 느낌이 아닐까 싶게 그녀와 있을 때 야릇하고 조마조마한 기분이 들 때가 있다.

대평은 지난겨울 중국 여행 중에 그 어느 때보다 강하

게 그런 느낌에 휩싸여 본 이후 또 그런 일이 생길까 봐 스스로 경계하고 있는 터다. 혜윤이 귀국 후 곧 시작될 치료 일정을 받아놓고 갔기에 망정이지 돌아와서 예전처럼 편하게 자주 만났더라면…. 만일 그랬다면 자기 마음이 흘러갈 방향에 대해 장담할 수 없었으리란 생각을 하며 대평은 한숨을 쉬었다.

1차 항암치료 들어가던 날 잠깐 본 후 전화만 주고받았지 얼굴 마주하는 건 거의 반년 만의 일이라 대평도 은근히 긴장이 되었다. 만수가 낮에 얘기해 준 바에 따르면 혜윤은 마지막 회차인 여덟 번째 항암치료를 지난주에 받은 터라 엿새가 지난 오늘부터 증세가 좀 수월해진 상태라고 했다. 문제는 이걸로 끝나는 게 아니라 앞으로 갈 길이 더 첩첩이라는 데 있었다. 다음달에 전이 여부 검사를 받고 수술을 하든가 추가 항암치료를 하든가 둘 다를 하든가 결론이 날 거라고 했다. 유방암 3기에 해당하는 그녀의 종양은 사이즈가 꽤 커서 수술을 용이하게 하기 위해 선행 화학치료를 통해 그 크기부터 줄여야 했는데, 그만큼 치료 과정이 지난하고 기약 없이 느껴지는 것은 대평으로서도 어쩔 수 없었다. 그러니 본인은 오죽하겠는가!

대평은 만수한테서 아직 전화가 없는 것이 마음에 좀

걸렸지만 늦은 시간에라도 기왕에 만들기 시작한 전복죽을 전하고 오리라 생각하며 혜윤이 시안西安의 한 음식점에서 약선藥膳죽을 감탄하며 맛있게 먹던 모습을 떠올렸다. 그런 그녀의 모습과 황하에서의 모습은 전혀 다른 두 사람의 것처럼 상이했다. 혜윤은 황하에 뛰어들어 그 모든 예상 고통을 단번에 무화시키고 싶은 충동이 일었던 걸까? 그것이 순간적인 충동이었는지 여행을 떠나기 전부터 남몰래, 혹은 자신도 모르게 품었던 비밀스런 욕구였는지 알수가 없다.

가스레인지에 올려놓은 냄비에서 다급하게 끓어오르는 소리가 났다. 그에게 원룸이 안성맞춤인 이유 중 하나는 복잡한 동선을 싫어하는 그가 집안일을 한눈에 파악하고, 한 달음에 조치할 수 있다는 점이다. 대평은 가스불을 중불로 조절한 뒤 멍하니 앉았다가 문득 생각난 듯 식탁 겸용이 된 지 오래인 골동품급 호마이카 책상의 서랍을 열어 사진첩을 꺼냈다. 대부분 빛바랜 가족사진들이고 맨 뒤쪽에 정리도 안 한 채 넣어 둔 얼마 안 되는 근래 사진 중에 중국에서 찍은 것도 서너 장 끼어 있었다. 잠룡의 등어리인 양 은황빛으로 꿈틀대는 장대한 강물을 뒤로하고 돌아오는 여자와 좀 뒤처져 따라오는 남자가 찍힌 사진에 대평의 눈길이 멈췄다. 그의 마음은 다시 대륙의 시간 속을 어정거리기 시작했다.

그날 대평의 눈에 싯누런 급물살을 한참 동안 응시하다 돌연 앞으로 나아가 얼어붙은 벼랑 위에 아슬아슬하게 발을 걸친 혜윤의 뒷모습은 넘어질 뻔해서 허둥대는 자태가 아니었다. 왠지 그래야 할 것 같아 지켜보던 그가 슬그머니 다가가 있었기에 망정이지, 간발의 차로 생사가 갈릴 뻔했는데도 일단 차로 돌아가 일행과 합류하자 그녀는 아무 일도 없었다는 듯 태연했다. 오히려, 연인 사이 같은 게 아닌 줄 알았던 두 사람이 부둥켜안고 서 있는 걸 목격한 추 선생이 "무슨 일 있었어요?" 하고 물었을 때 당황하여 실족 운운하며 둘러대느라 허둥거린 사람은 대평이었다. 그러고 나자 갑자기 피로감이 밀려들어 호구폭포가 있는 협곡을 벗어나 황토고원을 굽이굽이 빠져나오는 내내 꾸벅꾸벅 졸았다.

황하 가는 길에 지나쳤던 현縣 단위 소도시로 언제 내려왔는지 자동차 경적에 뒤섞여 귓전을 파고드는 요란한 소리에 깨어 옆자리를 보니 혜윤이 차창 밖의 어떤 행렬을 유심히 바라보고 있었다. 나발과 꽹과리 흡사한 악기들을 불고 때리면서 커다란 종이 화환을 든 사람들이 기다랗게 열을 지어 움직이고 있었다. 처음엔 무슨 축하 행렬인가 했더니 사람들 옷 색깔이 한결같이 검은 데다 행렬의 맨 앞에 종이꽃으로 뒤덮인 관 같은 것을 여러 사람들이 메고 있는 걸로 보아 상여 행렬로 판단되었다.

그런데 우리의 만장에 해당하는 듯한 화환이 울긋불긋 화려했고 단순한 몇 가지 악기가 만들어내는 배경음악이나 상여 소리가 너무도 명랑한 것이 혼례 행렬 못지않게 희희낙락한 분위기를 연출하고 있었다. 추 선생이 조선족 통역을 통해 중국인 친구에게 물어 보니 그 동네 노인 한 분이 돌아가신 듯한데, 원래 이 지방 사람들은 장례를 하나의 축제처럼 치른다는 것이었다. 본래 온 곳으로 돌아가게 된 고인의 귀향을 축하한다는 얘기였다. 그래서인지 모두 검은색 옷을 입었음에도 얼굴 표정은 하나같이 밝아 보였다. 노령의 자연사가 아닌, 때 이른 병사, 불의의 사고 또는 자살로 인한 죽음의 장례도 저렇게들 그늘 없이 치를까? 대평은 의문이 일었지만 추 선생이 어떤 작은 국숫집 앞에서 급히 차를 세우게 하여 다들 내리라는 바람에 생각을 멈추었다. 늦은 점심으로 주문한 양고기 국수가 나오기도 전에 그 여행 중에 운전과 안내를 도맡아 해온 중국인

안 선생이 차 트렁크에서 50도짜리 백주白酒를 꺼내왔다. 빈속에 밑반찬으로 나온 소채小菜 두어 접시를 놓고 몇 잔 털어 넣은 독주는 혈관 속에 화르르 번져들었다. 묻지도 않았는데 추 선생이 그의 마음을 들여다보기라도 한 듯 혜윤 쪽을 한 번 힐끗 쳐다본 후 입을 열었다.

"늙어 죽든, 병들어 죽든, 스스로 목숨을 거둬 죽든 결국 자연으로 회귀하기는 마찬가지지만 어차피 하게 될 그 회귀를 재촉할 필요는 없지요. 병도 자연으로 돌아가는 과정의 하나니 의연히 받아들여 잘 대해 주면 뜻밖의 보람과 재미를 느끼게도 해줍디다. 내가 한때 간암 환자였다는 거 몰랐지요? 그걸 극복하려는 과정에서 카메라를 벗 삼아 세상 각지의 자연을 찾아다니던 중에 이 중국 친구와 기막힌 인연도 맺은 거지요. 그렇지, 펑요?"

안 선생은 친구가 무슨 얘길 하는지 모르다가 '펑요'란 단어를 듣고 자그마한 얼굴이 온통 웃음으로 무너지며 "쓰!" 하고 응대했다. 며칠 같이 다닌 대평의 귀에도 그 단어는 이제 익숙했다. 마음을 주고받는 벗朋을 뜻한다는 그 호칭을 중국인들은 아무한테나 쓰지 않는다고 한다. 그처럼 깊이 있는 상호 신뢰가 전제된 호칭을 노상 주고받는 추 선생과 안 선생은 십여 년 전 한중사진작가협회 교류를 통해 만난 이래 말도 안 통하면서 일 년에 한두 번씩은 꼭 만나 붙어 다니며 사진을 찍는다고 했다. 혜윤이 일하는 국제 환경운동 조직 '그린리그'에서 발행하는 잡지에 그의 사진들이 이따금 실리면서 두 사람은 친분을 쌓아 왔다. 지난 연말 추 선생은 그녀의 발병을 알고 오래전부터 약속한 중국 서안 지역 여행에 그녀를 초대했고, 아무래도 그와 둘이서만 가기엔 좀 뭣하다며 동행해 주겠냐는 혜윤의 요청에 대평이 항공료만 보태고 따라나선 것이었다.

은퇴한 방송국 피디 출신의 그는 아는 게 많은 사람이 었지만 대체로 과묵하여 약간 무뚝뚝한 인상을 주기도 했는데, 알고 보니 속이 참 따뜻한 사람이었다. 여행하는 동안 한 방을 쓰면서 이런저런 대화를 나누는 동안 대평은 그에게 일종의 동류의식을 느끼게 되었다. 혜윤이 추 선생의 충고가 자신과 상관없는 것인 양 딴전을 피웠을 때 그가 보인 태도도 그런 느낌을 부추겼다. 둥근 뺨이 사과처럼 붉고 튼실한 허리를 지닌 회족回族 처녀가 향채와 양고기를 듬뿍 얹은 뜨거운 국수를 내오자, 혜윤은 갑자기 사진기를 챙겨들며 일어서더니 통역에게 그녀를 찍고 싶은데 허락을 받아 달라고 말했다. 하지만 추 선생의 만류에 그녀는 도로 앉고 말았다.

"사진은 기다릴 수 있소. 국수가 못 기다리지. 음식을 기다리게 하는 건 이 사람들에 대한 예가 아니오. 이 집엔 우리 같은 외지인이 거의 안 오거든. 저기 좀 봐요! 주방에서도 내다보고들 있구만. 자, 살이 되고 피가 될 식사부터 맛있게 하십시다. 사진은 어차피 시간의 앙금에 불과하니…."

그때 추 선생이 농인 듯 진담인 듯 던진 몇 마디는 사실 대평이 얼마 전부터 그녀를 만나면 해주고 싶었던 말과 맥락을 같이했다. 천세는 스스로 목숨을 거두었고 그녀는 병이 들었다. 그래서 어쨌단 말인가? 둘은 이미 속하는 곳이 돌이킬 수 없이 다르다. 그는 더 이상 이 세상 존재가 아닌 반면 그녀는 여전히 이 세상 존재인 것이다. 이는 그녀가 이 세상에 계속 건재하기를 바랄 수 있다는 의미로, 이미 그런 바람 따윈 소용없게 된 천세와는 얘기가 달랐다.

어떤 간절한 바람의 대상이 된다는 것은 얼마나 눈물겨운 일인가? 사람은 어차피 혼자 와서 혼자 가게 마련인데, 그렇게 실상 제각각의 삶인 개별자가 다른 누군가를 위해 간절한 바람을 가지는 건 그것이 자기 자신을 위하는 일이어서가 아니겠는가. 병을 '야금야금' 이겨 나가면서 그 바람이 서로의 삶을 떠받치는 것을 확인하는 일 또한 추 선생의 표현대로 의외의 보람과 재미가 되지 않을까?

그러나 이런 얘기를 부모형제도 남편도 연인도 아닌, 그렇다고 일반적 의미의 친구 관계도 아닌 그가 했을 때 혜윤이 어떻게 받아들일지 대평은 두려웠다. 그의 간절한 바람에 힘입어 그녀의 삶이 '떠받쳐질' 수 있다는 걸 어떻게 설명할 수 있을까? 그녀의 '떠받쳐진' 삶에 힘입어 그의 삶 또한 '떠받쳐질' 수 있다는 걸 어떻게 설명할 수 있을까? 당신이 나에게 뭐길래? 하고 그녀가 묻는다면 그는 대답할 자신이 없었다.

대평은 평생 처음으로 대개의 인간관계가 부과하는 구속력을 가능한 한 기피하며 살아온 자기 삶의 방식에 대해 회의가 들었다. 자신의 바람이 혜윤에게 영향을 주려면 서로에게 구속력을 발휘하는 어떤 관계가 그들 간에 전제되어야 하는 건지도 모르겠다는 자각은 대평을 고민스럽게 만들었다. 도돌이표로 맴도는 물음들이 센 가스불 위의 죽 냄비처럼 부글부글 들끓었다.

그럼 내가 뭐가 돼야 하지, 그녀에게? 친구? 아냐, 그걸로는 부족해. 혜윤에게 친구는 이미 많잖아. 연인? 그녀가 날 어떻게 생각하는지도 모르는데? 나도 그게 어떻게 해야 될 수 있는 건지 모르잖아. 그러니 남편 노릇이야 말할 것도 없지. 만수야 내가 제 엄마랑 어떻게 돼도 싫어하진 않겠지만….

대평은 만수 생각을 하자 혼란스런 기분이 좀 안정되는 느낌이었다.

녀석이 아까 초콜릿까지 들려주는 걸 보니 은근히 내가 뭔가 그 방향으로 잘 해보길 바라는 눈치였어. 짜식, 응큼하긴! 컨베이어 벨트 위에 놓인 조립 제품처럼 떠밀려 다니는 게 싫다고, 나중에 필요하면 검정고시 봐서 졸업증은 따겠다며 학교 때려치우고 나왔을 땐 이런 철딱서니가 있나 싶더니…. 나도 모르게 녀석에게 불온한 영향을 끼친 것 같아 혜윤에게 무척 미안했더랬는데 그새 철이 좀 든 것 같아 정말 다행이야. 근데, 왜 아직 연락이 없는 거지?

얼마나 생각에 빠져 있었던지 대평은 죽이 너무 졸아 냄비에 눌어붙기 시작한 것도 몰랐다. 마침내 냄새를 맡고 그가 화들짝 놀라 일어나는데 전화벨이 울렸다.

만수네로 가려면 여의도를 지나가야 했다. 대평은 평소 웬만하면 걸어서 다리를 건너 여의도서 대방동 가는 버스를 타거나 내쳐 걷거나 했지만, 오늘은 전복죽이 너무 퍼질까 봐 마포서부터 버스를 탔다. 마땅한 용기가 없어 냄비째 비닐봉지에 넣어 들고 가자니 자꾸 출렁거려 뚜껑 위로 죽이 흐르는 바람에 하는 수 없이 신줏단지마냥 가슴에 끌어안고 조심조심 걸었다. 중년 사내가 무얼 품에 안고 새색시 발걸음을 하는 게 좀 폼이 안 나겠지만 어쩌겠는가. 죽이 밑에만 조금 눌고 타지는 않아 그나마 냄비째 가져갈 수 있는 것만 해도 다행이라 여겼다.

품에 와닿는 따스한 죽 냄비의 온기가 온혈동물의 체온처럼 포근하게 느껴졌다. 대평은 월곡동 집에 살 때 키우던 베로가 생각났다. 한동네 살던 만수네가 자기네 아파트선 키우지도 못할 걸 얻어 오는 바람에 맡게 된 삽살개 잡종인데, 그 개 때문에도 만수는 대평과 보내는 시간이 더 많아졌다. 혜윤의 직장이 여의도에 사무실을 내게 되어 지척인 대방동으로 집을 옮기고 난 후에도 만수는 사흘이 멀다 하고 월곡동으로 와 대평의 집에서 먹고 자며 베로와 뒹굴었다. 중학교를 마칠 무렵 껄렁한 애들과 어울려 가출소동을 벌였을 때도 제 엄마한테는 연락 안 해도 대평에겐 연락해 와 베로의 안부를 챙기곤 했다. 그리고 대평이 월곡동 집을 떠나야 할 시점이 다가오자, 만수는 베로를 키울 수 있는 마당 딸린 집을 자기 동네 가까이서 찾아보겠다며 제가 더 설치고 다녔다.

그런데 그 베로가 혼자 몰래 밤마실을 나갔다가 어디선지 쥐약 넣은 음식을 먹고 들어와 하룻밤 새 죽어 버렸다. 제 아버지가 죽었을 때도 별로 안 울던 녀석이 몇 날 며칠을 서럽게 우는데 누가 보면 이번에는 제 어미가 어떻게 된 줄 알 만큼 슬픔을 가누지 못했다.

그것이 아이에겐 하나의 성장통이었는지, 이상하게도 그 이후 만수는 몸도 정신도 훌쩍 자라 버려 소년이 아닌 사내 냄새를 풍기기 시작했다. 어떻게 정리했는지 녀석을 '짱'으로 받들며 몰려다니던 애들과도 관계를 끊고 무섭게 책을 읽기 시작했다. 물론 학교 수업이나 입시 관련 공부와는 거리가 먼, 제멋대로의 난독이었다. 자연히 학교 성적은 바닥을 헤매게 됐지만 녀석은 태평했다. 어느 날 대평이 넌지시 물어 보았다.

"너 혹시 아빠처럼 철학자 되려고 그러냐?"

"철학은 해서 뭣해요? 아빠가 그거 해서 행복했나요, 뭐."

"그럼 엄마처럼 문학?"

"문학은 무슨…. 소질을 좀 타고나야지, 아무나 못 해요, 그것도."

"그럼 책은 왜 그리 많이 보냐? 심심해서는 아닐 테구.

니네 세댄 재미난 거 할 게 많잖아."

"아저씨, '통섭'이란 말 들어 보셨죠?"

"그래, 요즘 나도 그 관련된 책을 하나 보고 있긴 하다. 왜?"

"난, 일단 두루두루 좀 알아야겠어요. 그런 다음 믹스 앤 매치를 해보는 거죠, 통섭적으루다."

"글쎄다… 통섭이란 게, 잘 모르긴 해도, 이것저것 갖다 붙여 짜깁기한다는 의미는 아닐 텐데?"

"이를테면 그런 식으로 내 인생을 좀 '각 있게' 디자인해 보고 싶다는 얘기죠. 그러려면 남들이 보는 것과 다른 방식으로 세상을 읽는 눈이 필요할 거라는 생각… 뭐 그런 거예요."

그 대화가 있고 나서 며칠 뒤 만수는 학교에 자퇴서를 냈다. 신기한 것은 다른 엄마 같으면 울고불고 하며 말렸을 텐데 혜윤은 학부모 서명란에 선선히 도장을 찍어 주며 냉정하게 못박았다.

"나중에 가서 엄마한테 대학 보내 달라고 하기 없기다. 그리고 취직시켜 달라는 얘기도 하지 마. 대학을 가든 취직을 하든 이제부턴 네가 알아서 하는 거다, 응?"

대평이 나중에 생각하니 혜윤의 그러한 태도는 자신이

중병에 걸린 것을 의사의 진단에 앞서 알고 만수에게 '홀로서기'를 준비시키기 위해 보인 의도적인 냉담이었던 듯 싶었다.

그러나 그에겐 아직도 그녀가 처한 상황의 심각성이 잘 와닿지 않았다. 그녀는 이제 겨우 사십대 후반의, 아직도 적잖이 고움의 흔적이 남아 있는, 시 쓰는 사람 특유의 민감한 감수성이 출렁이는 매력적인 여자인 것이다. 그녀는 병을 잘 이겨낼 것이고 만수와 나, 그래, 우리와 더불어 한세상 살 만큼 살다가 누구에게나 종착지인 그곳으로 가도 늦지 않을 것이다. 그때 가서 천세를 만나면 물어 볼 수 있겠지. 미리 땡겨 와보니 뭐 좀 나은 거 있더냐고. 나쁜 자식….

대평은 큰길에서 버스를 내려 만수네 연립주택 단지로 이어지는 골목을 들어서는데 오싹 소름이 일었다. 골목 저만치에 가로등 아래서 그 옛날 익히 보던 자세로 한 사내가 담배를 피우며 서 있었다. 다음 순간 흩어지는 담배 연기 속에서 만수가 얼굴을 드러내며 소리쳤다.

"어, 아저씨! 뭘 그렇게 끌어안고 와요?"

혜윤은 죽을 아주 조금 떠넣고 마치 소믈리에가 입안에서 와인을 굴리며 음미하듯 한참 동안 입을 오물거리더니 말했다.

"아주 잘 끓였어요. 담백하면서도 전복의 풍미가 살아 있게…. 대평 씨 이제 음식 솜씨가 경지에 이르렀네요. 우리 만수 데리고 배달 전문 죽집 하나 내지 그래요? 청년실업자 구제도 할 겸, 후훗."

말은 그렇게 하면서도 그녀는 숟가락을 바로 놓았다. 만수가 민망한지 옆에서 엄마가 저녁 먹은 지 얼마 안 돼서 그런다고 거들었다. 그러나 오면서 들은 바론 그녀는 오후에 먹은 잣죽 반 공기를 다 토한 후 아무것도 입에 대려 하지 않았다는 것이다. 사실 대평이 집에 오겠다 했다니까 처음엔 안 된다고 펄쩍 뛰다가 만수가 더 흥분하여 소리를 지르자 마음을 돌렸다고 한다.

"엄마, 그렇게 까다롭게 굴려면 아예 어디 잠적해 살아! 다들 마음대로 하라고. 아들 속이 어떨지 안중에 없는 건 엄마도 아빠랑 다를 게 없어!"

대평은 만수의 이 말에 혜윤이 받았을 충격이 짐작되었다. 퀭해진 눈에 평소 유난히 반짝거리던 눈동자의 광채는 간 데 없이 깊은 우울이 드리운 그 모습을 마주한 순간 그는 콧등이 시큰해졌다. 그래도 거의 반년 만에 보는 그가 반갑기는 한 듯 눈이 한 번씩 마주치면 정겨운 빛을 담아 미소 지어 보였다. 약 때문인지 약간 부석부석하고 노리끼해진 얼굴에 만수가 초등학생 때 쓰고 다니던 카키색 뜨개 모자를 쓴 모습이 부황증 걸린 어린 난민 같은 느낌을 주었다.

"자, 이 몸은 긴히 돌봐야 할 사업이 좀 있어서 이만 실례." 하고 만수가 대평에게 눈짓을 해보인 후 제 방으로 들어가 버리자, 그들 사이에는 잠시 어색한 침묵이 감돌았다. 대평이 먼저 입을 열었다.

"많이 힘들지요? 그동안 만수한테 얘기 다 들었어요. 추석 지나고 치료 방향이 결정될 거라죠. 요즘은 의술이 발달해서 중증이라도 원 형태를 보존하는 수술도 가능하다더군요. 수술 후 또 항암을 얼마나 더 해야 할지 모르겠지만, 혜윤 씨, 당분간 안거安居 수도 들어간 셈치고 함 견뎌봅시다. 나도 뭔가 보탬이 될 길을 찾아볼게요."

혜윤은 주방 식탁 위에 놓인 선인장 화분을 만지작거리다가 가늘게 한숨을 내뱉고는 암 진단을 받은 이후 처음으로 속마음을 드러냈다.

"그래야겠지요. 그런데 병을 이겨내야겠다는 욕구가 별로 안 생겨요. 이대로 가면 더 편안할 것 같은데 아등바등 목숨줄을 붙들어서 조금 연장시켜 봤자 뭣하나 싶어요.

만수만 아니라면 항암도 시작 안 했을 거예요. 일상을 사는 데까지 살다가 막판에 진통제나 좀 써서 편히 가려고 했겠죠. 걔 아빠가 요샌 너무 이해가 돼요. 산다는 것이 찰나의 덧없는 낙들 빼곤 별로 건질 게 없는 외줄타기인데 어느 순간 고통이 그 줄을 마구 뒤흔들어 댄다면 그 허술한 줄을 그냥 놔버리고 싶지 않겠어요? 대평 씨는 어쩐지 모르겠지만 나는 암 진단을 받기 전부터도 사는 게 늘 아슬아슬함의 연속이라 내 안에서 그 긴장을 얼마나 더 유지할 수 있을까 늘 불안했더랬어요. 어떨 때는 그 불안이 증폭되어 높은 곳에서 아래를 내려다보기만 해도 발바닥에 묘한 근질거림을 느끼곤 했어요. 그럴 땐 만수 아빠를 향한 원망이 느닷없이 강렬한 연대감으로 바뀌곤 했죠. 그러다가도 직장에 나가거나 사람들을 만나면 자연이니 환경이니 하며 삶만 논했지, 죽음을 입에 올리진 않았어요. 너무 그랬나 싶어요. 출구 없이 적체된 내 어둠의 두께가 너무 자라 걷어낼 수가 없어요. 그냥 다 무겁고, 피곤해서 그만 버티고 싶은데…."

묵묵히 듣고 있던 대평이 손을 뻗어 혜윤의 바짝 마른 두 손을 포개 감쌌다.

"아니요, 혜윤 씨. 혼자서 그 무겔 다 지려 하지 말아요.

만수도 있고 주변에 혜윤 씨를 아끼는 사람들이 있잖아요. 천세도 그걸 원하지 않을 거예요. 지 죄를 생각해서라도 혜윤 씨를 어떻게든 무사하게 하려고 저세상에서 힘쓸 거예요. 그리고 저어… 날 뭘로 생각해도 좋으니, 나한테도 좀 기대면 안 될까요?"

혜윤은 놀란 눈으로 대평을 멍히 바라보다가 고개를 떨어트렸다. 대평의 손안에서 여린 떨림이 느껴졌다. 잠시 후 혜윤이 슬며시 손을 빼어 화분을 대평 앞으로 밀어 놓으며 말했다.

"어휴, 태평도인 대평 씨 앞에서 웬 청승이람! 이거… 손바닥 선인장이란 건데, 일명 천년초라고도 한대요. 귀농해 사는 친구 하나가 지난봄에 보내왔는데 여름에 노란 꽃이 딱 한 번 폈다 하루 만에 져버리고 끝이에요. 근데 겨울에 영하 20~30도 노지에서도 잘 자라는 약용식물이래요. 얼마나 생존력이 대단하길래 천년초란 이름이 붙었을까! 이거, 대평 씨가 가져다 기르실래요? 겨울에는 필요 없지만 아직은 물을 이따금 한 번씩 줘야 하는데 만수 쟨 식물엔 통 관심 없잖아요. 다른 화분들은 회사 친구가 와서 가져가기로 했어요. 나하곤 달리 얜 워낙 끈질긴 생명이니 누군가 지켜봐 주기만 해도 이름값을 하겠죠."

대평은 혜윤을 쉬라고 방에 들여보내고 만수를 불러 명절을 함께 지낼 계획을 '모의'한 뒤 서늘한 물바람이 술렁이는 밤거리로 나왔다. 기상청 예보대로 서쪽에서 태풍이 올라오고 있는 듯했다. 죽 냄비 대신 천년초 화분을 품에 안고 돌아오는 그의 가슴에 선인장 가시 같은 아픔들이 촘촘히 돋아났다.

　　사내가 영락없이 만 원권 지폐를 집어내는 걸 보고 대평은 그의 팔을 재빨리 저지했다. 이에 놀란 듯 거의 감은 것처럼 내리깔았던 그의 눈이 활짝 열렸다. 의외로 맑고 또렷한 눈동자였다.

　　"오늘은 그냥 받아 줘요. 내가 행운을 빌어야 할 일이 있어 시줏돈 바치는 마음으로 놓은 거니까."

　　댁이 무슨 이유에선지 몰라도 나름대로 세워 놓은 원칙을 존중한다, 라는 얘긴 굳이 입 밖에 내지 않았지만 짧은 순간 주고받은 눈빛 속에 전해졌으리라 생각되었다. 대평이 몇 걸음을 옮기다 돌아보니 사내는 '예외 케이스'로 받아들인 돈을 접어 사철 걸치고 있는 군용 파커 주머니에 넣고 있었다. 말귀가 통하는 자야. 대평은 마포대교로 올라서는 건널목 앞에서 거리의 디오게네스 쪽을 한 번 더 돌아보며 오늘 자신이 바라 마지않는 행운을 그가 함께 빌어 줄 것 같은 느낌에 가슴이 훈훈해졌다.

대평은 대교를 걸어서 건너는 동안 양편으로 끝 모르게 뻗어 있는 강이 새삼 신비롭게 느껴졌다. 중국 대륙 저 서쪽, 머나먼 곤륜산맥 한 작은 샘에서 발원한 황하가 수천 킬로미터를 흐르고 흘러 황해 바다와 만나 이 강물에도 섞여 들었을 걸 생각하니, 그 유구한 흐름 속에 스며 있는 수많은 작은 흐름들의 존재감이 경이롭게 다가왔다. 나도 이대로 저 물에 몸을 실어 하염없이 흐를 수 있다면…. 그녀가 황하에서 속삭인 말도 그게 아닐까.

하지만 어차피 강물 위에 떠다니는 나뭇잎 배 같은 게 우리 삶 아니랴. 대평은 두어 시간 뒤로 예정된 수술을 앞두고 불안한 상념의 파장에 휩싸여 있을 혜윤을 떠올렸다. 병원이 있는 여의도로 향하는 그의 걸음에 속도가 붙기 시작했다.

무풍지대

-전달 4-

눈이 멈췄다.

잠시 멍하니 내다보는 동안 길은 금방 지저분해졌다. 좀 있으면 손님들의 젖은 신발로 실내 바닥도 이내 더러워질 것이다. 그러면 오 여사는 말하겠지. 엄마야, 이거 우예 쫌 하자, 언니야! 미처 생각지 못했던 사태의 해결을 지시할 때 그녀는 늘 '엄마야'로 시작해서 '언니야'로 말을 마쳤다. 사실인즉, 오 여사는 친구 어머니의 언니였다. 그 적절치 않은 호칭을 듣지 않으려면 오늘은 더 바쁘게 움직여야 할 것이다. 염모 작업 중간중간에 대걸레를 들고 바닥도 훔쳐야 할 텐데 예약 손님만 오전 중에 다섯 명이었다.

순호는 어제 퇴근 전 널어놓고 간 타월들을 걷어 선반에 개켜 넣으며 벽시계를 보았다. 첫 손님 예약 시간까지 이십 분이 남아 있었다. 휠라 뭐 어쩌구 하는, 체조 요정 손연재가 광고 모델로 나온 운동화를 사달라는 막내와 실랑이하느라 아침도 거른 채 집을 나온 터였다.

"야 지지배야, 싸고 좋은 국산 브랜드도 많은데 뭔 광티 내겠다고 비싼 외젤 신겠다는 게야? 그럴 돈 있으면 니 오빠 참고서라도 한 세트 더 사주겠다."

"엄만, 오빠 오빠 오빠밖에 몰라! 관둬! 내가 알바 뛰어서라도 살 테니."

"니가 무슨 알바를 뛰어? 누가 너 같은 어린앨 알바 시켜 준대?"

"있어! 나 어린애 아냐, 이제."

"어린애 아님, 다 큰 처녀냐 니가?"

"그럼 할 거 다 하는데, 왜 아냐?"

아이가 눈을 하얗게 흘기고 문을 쾅 닫고 나가 버리자, 순호는 한술 뜨려던 밥숟갈을 놓고 말았다. 아직 초딩이라지만 두어 달 전부터 생리도 하는 조숙한 몸을 가진 딸애가 문득 불안해졌다. 쬐끄만 게 뭔 알바야, 알바는. TV에서 심심찮게 보도되는 아동 관련 범죄들이 머리를 스쳤지만 그런 쪽으로 생각을 더 진행하고 싶진 않았다. 게다가 눈이 내리고 있었다. 순호는 평소보다 서둘러 출근 채비를 했다.

프림과 설탕을 잔뜩 넣어 찐득거리는 커피 한 잔을 마시고 나자 순호는 시야가 좀 밝아지는 기분이었다. 창밖 풍경이 아까보다 선연하게 눈에 들어왔다. 딸애 또래의 여자애 둘이 진분홍과 오렌지색 스니커즈를 신고 지나갔다. 두 아이 다 신발 옆 부분에 도안화된 F자 로고가 선명했다. 그 사람이라면 군말 없이 사준다고 했겠지…. 제 아이들 기죽는 꼴 못 보는 남자가 아니던가. 코피를 흘려 가며, 편두통을 앓아 가며 밤새 책상 앞을 지키더라도 그는 아이들이 필요로 하는 것을 해주기 위해 최선을 다하던 가장이었다. 그런 가장 없이도 가정이란 것이 삼 년째 존립하고 있다는 사실이 새삼 낯설게 느껴졌다. 눈 때문인가, 중얼거리며 순호는 뺨을 세차게 문질렀다.

　"마이 네임 이즈 순호 박."

　영어학원 초급회화반 첫 시간에 순호가 자기소개를 했을 때 웃지 않은 수강생은 석희뿐이었다. 뿐만 아니었다. 영어로 이름을 말할 때는 성을 뒤에 둔다고 강사가 일러줬음에도 그는 자기 순서에서 이렇게 말했다.

　"마이 네임 이즈 구석희."

　당연히 또 한바탕 웃음이 터졌고, 이번에는 원어민 강사인 테일러마저 따라 웃었다. K대학에서 동북아 고대사를 몇 년째 공부하고 있다는 테일러가 꽤 능통한 우리말로 농담을 건넸다.

"신석기 아니고 구석기 맞습니까?"

장내는 다시 웃음바다가 되었다. 그가 무표정한 얼굴로, 그러나 자세를 바로잡으며 대꾸했다.

"아뇨, 구석기가 아니라 구, 석, 희, 입니다."

"오, 아임 쏘리! 미스터 구."

강사는 곧 사과를 했고, 수강생들은 어색해진 분위기 속에 뜨악한 눈길로 석희를 바라보았다.

나중에 순호가 그들의 첫 만남을 회상하며 그때 자신이 얼마나 민망했는지 아느냐고 묻자 석희는 요령부득의 대답을 했다. 왜? 네가 순희가 아니고 내가 석호가 아니라서? 석희가 순호랑 엮이든 순희가 석호랑 엮이든 희희호호 하면 되는 거지 뭘. 농담을 할 때도 그는 표정 변화가 거의 없어서 종종 진지한 말처럼 들리곤 했는데, 마찬가지로 진지한 얘기도 특유의 고답적인 유머를 섞은 느슨한 어투로 하기 때문에 농담처럼 들릴 때가 많았다.

삼 년 전 겨울, 해방 후 다섯 손가락 안에 꼽을 정도의 적설량이 연일 보도되던 세밑 어느 오후 그가 순호와 마지막으로 나눈 대화도 그런 것이었다.

"내가 이렇게 너한테 미안해하며 사는 게 너도 나한테 미안한 일 같아. 이제 입장을 좀 바꿔 보면 어떨까? 니가 이제부터 미안해해. 그럼 나도 니가 미안해하는 게 미안할 텐데, 결국 공평해지는 거겠지?"

순호는 석희가 이 말을 할 때 그의 억양에서 풋내기 연애를 하는 머슴애의 유치한 짓궂음 같은 게 느껴져서 대여섯 시간 뒤 벌어질 일의 미미한 낌새조차 감지하지 못했다. 그래서 늦은 일요일 점심상의 찬 그릇들을 다소 거칠게 치우며 이렇게 대꾸했다.

"그래에, 그럼 내가 미안하도록 상황을 좀 만들어 봐요. 양 교수님 올해 정년이시라며? 당신이 전임만 되면… 나도 이젠 빵 굽는 냄새 맡으며 살았음 싶어. 바닐라향, 초콜렛향, 시네몬향…. 당신도 나한테서 그런 냄새가 나면 좋지 않겠수? 징한 양념 냄새나 누린내보다 말이야."

전문대 과정일망정 식품영양조리학과를 나온 순호는 한때 제빵 기술자가 되어 자신의 베이커리를 열겠다는 꿈이 있었다. 그래서 졸업 후 곧 국가기술자격시험을 준비하느라 제과제빵학원에 다니는 한편, 외국계 호텔 베이커리 취업 시의 미래를 대비해 영어학원에도 등록했던 것이다.

그런데 거기서 주변머리라곤 꼭 제 이름 수준인 남자

를 만나 덜컥 아이를 배고 말았고, 그녀가 꿈꾸었던 빵 굽
는 냄새는 당면한 현실의 냄새들에 묻혀 희미한 옛사랑의
그림자처럼 아득해져 버렸다. 김밥집 단무지 냄새, 부대찌
개집 소시지 냄새, 설렁탕집 사골 냄새…. 그리고 그가 떠
난 얼마 후 새로 찾은 일터에서 손에 배어든 염색약 냄새.

좀처럼 바가지를 긁을 줄 모르던 아내의 삐딱한 말투에
도 석희는 눈을 한번 크게 치떠 보였을 뿐 별 내색 없이 밥
공기에 담긴 숭늉을 훌훌 불어 가며 오랫동안 마셨다. 돌
이켜 생각하니 그게 좀 평소와 다른 태도이긴 했다. 석희
는 뜨거운 물이나 국을 별로 좋아하지 않았다. 그래서 그
런 것은 다 식은 다음 한꺼번에 들이키곤 했다. 시간이 넉
넉지 않을 때는 찬물을 마시고 국 같은 건 아예 손을 대지
않았다. 시골서 무작정 상경해 독서실 청소와 학원 청소를
하며 대입 검정고시를 준비할 때부터 생긴 습관이라 했다.
대학에 들어간 후로도 새벽에는 신문을 돌리고 낮엔 공사
장에서 벽돌을 날랐다. 학비를 벌기 위해 닥치는 대로 아
르바이트를 해야 했기에 잠시도 여유 부릴 짬이 없었다. 따
라서 밥도 군 입대 이전부터 군대밥 먹듯이 최대한 빠르게
먹어치우는 습관을 들였는데, 뜨거운 차나 국물 같은 것은
그 습관에 맞지 않았다.

그날 점심에 밥 알갱이 하나 없이 깨끗이 숭늉 그릇을 비운 석희는 안방에 들어가더니 양복에 넥타이까지 맨 정장차림을 하고 나왔다. 순호는 의아했다. 주말에 나가는 일이 거의 없는 그였다. 평일 못지않게 서재에 틀어박혀 뭔가 읽고 쓰기에 바빠 흔한 레저 활동 한번 해볼 생각 못 하는 그였다. 그녀 또한 한 달에 한 번밖에 안 쉬는 식당 형편에 맞춰 그러는 남편을 탓할 처지도 아니었다. 그런데 그날이 바로 쉬는 하루였다. 하필 오늘 혼자 어딜 간다는 거야, 싶었다.

"약속 있어, 일요일에?"

"응, 학교서 누굴 좀 만나기로 했어."

"누구? 혹시 양 교수님?"

순호는 자기가 묻고도 좀 촉빨랐구나 싶었다.

"아냐. 자기 모르는 사람야. 아, 언제 한번 얘기했던가? 그림 그리는 지 선생이라고…. 예전에 내가 학원서 가르쳤던 만수란 애, 걔 엄마 대신 학부모 상담 오곤 했었는데 아까 아침에 갑자기 연락이 왔어. 우리 학교 쪽에 올 일이 있는데 좀 볼 수 있겠냐고. 뭐 상의할 일이 있나 보지, 그 녀석 일로…."

"어이구, 오지랖도 넓으셔. 지 새끼랑 대화할 시간도 못

내면서, 뭔 학원서 잠깐 가르친 애 일루다 금쪽같은 일욜
오후를 내준대?"

"내 새끼 남의 새끼 가리면 아무 새끼도 못 가르쳐. 오래
안 걸릴 거야. 저녁 전에 들어올게."

석희는 평소 같지 않게 피우던 장초를 비벼 껐다. 그녀
의 볼에 가볍게 키스를 한 뒤 아주 짧은 동안이나마 눈까
지 맞추고 현관으로 나가는 남편의 등을 향해 순호는 뭔가
를 말하려다 입을 다물었다.

'양 교수 그 양반… 대체 언제 해줄 거래?'

목구멍에 맴돌던 그 말이 삼켜져 가슴속에 내려앉는 바
람에 순호는 배춧국에 말아 다소 급하게 우겨넣은 점심밥
이 뱃속에서 더부룩하게 부풀어 오르는 느낌이었다. 이따
밤에 물어 보지 뭐…. 순호는 명치께를 손바닥으로 쓸어내
리며 냉동고에서 얼린 돈육을 꺼냈다. 오랜만에 식구들이
다 함께할 저녁이 될 거 같아 남편과 애들 모두가 좋아하
는 만두를 좀 빚어 놓을 생각이었다.

석희는 만두를 무척이나 좋아했다. 막내인 그가 중학교
를 채 마치지 못했을 때 돌아간 그의 모친은 6·25 동란 중
단신 월남한 개성 사람이었는데, 여름철이면 한 번씩 맛볼
수 있던 어머니의 개성식 만두 맛을 자식들은 잊지 못했

다. 석희네 삼형제가 혼인한 여자들 중 순호가 유일하게, 형제들이 기억하여 전하는 이야기를 듣고 그 맛을 가깝게 재현해 내곤 해서 동서들의 부러움을 샀다. 만두는 우리 민족 최고의 복식이야…! 미각과 손끝이 야무진 아내 덕에 어머니식 만두를 가끔 얻어먹는 석희가 그때만은 왠지 늘 경직돼 보이는 얼굴의 근육을 다 허물어뜨린 바보 같은 표정으로 히야, 히야, 하고 감탄사를 연발하곤 했다. 그것은 그에게 단순히 만두라는 이름의 별식이라기보다 어머니가 살아 있고 또 아버지 사업이 망하기 전이라 바깥 세상에서 몸으로나 마음으로나 위축될 필요가 없었던 시절, 인생 광야로 내쫓기기 전 실낙원의 풍요 같은 것을 상징하는 무엇이었다.

요즘 들어 부쩍 꺼칠해진 느낌인 석희를 떠올리며 순호는 동네 재래시장으로 애호박을 사러 나갔다. 겨울이라 애호박이 비쌀 때지만 그날만큼은 몇천 원 더 쓰더라도 넉넉히 사서 넣고 제대로 된 개성 만두를 해먹일 생각이었다. 김이 무럭무럭 나는 맑은 장국에 띄운 파릇파릇한 만두에 양념초장을 홀홀 끼얹으며 후후 불어 먹는 그의 모습이 그려지며 공연히 가슴이 저릿해졌다. 부부라는 후천적 공동체의 존속 여부는 서로가 상대를 향해 얼마나 연민심을 내

느냐에 달렸다더니 정말 그런가 보네, 싶어 순호는 혼자 피
식식거렸던 기억이 난다. 그 기억의 끝에는 언제나 아무도
예측치 못한 재앙의 검은 바람이 그녀 가족을 향해 빠른
속도로 회오리쳐 오고 있는 이미지가 함께한다.

그날 저녁 아이들까지 거들어 만두를 백 개도 넘게 빚
어 놓고 가장을 기다리던 순호네 가족은 그 만두를 하나
도 먹어 보지 못했다. 전화 연락이 안 되는 석희를 기다리
다 못해 아이들을 먼저 먹이려고 장국을 데우던 순호는 휴
대폰이 울리며 낯선 번호가 화면에 뜬 걸 보는 순간, 이미
손이 심하게 떨리고 심장이 멎는 것만 같았다. 경찰서에서
온 전화였고, 석희의 사망 추정 시각은 저녁 7시경으로 이
미 시간 반이나 지난 때였다.

그 시각, 석희가 차 안에 번개탄을 피워 놓고 저 홀로 딴
경계로 넘어가 버린 바로 그 시각에 순호와 아이들은 아빠
가 워낙 좋아하니까 여분의 만두를 서른 개쯤 더 빚기로
결정했다. 그때 만두피 봉지를 새로 하나 뜯으며 곧 초딩
햇병아리를 면하고 2학년이 될 딸애가 쫑알거렸었다. 엄
마, 아빠는 왜 맨날 집에 와서도 공부해? 지겹지도 않나?
난 벌써 공부가 지겨운데….

오 여사는 순호가 장 권사 샴푸를 마치기 바쁘게 화장대 앞으로 끌어다 앉히고 헤어드라이어로 VIP 단골의 머리를 말려 주려 했다. 장 권사는 손사래를 치며 헤어드라이어를 받아들었다. 원래 염색 후 머리 손질은 '셀프'로 하는 게 염색방의 원칙이었다.

오 여사와 같은 교회에 다니는 장 권사는 그 교회 안에서 꽤나 영향력 있는 사람인 듯했다. 남편이 국영방송의 고위 간부라는 것 같았고, 장 권사 자신도 기독교재단 계통의 여고 교장을 지낸 경력 때문인지 이 염색방에 드나드는 그 교회 여자들은 모두 그녀를 어려워하면서도 친해지려고 애쓰는 티가 역력했다. 장 권사가 오 집사라고 부르는 오 여사는 특히나 아부성 발언과 서비스에 열을 올렸다. 강북에 위치한 교회에서 가까워 이 염색방을 이용하지만 장 권사는 강남에 살았다. 그녀는 전형적인 강남 중산층 부인의 외양과 입성을 하고 있음에도 오랜 교직 생활로 몸에 밴 절도와 반듯한 매너가 왠지 강북의 유서 있는 가문 출신 같은 분위기를 풍겼다. 적당한 살피듬으로 칠순을 바라보는 나이에도 삶은 계란 흰자처럼 팽팽하고 해맑은 피부를 한 그녀가 차분한 음성으로 조곤조곤하고 정연하게 펼쳐 나가는 이야기를 들으면 '온당함'의 표상이란 생각이 절로 들었다. 순호 역시 어쩌다 오 여사 부재시 장 권사가 왔을 때 심중의 고민을 털어놓고 조언을 듣고 싶은 유혹을 느낀 적이 있었다.

머리 손질 서비스를 사양한 장 권사에게 뭐라도 해주고 싶어 애가 달았는지 오 여사는 뜨겁게 적신 타월을 가져다가 그녀 어깨에 두르고 마사지를 하기 시작했다. 장 권사도 그건 싫지 않은지 눈을 지그시 감은 채 마사지를 받고 있다가 문득 생각난 듯 물었다.

"참, 오 집사님 막내딸이 무슨 박사과정 한다고 했죠? K대 불문과라고 했던가?"

"네, 맞아요. 엄마야… 우예 그걸 다 기억하시고! 지난달에 논문도 통과됐어요."

오 여사는 화들짝 반색하다가 금세 풀죽은 표정을 지으며 한숨을 쉬었다.

"박사 따믄 뭐 해요? 취직할 데도 없는데. 문과가 다 그렇잖아요, 요즘. 더구나 비인기 종목 돼버린 불문학 같은 거는 유학파들도 자리 못 잡긴 마찬가지라카대요. 돈 왕창 쳐들일 행펜이나 되믄 몰라도…. 권사님도 아시지예? 요즘 서울은 변두리 대학 전임 자리도 최소 2억은 들이야 한다카잖아요. 그기 현대판 지참금 아이겠어요? 딸, 돈 싸들리서 펭생 붙어 묵고 살 데로 보내는…. 크크."

자기가 말해 놓고도 뭣이 좀 민망한지 오 여사는 키득거리다가 슬그머니 장 권사 표정을 살피며 말을 이었다.

"권사님은 그런 걱정 안 해도 돼서 좋으시겠어예. 아드님은 아부지랑 같은 직장에 들어갔으이 탄탄대로고, 그 우로 따님은 의사 신랑 만나 엄청 잘살잖아요, 그지예? 얼매나 좋으까! 울집 딸년들은 하나같이 취직으로 속썩이고. 큰아는 겨우 취직했나 싶디 맞벌이나 해야 간신히 묵고 살 샐러리맨 만나 낑낑거리매 살고, 둘째는 공부한답시고 남자도 못 사귔으니께 시집이나 갈 수 있을랑가 모리겠고. 휴우, 아덜 공부 다 시켰다고 한숨 좀 돌릴라캤디 그기 잘 안 되네예! 산 너머 산…. 에고, 어제는 아덜 생각 하이께 하도 골치가 아파 막내한테 캐뿄어예. 니 이제 박사까지 시키났으이 인자부터 신랑감 찾는 데 올인해라. 너거 어매 아배가 니 취직까지 시키줄 여력은 도저히 없으이, 교수 소리 듣고 싶으마 시집가서 니 신랑한테 해돌라 캐라, 마! 그캤디, 가스나 눈물 질질 짜고… 하이고 난리도…."

그때까지 눈을 감은 채 듣고 있던 장 권사가 어깨에 얹힌 오 여사 손을 거두며 몸을 곧추세우더니 정색하며 말했다.

"오 집사님, 그건 따님에 대한 모욕이죠. K대 정도서 박사 하는 게 쉬웠겠어요? 3~4년 죽었네 하고 틀어박혀 책과 씨름하고 지도교수 치다꺼리 다 해야 하고…. 등록금 대준다고 공부가 저절로 되는 거 아니잖아요? 머리도 있어야 하지만 무엇보다 해내려는 근성이 따라줘야죠. 공부 자체도 그렇지만 학교 내 인간관계 요령 있게 헤쳐 나가는 것도 어디 만만한 일이었겠어요? 그렇게 어려운 일을 해낸 따님한테 시집이나 가라니! 나라면 칵 혀 깨물고 죽고 싶겠네요, 원."

평소 우아 일변도인 귀부인의 입에서 나온 의외의 반응에 주춤해 잠시 멍 때리는 표정으로 서 있던 오 여사가 화장대 거울 속에서 장 권사와 눈을 맞추며 물었다.

"그라믄, 권사님 같으마 땡빚을 내서라도 학교에 아 자리 맹글어 주시겠어예? 아 공부한 거 살리는 방법은 그거뿐이 없는데…."

"아, 뭐 꼭 빚을 내서까지 그럴 수야… 형편 닿는 대로 해야겠죠. 학교에 따라 협상의 여지를 둘 수도 있잖겠어요? 일부만 먼저 내고, 나머지는 급여 받으며 발전기금 명목으로 메꿔 나간다던가 하는…. 아무튼 공부한 거 절대로 썩히면 안 돼요. 이제 여자들이 세상을 바꿔 나갈 때가 됐잖아요? 우리 때랑 다르죠. 나도 중간에 공부를 더 했으면 고등학교 아닌 대학에서 정년을 맞았을 텐데, 애들 아버지 뒷바라지에 바빠서 그만…. 그새 우리 학교 재단에서 대학도 만들었잖아요. 지방 대학이긴 하지만….”

오 여사 눈에 반짝 빛이 들어왔다.

“어마어마, 참 그렇구나! 거기도 문과 계통 학과 있어요?”

“교양학부 선생들은 다 문과 전공이죠. 어문계열도 웬만한 거 다 가르쳐요. 영어, 중국어, 일어는 물론 독일어, 스페인어, 불어도….”

“거도 교수 채용 매해 하나요?”

“하겠죠. 매해는 몰라도 결원 생기면 수시 채용도 하는 거 같던데요? 그래서 내가 물어 본 거예요. 따님 박사 끝났냐고….”

오 여사는 장 권사의 두 손을 덥석 잡았다. 두 사람은 오전 내내 손님 받느라 무더기로 쌓인 타월들을 세탁하고 염색 도구를 정리하느라 뒤편에서 바삐 그러나 조용히 움직이고 있던 순호를 갑자기 의식한 듯 뒤를 돌아보더니 목소리를 낮추었다. 뭔가 거래가 시작되려는 분위기였다. 순호는 화장실을 핑계 대고 건물 밖으로 나왔다. 거리엔 눈발이 다시 날리고 있었고 그녀 안에서는 얼음가루 같은 하얀 분노가 차갑게 회오리치고 있었다.

국회의사당 건너편 농성 천막 안에서는 시큼한 김치찌개 냄새가 풍겨나고 있었다. 현 선생을 비롯한 한교조 사람 두어 명이 둘러앉아 김치찌개를 안주로 소주를 마시고 있었다. 대평이 시위 피켓을 천막 안 한구석에 밀어넣고 나오려는데 현 선생이 불렀다.

"어, 지 선생 여태 그러고 계셨소? 날도 궂은데 늦게까지 고생 많구려…. 이리 와서 소주나 한잔 하고 가시오."

"아닙니다. 박순호 여사와 근처에서 잠시 만나기로 했어요."

삼 년 너머 길거리 농성을 하고 있는 현 선생은 트레이드 마크처럼 된 무성한 흰 수염을 쓰다듬으며 고개를 주억거렸다.

"그 집 식구들 만난 지도 꽤 됐네…. 애들이랑 다 잘 있는지 모르겠구먼. 암튼 봄 되면 고법 소송 어쨌든가 승소

하도록 우리 쪽에서도 모든 지원을 할 작정이니 곧 한번 만나자고 전해 주구려."

오랜 야인 생활로 지칠 만도 한데 여전히 소송 관련 얘기만 나오면 현 선생은 눈빛이 번쩍인다. 한국비정규교수노조의 리더 격인 그는 한교조 K대 분회 소속이지만 구석희 사태가 났을 때 처음부터 발 벗고 나서서 책임 소재지인 C대와의 대응에 지원을 아끼지 않았다. 지난달부터 국회 앞에서 새로 하기 시작한 강사법 시행 촉구 시위에 대평이 참여하게 된 것도 그와 구석희와의 인연을 현 선생이 알게 된 데서 비롯한 일이었다. 당초 유족에게 요청했던 동참이었는데, 미망인과 아들이 생업과 학업에 묶여 주말밖에 시간을 못 내는 데다 그나마도 C대 앞에서 하는 시위를 이어가기만도 벅찼던 것이다.

대평은 예나 지금이나 가진 게 시간밖에 없는 사람으로 자처하는 터니 그 요청을 못 들어줄 이유도 없거니와 구석희를 생각하면 지난 삼 년간 묘한 자책감 같은 것을 느껴왔기에 현 선생의 제의가 반갑기까지 했다. 겨울 오후 하루두세 시간씩 국회 앞에서 한교조에서 만들어 준 피켓을 들고 서 있노라면 손발이 시리고 온몸이 뻣뻣해지면서, 이거내가 뭐 하는 짓인가, 싶을 때도 없지 않지만 대평은 봄이

올 때까지 그 일을 그만두지 않을 작정이었다.

그날 그 사람, 구석희를 어떻게든 붙들고 진짜 속에 있는 이야기를 하도록 유도했어야 했다. 대평은 그가 그렇게 간 이후 생각할수록 낭패감을 떨치기가 어려웠다. 한때 검정고시 학원에서 그에게 영어를 배웠던 만수는 구석희 1주기에 납골묘에 다녀오던 귀경길에 이런 말을 했다.

"아저씨, 그 쌤은 아저씨랑 정반대 세상을 살아온 사람이에요. 시간이란 게 아저씨나 나처럼 고무줄처럼 늘어났다 줄었다 마음먹기에 따라 흐르는 부류가 있는가 하면 구석희 쌤처럼 어떤 상태로 한번 고정되면 죽 그 상태로 끝까지 가는 부류가 있는 거죠. 구 쌤이나 울 아빠나 같은 과예요. 팽팽하게 당겨진 시간의 고무줄을 타다 어느 순간 그 긴장을 이기지 못해 스스로 그걸 끊어 버린…. 고무줄의 끝점 사이 거리를 조금 줄이면 시간은 금방 느슨해졌을 텐데…. 하긴 엄마는 그쪽으로 좀 전환하려는 참인데 시간이란 놈이 얌전히 기다려 주질 않으니 그건 또 어떻게 설명해야 할지 모르겠지만요."

그러고는 운전대를 잡은 채 고개를 돌려 차창 밖에 살얼음이 덮여 반짝거리는 남한강을 일별하더니 덧붙였다.

"헤라클레이토스라는 그리스 철학자가 그랬다죠. 같은

강물에 발을 두 번 담글 수 없다…. 엄마가 발 담그려던 강물은 이미 아빠가 담갔던 그 강물이 아니었겠죠. 또 엄마의 그 강물이 구석희 쌤에게 같은 강물이 아니었겠고…."

대평은 제 어미가 장기요양을 위해 절집에 들어가고 난 다음에야 무슨 생각에선지 갑자기 검정고시 학원에 등록을 하더니 이듬해 대입고시 자격을 딴 만수가 무척이나 기특했다. 그런데 재수 끝에 지원한 대학이 제 아비가 나온 국립대였고, 게다가 그 빌어먹을 놈의 철학과였을 땐 어리둥절해졌다. 제 아비의 전철을 밟을 셈인가 싶어, 따지듯 이유를 물었을 때 만수는 너무 태연하게 대꾸했다. 내 점수로 국립대 들어갈 수 있는 학과가 몇이나 될 거 같아요? 점수 맞춰 지원한 건데 뭐 문제라도? 대학엘 가서도 편의점 알바와 배달 알바를 번갈아 뛰며 소년 가장의 애환을 아시냐는 둥 엄살을 떨어 대길래 도무지 공부 같은 걸 해낼 것 같지 않더니 헤라클레이토스라니…. 어쭈, 서당개 라면 끓이네, 싶어 대평은 제 어미의 낡은 차를 고급 세단인 양 진중하게 몰고 있는 만수의 얼굴을 새삼 쳐다보았다. 거기, 스물한 살 청년, 아직 면도 자국에서조차 여리고 파릇한 소년의 기상이 완전히 사라지지 않은 어린 사내가 투신자살한 철학자 아비의 고집스런 콧날과 병든 시인 어미의 우수

깃든 눈매를 하고 앉아 있었다.

　만수에겐 유년기에 일찌감치 죽음이란 것이 예고 없이 한순간에 찾아올 수 있다는 걸 알려준 아비도, 한창 민감할 청소년기에 한번 쇠약해진 정신이 어떻게 질병과 육체의 훼손을 가차없이 불러오는지를 보여준 어미도 모두 시간 게임에서 실패한 사례였다. 자기 시간과의 싸움을 버텨내지 못한 실패 사례이긴 구석희도 마찬가지라고 여기는 만수의 시각은 청춘 특유의 미숙한 섣부름에서 오는 것이기도 하지만 저 자신은 어떻게든 그 질곡의 고리를 벗어나야겠다는 안간힘에서 오는 것이기도 했다.

　"아저씨, 난 말이죠… 밥벌이에 별 도움 안 될, 그니까 아저씨 표현대로 그 '빌어먹을' 철학과란 델 들어가고 나서 하게 된 생각인데… 내 삶의 시간을 내 뜻대로 요리하려면 마이 웨이를 남다른 사상이랄까, 뭐 그런 게 있어서 받쳐 줘야 하지 않겠나, 그러려면 이때까지 남들이 펼쳐놓은 사상들도 좀 알아야 할 거다, 말하자면 지피지기해야 답이 나올 거다, 뭐 이런 생각을 하게 됐어요. 아저씨처럼 시간을 늘려서 살기로만 한다면 그런 꼼수도 다 필요없겠지만서두 짜릿한 맛도 좀 보고 살려면 전략이란 것도 필요하지 않겠어요? 하하."

어린 철학자의 궤변에 실소했지만, 대평은 만수의 세계관이 제 아비나 삼촌 역할을 해온 그의 것에서 한 단계 진화하고 있다는 느낌을 받았다. 요즘 말로 '밀당'의 고수가 되어 시간을 주무르며 사는 게 만수의 인생 목표인 셈이었다. 좀 전에도 피켓을 들고 선 대평에게 무슨 애니메이션 영화를 여의도 영화관에서 볼 건데 같이 보겠냐며 전화를 걸어왔었다.

"아저씨, 시위도 쉬어 가며 해야죠. 아저씨답잖게 넘 열쒸미 하시는 거 아뉴?"

"나 이따 약속 있어, 인마. 너 이번 주에 무슨 검정시험 본다며? 시험 준비 안 해도 되냐?"

하긴, 그것도 만수에겐 일종의 '밀당' 연습이리라 싶었다. 녀석은 종일 한강 둔치 편의점에서 카운터를 보고 난 후였고, 시 소속 외국인근로자센터에서 우리말을 가르치는 알바를 하는 데 필요한 한국어교육능력검정시험이란 걸 코앞에 둔 처지였던 것이다. 센자 템포 senza tempo — '자유로운 빠르기로'라는 뜻의 그 음악 용어는 만수가 사준 스마트폰에 입력된 녀석의 SNS 아이디이기도 했다.

아직 사상이라기엔 갈 길이 먼 만수의 개똥철학이 포인트로 삼는 '템포'란 것이 과연 구석희의 삶에도 적용될 수 있는 개념이었을까? 대평은 구석희의 아내와 만나기로 한 동여의도로 가기 위해 여의도 공원을 가로지르며 생각했다. 한때 광장으로 불린 텅 빈 공간이었다가 나무와 풀숲이 우거진 꽉 찬 공간으로 변한 것이 이 공원이다. 나날이 가속화하고 있는 이 시대 삶의 템포가 점점 더 삶의 공간을 장악하여 공간은 더 이상 시간과 대등하지 않은, 종속된 하위 개념의 무엇이 되어 버린 느낌이었다. 구석희가 자기 삶의 공간이 더는 견뎌낼 수 없는 상태가 돼버린 걸로 판단했을 때 그가 선택할 수 있는 길이 결국 실제로 선택한 그 길 말고 또 뭐가 있었을까? 자기 삶의 템포를 자유롭게 조정할 수 있었다면, 그러니까 센자 템포로 삶의 교향곡을 연주할 수 있었다면, 그는 자기가 처하게 된 공간적 상황, 즉 현실을 맞지 않아도 되었을까? 자신도 만수도 그 누구도 쉽게 답할 수 없을 것 같은 그 물음을 구석희는 마지막 만남에서 던졌는데, 그 뜻을 제대로 알아차리지 못해 엉뚱한 이야기만 하다가 헤어진 게 대평의 떨칠 수 없는 회한이었다. 이미 삼 년차 미망인인 그의 아내를 만나러 눈발 휘날리는 겨울 공원을 가로지르는 대평의 발걸음은 만수의 아비 천세가 죽은 직후 그 미망인을 만나러 갈 때만큼이나 허청거렸다.

젊은 애들도 아니고 어째 저녁 밥때를 앞두고 빵집에서 만나자고 하나 의아했는데 도착하고 보니 그 베이커리 카페는 차나 커피류는 물론 수입 병맥주도 파는 일종의 펍 스타일 카페였다. 구석희의 아내 박순호는 먼저 도착해 구석 자리에서 창밖을 내다보고 있다가 대평이 전화상으로 들은 그녀의 인상착의를 알아보고 그 앞으로 가자 화들짝 놀라며 일어났다.

"어머, 죄송해요. 제가 먼저 알아뵙지를 못해서요. 아들애가 피켓 들고 계신 선생님 사진 찍어 보여 줬드랬는데…."

"아닙니다. 제가 좀 늦었군요. 국회 앞에서 여기까지 걸어오는 데 생각보다 시간이 많이 걸렸네요."

"걸어오셨어요? 눈도 오고 추운데…."

"늘 걸어 다닙니다, 웬만하면. 마포에 있는 집에서 국회까지도 늘 걸어 다니는 걸요. 마포대교로…."

신기하다는 듯 바라보는 그녀의 얼굴에 희미한 미소가 피어올랐다. 한때 색도 선명하고 형태도 명랑했던 꽃이 그늘 아래서 시나브로 바래고 마른 꽃이 돼버린 느낌을 주는 얼굴이었다.

"애들 아빠도 웬만하면 늘 걸어 다니곤 했는데…. 그렇게 맨날 바쁘다면서도 한 시간 이내 거리는 늘 걸어 다녔댔어요. 그이랑 정말 닮은 점이 있으시네요. 그랬어요, 그 사람이. 자기가 학교에 자리 잡을 생각이 아니었다면 지 선생님처럼 그림을 그리며 살고 싶었을 거라고…."

"아이구, 전 뭐 화가도 아닌데요, 뭘. 애들 책에 삽화나 좀 그리고 동네 벽화나 좀 그려 주고 하는 정도지…. 구 선생이 절 너무 과대평가하셨나 보군요. 그나저나 뭘 좀 시켜야 하잖을까요?"

"어머, 내 정신 좀 봐! 여기까지 오시라 해놓고 뭘 대접할 생각도 안 하고 있었네. 뭘 드시겠어요? 이 집은 빵이 진짜 맛있는데…. 제가 예전에 제빵 기술을 배워 빵 맛을 좀 알거든요. 아님, 시간이 좀 어중간해서 여기서 뵙자고 했는데 그냥 음료만 드시고 식사하러 나가실까요?"

"아뇨, 괜찮습니다. 아직은 시장하지도 않고요…. 그냥 얘기하다 배고파지면 빵 먹어도 됩니다. 가리는 거 없이 잘 먹는 게 제 몇 안 되는 장점의 하나지요."

말은 그렇게 했지만 박순호가 무얼 들겠냐고 물었을 때 대평은 테이블 위에 놓인 주류 메뉴가 때마침 눈에 들어와 맥주를 청했다. 그런데 카페인도 알코올도 멀리할 것같이 생긴 그녀가 뜻밖에 종업원에게 같은 걸 주문하는 걸 보고 대평은 삼 년 전 구석희와 학교 앞에서 마셨던 낮술과 함께 그가 아내에 대해 했던 말을 떠올렸다.

참한 여잔데 의외로 나랑 술배가 맞았어요. 그래서 나랑 엮이게 된 거죠. 피차 술기운에 엉키다 보니 애가 들어섰더라고요. 그 사람으로선 빼도 박도 못하게 돼설랑…. 어휴 내가 많이 미안하지요. 하지만 그것도 다 옛날 얘기, 지금이야 서로 잔 부딪혀 본 게 언젠지 기억도 안 나네요. 허허. 그러며 쓸쓸히 웃던 그가 몇 시간 뒤면 실행하게 될 극단의 선택을 이미 마음에 품고 있었을 줄이야….

아일랜드산 흑맥주를 각기 한 병씩 비우는 동안 대평은 박순호가 법원 소송 서류를 꺼내놓고 설명하는 것을 들으며 과연 자신이 이 가족에게 무슨 도움이 될 수 있을까 회의가 일었다.

한 시간강사가 10년 세월 동안 지도교수 이름으로 나간 수십 편의 논문을 대필했다. 그런데 지도교수가 약속과 달리 전임 자리를 다른 이에게 넘기고 자신을 내치려 하는 걸 알게 되었다. 그는 해당 교수의 처벌을 요구하고 대학 사회의 부당 관행을 비판하는 유서를 남기고 자기 목숨을 거두었다. 유족은 해당 교수와 대학에 손해배상청구 소송을 제기했다.

그러나 지방법원에서 그 소송은 원고의 주장대로 대필이 아니라 공동연구라는 판결 아래 기각되었다. 이후 수차례 다시 항소하여 현재 고등법원에서 심리가 진행 중이다. 이것이 구석희 사건의 간략한 전말인데, 박순호는 남편이 사망일에 마지막 만난 사람으로 추정되는 대평에게 증인 출두를 요청하고 있는 것이다.

그런데 대평은 원고 측이 필요로 하는 증언을 해줄 수 있을 것 같지가 않다. 해주기 싫은 게 아니라 구석희와 마지막 만남에서 주고받은 대화가 논문 대필이나 대학의 부당 관행 따위와는 전혀 상관없는 이야기만 나눴고, 그것도 짧은 시간 안에 급히 마신 낮술에 구석희가 제법 취해 가는 기색이어서 깊이 들어가지도 못한 대화였다. 구석희는 그날 대평과 학교 앞에서 만나자마자 연구실이 아닌 근처 술집으로 그를 이끌었다. 하긴, 두어 해 전 만수의 입시 상담을 하려고 아픈 그 애 엄마 대신 구석희를 만났을 때도 그들은 학원 사무실에서 잠시 얘기한 후 곧 건물 지하의 맥줏집으로 옮겨 앉았었다. 그리고 그때도 만난 용건과 관계없는 이야길 주로 나누다 헤어졌다.

대평은 뺨이 발그레해져 서류 뭉치를 뒤적이고 있는 박

순호를 바라보며 취기가 오를수록 창백해지던 그녀 남편의 마지막 모습을 떠올렸다. 이 생활력 강하고 실질적인 상식과 의지로 충만한 여인이 자신의 뇌리 속에 남아 있는 '모태 솔로' 느낌의 구석희와 십수 년 살을 맞대고 살았었다는 게 잘 믿기지가 않았다. 그런 그보다는 차라리 자신이 더 평범한 가장 이미지에 어울릴 거란 생각이 들 정도였다.

헌데 그가 무엇을 지키려고 그렇게 몸부림치다 갔는지를 조금 알게 된 이후 친구 천세의 죽음에 대해 견지해 왔던 것과는 또 다른 시선으로 자살이란 형태의 죽음을 바라보게 되었다. 천세 때와 달리 대평은 구석희의 죽음을 이해받아야 할 무엇으로 받아들였고, 그러자면 그가 살았던 삶의 궤적을 잘 살펴봐야 할 것 같았다. 유족과 그런 차원에서 인연을 유지해 온 것이지만 막상 이렇게 미망인과 둘이서 마주하기는 처음이라 대평은 다소 어색한 기분을 어쩔 수 없었는데 의외로 박순호는 오랜만에 만나는 시아주버니라도 대하듯 태도가 매우 천연덕스러웠다.

구석희는 자기 아내를 얼마나 알았을까…. 어쩌면 천세가 제 아내에 대해 알았던 만큼도 몰랐을 것 같군. 그날 아내에 대한 얘기를 꽤 했었지. 하지만 그가 얘기한 그 무엇도 지금 앞에 앉은 여자를 떠올려 주진 않았어. 그럼에도 그는 사는 동안 기를 쓰고 지키려 했던 것이 이 여자와 '어쩌다' 일구게 된 삶이었지…. 인간은 우연을 필연으로 만들어 그 속박에 기꺼이 생을 걸기도 하는 묘한 동물인 것이다. 그날 구석희도 그것을 얘기하고 있었던가…. 대평은 핏기 없는 뺨과 달리 알코올이 그리로만 다 모이나 싶게 빨개지던 구석희의 커다란 눈동자를 떠올리며 그가 했던 말들을 되짚어 보았다.

구석희와 박순호 — 대평이 그림 그리는 사람으로서 미술적 관점을 적용해 표현해 본다면, 두 사람은 인상파와 큐비즘을 한 화폭에 구사한 것 같은 의외의 조합이었다. 피카소나 브라크의 후기 그림들 속 인물 같은 구석희는 마네 그림에 나올 법한 인상의 박순호와 자신이 어떻게 맺어졌는지, 묻지도 않았는데 얘기해 주며 후회스럽다고 했다. 토굴이란 상호의, 주로 단골을 상대로 장사하는 듯한 민속주점에서 민속주도 아닌 소주를 시켜 마시던 그 깡마르고 각지고 창백한 남자는 그날 구상과 추상 기법이 뒤섞여 그려진 미분류 화풍의 초상 같은 느낌을 주었다. 그는 아내에 대한 미안함과 애정을 '아무것도 모르는 여자를 자빠뜨린 게 한심한 내 불찰이었다'는 식의 지극히 평이한 표현을 써서 드러내다가 갑자기 기호학을 들먹이기도 했다.

"하긴 우리가 결혼이라는 사회적 약속으로 얽히지 않았다면 지금의 아내는 내게 아내도 어미도 아닌 그냥 여자일 뿐, 더 이상의 기호학적 가치를 득하지 못했겠지요. 그러니까 내가 그 여자를 아내로 부르기로 하면서 스스로 남편으로 불리기를 약속하지 않았다면 나도 아내도 그냥 남자, 여자 그 이상의 다른 가치를 내포하는 존재가 되지 못했을 거란 말이죠. 아, 사실 이건 내 얘기가 아니라 소쉬르란 사람이 한 얘깁니다만…."

대평은 그의 말을 들으며 불안한 기시감 같은 것이 들었으나 그 자리에서 뭘 묻거나 하지는 않았다. 나중에 헤어져 집으로 돌아와 인터넷에서 찾아보고 소쉬르가 구석희의 전공인 언어학에 큰 영향을 미친 스위스 언어철학자이며 기호학의 선구자라는 걸 알게 되었다. 그런데 어째서인지 몰라도 만수 아버지 천세가 자꾸 떠오르며 대평은 그 철학자 친구의 비운과 오버랩되는 연상들에 기분이 영 찜찜했는데, 밤늦게 경찰로부터 구석희의 사망 소식을 듣게 되자 눈에 뵈지 않는 그물 덫에 걸린 작은 짐승마냥 절망스러웠다.

그날 밤 박순호의 제보에 따라 사망자의 마지막 접촉자

로 경찰에 불려간 대평은 사실 그의 자살 동기에 대해 딱히 해줄 수 있는 말이 없었을 뿐 아니라 차 안에 남겨진 유서에 적힌 그 모든 사실도 처음 듣는 입장이었다. 그런데도 대평이 두고두고 자책의 마음을 떨칠 수 없었던 것은, 그날 오후 만나자고 청한 것이 자신이 아닌 구석희였다는 사실에서 비롯됨이 크다. 그 아침에 대평은 그냥 만수가 철학과 입학을 지망한다는 것이 못내 마음에 걸려 검정고시 학원 시절 그 애를 잘 돌봐줬던 구석희에게 의논조의 전화를 했을 뿐인데, 그는 이렇다 할 응답 없이 한참 뜸을 들이더니 느닷없이 청했다.

"눈발도 휘날리는데 차 한잔 하시죠. 오랜만에 서로 사는 얘기도 좀 하고…."

오후 3시에 C대학 정문 앞에서 만난 구석희는 뜻밖에 양복 차림이어서 속으로 대평을 갸웃거리게 만들었으나 마르고 왜소한 체형을 커버해 주는 정장이 생각보다 어울린다는 느낌을 받았다. 그런데 그가 대평을 데리고 간 곳이 학교 앞에 널린 커피 전문점도 아닌 건너편 골목 낡은 상가 건물 2층에 위치한 '토굴'이었을 때 대평은 묻지 않을 수 없었다.

"아니 여긴, 술집 아니요?"

"그렇죠. 차도 있긴 합니다. 전통차류⋯. 지 선생님은 낮술 안 하시는죠?"

"안 하진 않지만⋯ 구 교수는 일요일인데 낮술을 할 셈인가요?"

"예, 낮술에 요일이 따로 있나요. 오늘같이 눈발이 휘날리고 그럴 땐 요래 토굴 속에 들앉아 한잔 하면 딱이죠. 제 본색이 워낙에 구석기 아닙니까. 히힛."

그가 안 웃을 때와는 확 다른 인상이 되는 짓궂은 미소를 지으며 소주 두 병과 파전을 시킬 때까지만 해도 그는 이전 서너 차례 만남에서 보아왔던 구석희였다. 아니, 첫 병을 비슷한 속도로 나눠 마실 때만 해도 대평의 근황을 물으며 얼마 전에 끝낸 동네 꽃담 벽화에 대한 관심을 보이는 등 일반적인 대화의 범주를 벗어나지 않았다. 헌데 두 병째부터 그가 음주에 속도를 내기 시작하면서 눈이 붉어짐과 동시에 예상치 못했던 화제들이 튀어나왔다. 아내에 대한 얘기로 옮겨가면서 그는 소쉬르, 기호학, 구조론, 해체주의 따위의 낯선 용어들이 등장하는 범상치 않은 어법을 구사하기 시작했다. 그 구체적인 표현들을 기억하진 못하지만 그가 하려던 말이 무엇인지 대충 감은 잡을 수 있었는데, 요지는 우리가 삶의 현상이라 여기는 것들은 그 하나하나가 어떠어떠한 거라고 약속 개념으로 규정해 놓지 않는다면 실제론 아무것도 존재하지 않게 된다는 얘긴 듯했다. 어느 순간 갑자기 그는 형님, 하고 부르더니 대평의 눈을 지그시 들여다보며 말했다.

"요즘 내가 젤 닮고 싶은 사람이 형님이라면 믿겠어요? 아무 욕심도 없고 마냥 평화로워 뵈잖아요. 그치만 그게 다 무슨 소용이겠어요? 평화, 정의, 사랑… 뭐 이런 추상적인 가치일수록 그 존재의 실체는 없다고 보는 게 맞을 텐데요. 형님도 살다가 그런 생각 들 때 있지 않나요? 그래서 한없이 공허해져 버리는…. 하긴, 나보다 십 년은 더 사셨을 테니 그 챕터는 진작에 떼셨을지도 모르겠네…."

이전 만남에서도 구석희는 술이 좀 되자 대평을 형님이라고 부르기도 했는데, 언젠가는 천세가 그 옛날에 그를 불렀듯이 '천하태평 대평이 형님'이라고 해서 깜짝 놀랐던 적도 있다. 어쨌거나 조개탕과 함께 추가 주문한 소주 두 병 중 한 병을 거의 자작하다시피 후딱 해치운 구석희는 빠르게 취하는 기색이었다. 그대로 둬선 안 되겠다고 생각한 대평이 속도를 좀 더 내서 나머지 한 병도 끝나 가던 즈음 구석희는 화장실에 다녀오겠다며 자리를 잠시 떴다. 약간 비척거리긴 했으나 전화할 데가 있는지 벗어놓았던 양복 윗도리에서 핸드폰을 챙겨 갔기에 보기보다 안 취했구나 싶었다. 돌아오는 대로 술은 그만 하고 좀 걸으며 얘기하자고 할 셈으로 두어 잔 남은 술을 털어 넣고 기다리는데 구석희는 반시간 가까이 나타나지 않았다. 화장실이 어딨냐고 종업원에게 물으니 주점 밖으로 나가 한 층 더 올라가면 있다기에 계산을 치르고 찾아 나서려는데 그가 들어왔다. 술이 어지간히 깬 듯 그의 눈에선 붉은 기가 가셨고 얼굴빛은 창백하다 못해 푸르스름했다.

둘은 땅거미가 내리기 시작한 거리로 내려와 학교 방향으로 걷기 시작했다. 그 사이 어딜 다녀왔고 무슨 일이 있었는지 그는 얘기하지 않았고 대평도 굳이 묻지 않았다. 갑자기 뜨거운 추상에서 차가운 추상 모드로 변환된 듯한 구석희가 왠지 불안하게 느껴졌지만 본인이 먼저 말하기 전에 그 연유를 캐물을 수 있는 분위기가 아니었기에 대평은 한참을 묵묵히 걷기만 했다. 구석희가 입을 뗀 것은 C대 캠퍼스를 가로질러 후문 쪽 가는 길과 인문대 쪽 가는 길이 갈라지는 지점에 당도해서였다.

"차를 갖고 왔는데, 과 연구실서 좀 쉬다 술 더 깨고 가얄 것 같아요. 지 선생님은 버스든 택시든 후문 쪽에서 타시는 게 나을 거예요. 오늘 죄송합니다. 혼자 먼저 취해 횡

설수설해서…. 형님 같아서 그만 너무 무람없이 굴었네요. 사실 친형제들이라면 그런 얘기 못 했겠지만요…. 아, 그리고 만수 입학 건 말인데요, 그냥 철학과 들어가 잘 해보라고 하세요. 걔한테 맞을 거 같아요. 검딩 때부터 주체적인 삶을 신조처럼 뇌고 다니던 녀석이었죠, 허헛. 나중에 지가 필요하다고 느끼면 그때 가서 응용학문 쪽으로 전환하든지 해도 늦지 않을 테니까. 늦어진들, 어차피 한순간인 우리 인생에 좀 빠르고 늦는 게 무슨 차이겠어요? 이건 사실 저보다 지 선생님이 더 잘 아실 얘긴데 오늘 평범한 학부형 입장에서 의논을 해오셨으니 드려 본 말씀입니다. 녀석이 같은 전공을 택한다고 자기 아버지처럼 살란 법은 없지요. 우리 아이들도 그러지 않을 거구요…. 부모는 몸을 빌려 태어나는 매개체일 따름이지 인간은 누구나 단독자적 개체로 와서 단독자로 살다가 단독자로 가는 거 아니겠어요…."

구석희는 담뱃갑을 꺼내 대평에게 권하고 저도 한 대 피워 물었다. 대평은 담배를 끊은 지 꽤 되었지만 때로 만수한테 한 번씩 얻어 피우기도 하는 터라 굳이 사양하지 않았다. 오후 내내 희끗희끗 날리던 눈발이 초저녁 한기를 머금고 가늘게 흩뿌려지면서 땅바닥에 반짝이 레이스 막을 펼쳐놓고 있다가 떨어지는 담뱃재를 순식간에 빨아들였다. 오랜만에 피우는 담배 맛이 달고도 허무했다.

"단독자라…. 만수 아버지가 입에 달고 살던 단어인데, 참 오랜만에 듣는군요. 구 교수 아이들은 좋겠어요. 그런 단독자적 의식을 갖고 있으면서도 공동체적 존재로서도 그리 충실하니 말이오. 양립하기가 쉽지 않을 텐데…."

구석희는 대평을 힐끗 건너다보더니 담배 두어 모금을 연달아 깊숙이 빨아 뿜었다. 잠깐 새 금방 어두워진 사위 속에서 그의 담뱃불이 유난히 빨갛게 빛났다. 필터만 남은 담배를 바닥에 떨어트려 그것이 눈에 젖어드는 걸 지켜보던 구석희가 손을 내밀었다. 축축하고 차가운 손이었다. 그것이 그와의 마지막 악수가 될 줄이야! 사람이 스스로 목숨을 거둘 때는 사실 이런저런 전조를 드러내게 마련인데 주변 사람들이 그것을 알아차리는 일은 정말 드물다. 경찰에서 확인된 바로 구석희가 마지막 전화 통화를 한 사람은 다름 아닌 그의 은사 양 교수였다. 그러니까 대평과 술을 마시던 중 잠시 사라졌던 그 시간에 구석희는 양 교수와 마지막 담판을 시도한 것이었다.

대평은 회한에 가슴을 쳤다. 천세도 그렇게 보냈듯 구석희도 그렇게 보냈구나! 우리는 많은 경우 단독자적 개체의 소멸을 그렇게 모르쇠로 방관한다. 물론 이 경우 알고 한 방관은 아니었다. 하지만 어차피 알아도 별수없을 테니 모르쇠로 있으리란 잠재의식이 작용하지 않았을까…. 대평은 오랜 시간 자기 의심을 거두지 못한 채 사후약방 식으로 유족과 인연을 이어가고 있는 자신이 가소롭게 여겨졌다. 허나 어쩌겠는가. 예수는 죽은 자의 일은 죽은 자들에게 맡기라 했지만, 죽은 자의 역사를 기록하는 건 결국 산 자의 몫이 아니던가.

대평은 잔에 남은 검은 술을 최후의 만찬주라도 되는 양 정중히 받쳐들고 박순호에게 건배의 제스처를 보내며 말했다.

"증인, 서겠습니다."

아침 공기가 칼칼했다. 어제 종일 오락가락하던 눈이 밤사이 그쳤으나 뚝 떨어진 기온으로 얼어붙은 길 위에서 사람들은 모두 거북이 걸음이었다. 새벽같이 걸려온 오 여사의 전화를 생각하면 동여의도로 곧장 가는 버스를 타야 했지만 순호는 서여의도 경유 버스가 먼저 오자 자신도 모르게 올라타 버렸다. 좌석에 앉고 나서야 그녀는 자기가 왜 그랬는지에 생각이 미쳤다. 마포대교를 넘어 서여의도 쪽으로 버스가 방향을 틀자 그녀는 김 서린 차창을 문질러 창밖을 살피기 시작했다. 순복음교회를 지나고 버스가 국회의사당 쪽으로 또 한 번 틀자, 그녀는 차창에 아예 얼굴을 붙이고 바깥을 내다봤다. 저만치 의사당 정문 앞에 한 무리의 사람들이 색색의 피켓을 들고 있는 게 눈에 들어왔다. 대부분이 한교조 사람들인 것 같았으나 그 가운데 너무 어리거나 늙거나 한 몇몇도 눈에 띄었다. 아마도 피해 가족이나 유족인 듯했다.

그런데 그녀가 찾고 있는 모습은 보이질 않았다. 길 건너편 쪽으로도 눈길을 돌려 살폈으나 지대평, 그는 아무 데도 없었다. 순호는 가슴이 철렁했다. 혹시 밤새 무슨 사고라도? 황급히 휴대폰에서 그의 번호를 눌렀으나 지금은 전화를 받을 수 없다는 자동응답 녹음만 들려올 뿐이었다. 이상하군, 분명히 아침 일찍 나갈 거라 그랬는데. 어제 집에 가다 혼자 술을 더 마셔서 못 일어났나? 그럴 사람같이 보이지는 않던데…. 혼자 사는 남자치고 꽤 절제력이 있는 사람 같았어. 술도 밥도 적정량 이상 먹으려 하지 않고. 아침에 나오다 빙판에 미끄러졌나? 어제 저녁에도 마포대교로 걸어 집에 간댔는데 찬바람 맞고 감기라도 들었나? 어… 근데 내가 왜 이러는 거지? 오지랖인 거야, 방정인 거야? 하, 참.

순호는 걱정을 만들어 하고 있는 자신이 어느 순간 의식되자 민망한 생각이 들어 차창에서 물러나 허리를 곧추세웠다. 나중에 다시 전화해 보지 뭐. 오늘 집회 잘 됐는지 궁금해서 걸었다면서 말야. 그나저나 하루 종일 혼자서 예약 손님 다 받으려면 오전부터 정신없이 뛰어얄 텐데…. 그제서야 순호는 자신이 일터에 평소보다 이르기는커녕 외려 더 늦게 도착할지 모른다는, 직장인으로서 마땅히 해야 할 걱정이 들기 시작했다. 더구나 오늘은 막내딸을 데리고 모 지방대학에 누굴 만나러 가는 낌새인 오 여사가 자신의 VIP 단골 몇몇과 예약 변경을 시도했으나 뜻대로 되지 않자 대신 하라고 지시해 놓은 서비스까지 감당해야 했다.

순호는 버스에서 내리기가 바쁘게 거의 뛰다시피 해서 가게로 왔다. 도중에 빙판에 잠시 넘어질 뻔해 식은땀이 흐를 지경이었으나 어쨌든 무사히 도착한 것을 고마워하며 서둘러 가게문을 열었다. 실내 중앙 벽에 걸린 시계가 평소 출근 시간보다 십 분이나 지난 9시 40분을 가리키고 있었고, 전화벨이 요란하게 울리고 있었다. 딸아이였다.

"엄마, 왜 핸폰 안 받아?"

"어, 못 들었네. 가방에 둬서. 너 웬일이야? 학교 안

갔어?"

"치이, 엄마 바보야? 오늘부터 방학이잖아."

"아 참, 그렇지…. 오빠는 독서실 갔어?"

"아니, 나랑 있어. 아저씨랑 다 같이."

"아저씨? 무슨 아저씨?"

"응, 우리 가족 대신 시위해 주는 그 아저씨 있잖아. 지… 뭐랬는데."

"뭐야? 아니, 왜 지대평 아저씨랑 있어, 늬들?"

"응, 우리 여의도 집회 왔어. 그 아저씨랑 아저씨 조카라는 오빠랑 만나서 같이 왔어. 오빠들끼리 미리 연락했나 봐…."

"이 추운데 애들이 뭐 하러…."

순호는 말을 하다, 아차 싶었다. 우리 일이 아닌가. 어릴지언정 자식들의 참여야말로 지극히 당연하고 자연스러운 일 아닌가.

"엄마, 나 유인물 나눠 주는 알바 하기로 했어. 공짜 알바… 히히. 그거 인쇄소서 찾아오느라 우리가 좀 늦었어. 방송국에서들 나와 있는데, 엄마 좀 이따가 뉴스 봐봐. 나랑 오빠 나오는지 잘 봐야 해. 알았지!"

쫓기는 마음에 진동 벨이 울리는 걸 듣지 못한 핸드폰

을 가방에서 꺼내 보니 아들 번호와 딸 번호가 두 차례씩 번갈아 찍혀 있었다.

어제 지 선생은 오늘 이 집회 때문에 평소와 달리 아침 일찍 국회 앞으로 갈 거라고 했다. 한교조 및 관련 시민단체들의 끈질긴 노력으로 어렵게 통과된 개정 강사법이 지난해 말 사회 각계 기득권 세력의 전방위적 압력을 못 이기고 시행이 또다시 유예되었고, 그 와중에 부산에서 또 한 사람의 강사가 자살을 하는 비극이 빚어졌다. 오늘 개정법 시행을 촉구하는 본격 집회가 열리니 그동안 순호네 자리를 대신 지켜온 지 선생이 참가하리란 건 본인이 말하지 않아도 짐작했으나 아이들의 참여는 참으로 뜻밖이었다. 우리 애들이 다 컸네! 순호는 뿌듯함인지 애틋함인지 모를 기분에 휩싸여 가슴이 뻐근해 왔다.

늦은 만큼 더 재빨리 몸을 놀려 장사할 채비를 하다 보니 어느새 10시였다. 순호는 손님들이 대기하는 소파 한쪽에 놓인 작은 TV를 켰다. 아직 정규 채널은 뉴스 시간대가 아니라서 뉴스 전문 채널로 돌려놓고 서비스용 커피를 내리고 있는데 중년 여자 두 명이 들어왔다. 첫 예약이 10시 반으로 돼 있는데 누군지 일찍도 왔구나, 싶었다.

두 여자 중 무릎까지 오는 표범 무늬 털부츠를 신은

여자가 익숙한 듯 가운을 걸치더니 다짜고짜 작업대로 가 앉았다. 순호는 그녀의 이름을 물어 예약을 확인한 후 작업 재료 준비에 들어갔다. 적당한 비율로 염모제를 섞으면서 같이 온 얼룩말 무늬 털조끼를 입은 여자에게 방금 내린 커피를 권했다. 털부츠는 털조끼에게 자기도 한 잔 갖다 달라 하고는 화장대 앞에 놓인 여성지를 집어 들었다. 털조끼가 커피 두 잔을 들고 오다 뭣에 발이 걸렸는지 앞으로 고꾸라질 뻔하면서 바닥에 온통 커피가 쏟아졌다. 보송보송하게 청소돼 있던 마룻바닥이 금세 흥건히 젖었다. 순호는 할 수 없이 털부츠에게 좀 기다리라 하고 다용도실에서 바닥 닦을 걸레를 가지고 나오는데 털조끼가 소파에 앉아 투덜대는 게 들렸다.

"아이, 아침부터 재수가 없더라니…. 국회 지나오면서 봤지, 언니? 시커먼 것들이 모여 서서 악악대고 있는 거. 그런 것들 보면 하루 재수가 옴 붙어. 지들이 뭐 보태 준 거 있어? 우리가 지들보다 좀 잘 먹고 살면, 그래서 뭐, 어쩌라고? 차도 안 빠지게 길을 막고 서서 말이야. 그러잖았음 난 언니랑 여기 안 오고 먼저 강 건너갔지. 삼십 분이나 걸렸잖아, 거기서 빠져나오는데…. 얼씨구, 저기 그 종자들 나오네. 열사는… 무슨 얼어죽을!"

176

순호는 걸레질을 하다 말고 TV를 향해 고개를 돌렸다. 거기 도로를 가득 메우고 있는 군중 가운데서 마침 클로즈업되어 비춰지는 사람들이 있었다. 지 선생과 젊은 청년이 흰색 대형 입식 피켓을 같이 잡고 서 있는 게 보였고, 그 옆으로 그녀의 아이들이 보였다. 두 아이는 노란색 소형 피켓을 하나씩 들고 두 팔을 연신 쳐들었다 내렸다 하며 뭐라고 외치고 있었다. 스피커 볼륨을 최소치로 해놓은 터라 무슨 소린지는 알 수 없었지만 아이들이 든 피켓에 적힌 글씨만은 또렷이 보였다.

'구석희 열사의 죽음을 헛되이 말라!'

순호는 젖은 바닥에 덜퍼덕 무릎을 꿇고 앉아 뚫어져라 그것을 바라보았다. 눈앞이 부옇게 흐려졌지만 손에 쥔 걸레처럼 후줄근했던 그녀 마음에 하늬바람이 불어들기 시작했다. 자본의 성채답게 번들거리는 주상복합 빌딩들이 요새를 이룬, 무풍지대의 하루가 새롭게 열리고 있었다.

요다의 지팡이

-전달 5-

오후 산책이 좀 길었던가 싶었다. 입추를 넘긴 여름해가 커다란 새의 활강인 양 장쾌한 여운을 남기며 넘어가고 있었다.

　편의점에 들러 캔맥주 한 묶음을 사들고 집으로 향하는데 주머니 속 휴대폰이 울렸다. 대평은 폰에 찍힌 이름을 확인하는 순간 가슴속에 미세한 떨림이 일었다. 하, 이런…! 어쨌거나 그 이름의 주인은 그가 첫정을 준 여자였다. 몇 년에 한 번씩 잊어버릴 만하면 뜬금없이 연락을 해오는 여자. 수십 년째 거의 수도자 같은 삶을 살고 있는 사람이니 이성으로 생각하기를 멈춘 지 오래인 대상이지만 어째서 이런 떨림이 아직도 있는지 알다가도 모를 일이었다. 대평은 심호흡을 한 번 한 후 전화를 받았다.

　"오랜만입니다, 인실 씨. 잘 지내셨소?"

"네, 대평 씨, 목소리 여전하시네요. 낙산서 만나고 삼 년쯤 됐나요? 오늘은 민원이 하나 있어서 연락드렸는데 요, 일단 간단히 용건만 말씀드릴게요…."

부고가 먼저 전해졌다. 남명호 여사 별세. 여자 신선이 란 게 있으면 저렇지 않을까 싶게 천년만년 사실 것 같던 그분이 팔십오 세를 일기로 돌아가셨다 한다. 영결식이 낼 아침에 있는데, 거기엔 참석 안 해도 되니 장례 후 사시던 집 정리를 좀 도와줄 수 있겠냐는 게 인실의 용건이었다.

"물론이죠! 내일은 볼일이 좀 있고 모레는 갈 수 있겠습 니다. 낙산 재활센터로 가면 될까요?"

인실은 언제나 그렇듯이 나긋나긋한 목소리로, 그러나 말본새는 중성적인 어투로 용건을 전한 후 깍듯한 인사와 함께 짧은 통화를 마쳤다.

"어려운 부탁인 줄 아는데, 대평 씨가 젤 먼저 떠올랐어 요. 기꺼이 응해 주셔서 고맙습니다."

이 여자는 늘 이렇게 일정한 거리를 둔다. 대평은 그것 이 편하다가도 이따금 섭섭하게 다가오기도 했다. 뭘 더 바 라는 게 있어서 그런 건 아니었다. 비교적 허물없이 지내 온 절친의 미망인과도 더러 비슷한 기분이 든 적이 있기에 문제는 그네들이 아니라 자신에게 있는 것처럼 생각되는

요다의 지팡이

자의식이 촉발되기 때문이었다. 남자들과는 그런 감정을 느낄 때가 거의 없는데 자유로운 독신주의를 고수해 온 자신이 실은 여자 문제에 관한 한 자기기만을 해온 게 아닌가 싶어 되짚어 보기도 했으나 딱히 그런 것은 아니라는 결론을 내렸다. 이성과의 관계를 원했더라면 좀 더 적극적으로 밀고 나갔을 경우 이루지 못할 바도 아니었다는 막연한 자신감도 있었다. 그러면 무엇일까, 이 개운치 못함은….

부자지간의 정을 쌓을 새도 없이 저세상으로 떠나 버린 제 아비의 친구를 삼촌처럼 대해 온 만수라면 이렇게 말할 것도 같았다. 크크 아저씨, 뭘 그렇게 심각하게 생각해요? 아저씨는 그냥 이제 그런 가능성이 많이 줄어든 영감이 되신 거여. 그게 섭섭한 거라구여.

짜아식, 잘난 체하기는! 대평은 머릿속으로 만수에게 꿀밤을 먹이다가 혼자 생각에 실소했다. 내일은 아침 일찍 녀석의 가게에 들러 인테리어 리모델링을 돕기로 했다. 올빼미 체질인데 일찍 자보려니 약간의 알코올이 필요하겠단 요량을 했던 참이었다. 그런데 생각지 못한 부고를 전해 받으니 삼 년 전 하룻밤 신세진 고인의 독특한 모습이 떠오르며 묘한 서운함이 밀려들었다. 그 이미지가 연상시키는 어느 영화 속 등장인물의 모습도 함께 떠올랐다. 고인의 사진이 없으니 그 영화 캐릭터 사진이라도 인터넷에서 찾아 절하고 술 한 잔을 올려야 할 것 같았다.

호야 이모. 고인은 생전에 본명보다 주로 그 호칭으로 불렸던 사람이다. 호적에 기재된 이름은 남명호라고 했다. 누가 들어도 남자 이름인 그 성명을 지니고 살게 된 것은 그녀 세대에 흔한 일이었듯 줄줄이 딸만 낳던 집안에 네 번째로 태어났기 때문인데, 흥미롭게도 바로 아래 태어난 아들 이름은 무슨 이유에선지 명희로 붙여졌다. 그런데도 연년생으로 남동생 하나가 더 태어났다고 한다. 우리 부모도 웃기제, 막내 가는 명순이라꼬 붙있다 아이가. 프흘흘! 호야 이모는 뭣이 그리 재밌는지 호쾌하게 웃으며 덧붙였었다. 어차피 성이 남씨니까 남자 명희, 남자 명순이로 알아줄 끼라 생각했능가베. 크흘흘! 두 돌 지나 소아마비를 앓아 왼쪽 다리를 절게 된 넷째 딸 명호는 집안에서 존재감이 희미해선지 가족이나 동네 사람들한테 그냥 호야, 라고 불리었다. 월남하기 전 살았던 곳이 원산이라 젊어서는 원산댁이라고 불리기도 했지만 결혼을 한 적이 없고 그녀 손으로 탯줄을 잘라 준 동네 아이들 거개가 이모처럼 여겼기에 결국 중년기 이후 그녀의 호칭은 호야 이모가 되었다.

학교를 안 보내준 부모 몰래 형제들 어깨 너머로 일본어를 독학으로 마스터한 후 밀항하여 동경의 조산원학교를 나온 특이한 이력을 지닌 그녀는 낙산 이십 리 근방에서 알아주는 명산파였다. 미혼모 시설에서 일하던 인실이 호야 이모와 사귀게 된 것도 그녀의 그러한 기능 때문이었다. 남자 이름으로 불리며 장애인의 몸으로 평생 남의 자손들이나 돌보며 살아온 그녀가 돌아오지 않을 길을 떠났다 한다.

남명호 젬마 여사, 호야 이모…. 작달막한 체구에도 동네 어귀에 버티고 선 그늘 깊은 고목의 느낌을 주던 그녀가 떠났다! 대평은 어떤 장엄한 느낌으로 늘 먼 곳을 향해 있던 그녀의 눈을 떠올렸다. 자기 앞의 대상이 누구이든 그 너머를 응시하는 듯한 그 아득한 눈. 대평은 모레 아침 이른 기차를 타야겠다고 마음먹으며 걸음을 재촉했다.

서울에서 낙산까지 대중교통을 이용해 가려면 생각보다 오래 걸렸다. 일단 대구로 가서 낙산행 열차로 환승을 해야 했다. 인실이 일하는 재활센터는 미군기지 때문에 가장 먼저 정차역이 생겼음에도 인구가 충분히 늘지 않아 아직 시 승격을 하지 못한 낙산읍에서 택시나 버스를 타고 이십여 리 길을 더 들어가야 했다. 예전에는 주민 대부분이 걸어 다녔다는 거리지만 대평은 늦더위 속에 땀이 차서 후줄근해진 꼴로 인실을 만나고 싶지 않아 버스를 탔다. 대신 호야 이모가 늘 자랑하던 강변 풍경을 느긋이 감상하며 가는 건 포기해야 했다.

버스는 좁아터진 신작로에 거의 주차장 수준으로 무질서하게 늘어선 크고 작은 차들 사이를 잘도 비집고 달렸다. 호야 이모가 살던 집도 이 신작로 중간 뒷골목에 있어 그녀가 성당이나 병원에라도 가려면 무작스럽게 달리는 차들 사이로 낡은 유모차를 끌며 다녀야 했는데, 장애인의 몸으로 거의 묘기 대행진 하는 느낌을 주곤 했다. 하지만 그녀는 귀갓길엔 많이 우회하더라도 강변길로 돌아온다고 했다. 호야 이모는 시골 촌부치고 문학적 감성도 풍부했다.

"우리 고향 명사십리 솔밭길만은 못해도 여게 낙동강 풍경도 제법 쓸 만하제. 저물녘에 둑방길 따라오마, 노을이 얼매나 이쁘다꼬! 거 무슨 시도 안 있나. 해질녘 울음이 타는 가을강 카는. 그맨치로 마음이 슬프맨서도 환해진다 카이. 흘흘."

흘흘. 호야 이모는 슬플 때나 기쁠 때나 흘흘, 웃음도 울음도 아닌 그녀 특유의 소리를 냈다. 그 소리가 너무도 특이해서 처음엔 이 노인이 초탈한 사람인지 감정 표현 장애가 있는 사람인지 헷갈렸으나 대평은 머잖아 그 전자의 경우라고 판단하게 되었다. 어느 대선 때엔가는 정치적으로 보수 성향 일색인 그 지역에서 노인으로는 아마도 거의 유일하지 않을까 싶게 극진보 성향의 후보에게 투표했던 그녀였다.

그런데 그녀 안방의 앉은뱅이책상에는 군부독재의 상징인 전직 대통령을 닮은 민머리 바둑이 인형이 놓여 있었다. 길에 버려져 있는 걸 주워 씻어다 놓았다는데, 뭐가 좋다고 그랬냐고 물으니 그 냥반 닮았는데 불쌍하고 구엽잖아, 했다. 수행승으로 치자면 상대 차별을 넘어선 경지였는데, 또 어떨 때는 정의감 표출이 단호했다.

낙산읍에는 한국동란 중에 보급기지로 정착한 미군부대와 1·4후퇴 때 월남해 자리잡은 외국 선교회 수도원이 담장을 마주하고 있었다. 수도원에서 미군부대의 폐기물 불법 매립을 규탄하느라 신자 및 주민들을 동원하여 시위하는 동안 내내 그 불편한 몸으로 앞장을 선 인근의 최고령 주민도 그녀였다. 도무지 종잡을 수 없게 자유로운 듯하면서도 고전적 덕행을 평생 일삼아 행했던 호야 이모. 그녀가 천사였나 도인이었나를 떠나 대평은 궁금한 게 있었다.

이제 그 삶이 남긴 흔적을 정리하러 가면서 대평은 이 지상의 시간이 그녀에게 과연 어떠한 의미였을지, 그 의문을 좀 풀 수 있지 않을까 하는 기대를 하며 온 터였다. 하지만 인실을 만나러 가는 설렘 또한 없지 않다는 걸 인정하며 대평은 강변길로 꺾어들기 시작한 버스에 불어드는 한 줄기 강바람이 상냥한 여인의 손길처럼 느껴졌다.

버스에서 내리자 삼 년 전이나 별다를 것 없는 시골 풍경이 펼쳐졌다. 새로 지은 듯 보이는 도향리 마을회관 건물 뒤로 낯익은 붉은 벽돌 이층집이 보였다. 대문 입구에 붙은 나무 현판에 궁서체 글씨로 '낙산 마리아의 집'이라 새겨져 있었다. 인실이 지인들에게 자신이 일하는 재활센터라고 소개하며 거의 십 년 가까이 운영을 도맡다시피 해온 미혼모 재활시설의 공식 명칭이었다. 주로 산달을 3개월 미만 앞둔 미혼모들을 보호하며 출산과 사후관리를 도와주는 곳이었다. 대구시 소재 한 수녀원에서 운영하는 사회복지법인 시설의 분원이지만 전국 단위 회원들이 보내오는 후원금에 많이 의존해야 하는 반자립형 살림 체제여서 대평도 삼 년 전 이곳에 다녀간 이후로 소액이나마 정기후원을 해오고 있는 터였다.

마리아의 집은 미혼모들의 거주 공간으로 쓰는 본채

뒷마당에 작은 조립식 별채를 세워 사무실 겸 게스트하우스로 쓰고 있었다. 대구 본원에서 상담하고 의뢰받은 미혼 임산부가 이곳에서 아이를 낳기로 마음을 완전히 정하지 못한 경우, 며칠간 이곳의 독립 공간에서 혼자 숙식하며 생각을 가다듬을 수 있게 한다고 했다. 대평은 사무실 표시가 붙은 쪽의 출입문을 열고 들어갔다. 아무도 없었지만 에어컨이 약하게나마 가동되고 있어 제법 시원했고, 얼음물이 채워진 보냉병과 유리잔 몇 개가 담긴 쟁반이 소파 앞 탁자에 놓여 있었다. 대문을 들어서는 그를 멀리서 보았는지 인실이 휴대폰으로 지금 무슨 프로그램을 진행하는 중이니 잠시만 사무실에서 기다려 달라는 문자를 보내왔다.

대평은 사무실 벽 저편에 지금은 누가 머물고 있을까 궁금했다. 삼 년 전 호야 이모와 처음 만난 곳이 거기였다. 출입구가 따로 나 있는 그 게스트 룸을 누구보다 많이 이용했다던 호야 이모. 한밤중이나 새벽에 시내 산부인과에 임산부를 바로 입원시키기 어려운 비상사태가 발생할 때 지근거리에 사는 육십 년 경력의 노련한 조산사인 호야 이모를 모셔와 분만을 돕게 하는 응급상황이 왕왕 벌어졌고, 어떨 때는 며칠 밤낮에 걸쳐 그런 일이 벌어지기도 해 호야 이모를 게스트하우스에서 대기시키는 경우도 적지 않았다. 그녀는 웬만한 산부인과 의사들보다 능란하고 안전하게 아이를 받아내는 드문 능력의 소유자였기에 팔순을 훌쩍 넘긴 몇 년 전까지도 인근 지역에서 그녀를 찾는 사람들이 없지 않았다.

평생 독신으로 살면서 독실한 천주교 신앙을 지녔던 호야 이모. 그녀는 유일한 재산인 낙산 읍내의 방 두 칸짜리 구옥을 생전에 이미 마리아의 집 앞으로 기증해 놓고 소유주 명의가 바뀐 그 집에서 그냥 살고 있다는 얘길 삼 년 전에 들었다. 인실이 정리를 도와달라고 한 게 바로 그 집인 것이다. 앞으로 어떠한 용도로 바뀌게 될지 모를 그 소박한 구옥의 운명을 궁금해하며 대평은 탁자 위에 놓인 마리아의 집 소개 책자를 들춰보다가 아는 얼굴을 발견했다. 여전히 해맑은 피부에 하시라도 웃을 듯한 반달눈썹 아래 상냥한 눈매와는 사뭇 대조적으로 뭔가 결연해 뵈는 다부진 입매의 그 얼굴은 근대 인물로 치면 무용가 최승희와 농촌계몽가 최용신이 뒤섞여 있는 이미지였다. 그런 이미지는 월매와 신사임당, 퀴리부인과 엘리자베스 테일러의 조합처럼 동떨어진 요소들의 조합으로 언어로 치면 모순어법에 해당했다.

하지만 그 모순어법은 박인실이란 여자 안에서 묘하게

조화를 이루며 의도된 효과를 내는 수사법으로 자리잡았음을 대평은 꽤 오래전부터 눈치채고 있는 터다. 이는 마치 호야 이모의 얼굴에서 희극 배우와 비극 배우의 면모를 동시에 보게 되는 것과도 흡사했다. 단지, 인실의 모순 어법은 의도된 반면 호야 이모의 것은 전혀 의도되지 않은 상태에서 그냥 그렇게 발현되는 듯 느껴진다는 점이 달랐다. 대평은 자신이 평생 뭔가를 시각적으로 포착하여 미술의 형태로 형상화하는 습관을 지닌 사람이라 유독 그런 차이를 느끼는가도 싶었다.

그런데 어느 날 후원회원에게 보내오는 마리아의 집 뉴스레터에 실린 인실의 인사말과 사진을 만수에게 보였더니 녀석이 나름의 인물평이랍시고 던진 말이 이러했다. 아저씨, 이 아줌마 나 어릴 때 한 번 만났던 거 같은데, 얼굴이 그대로네? 그때 특이한 인상을 받아서 기억하거든요. 뭐랄까… 겉절이와 묵은지를 섞어 놓은 것 같은 묘한 느낌을 주는. 예전보다 양념 맛이 순해졌을 것 같긴 한데 에이 어쨌거나 아저씨가 감당될 타입은 아녀여…. 음식 장사를 하고 있긴 하지만 요즘 세대 청년의 입에서 나올 법한 표현은 아니었기에 대평은 짜아식 말본새 하고는! 지 애비 아들 아니랄까 봐, 하며 뒤통수를 한 대 쥐어박았었다.

하지만 그렇게 상반된 요소를 품은 것이 그녀의 본면목이라고 가정하기엔 너무나 일관된 인생을 살아온 인실이었다. 원래는 대학에서 가정학과를 다녔던 그녀지만 이십 대 중반부터 각종 자격증을 새로이 취득하여 국립소록도병원 간호사, 무의탁노인 양로시설 요양보호사, 미혼모 재활센터 사회복지사 등 다양한 사회봉사적 직능을 부단히 익히고 행하는 삶을 이어왔다.

그러한 그녀가 초로에 들어 '인생 사부'랄 수 있는 사람을 만나게 되었다며 소개한 인물이 호야 이모였다. 전화상으로 몇 가지 귀띔을 받긴 했지만 대평은 남명호 여사를 처음 만난 순간에 받은 희귀한 인상을 이렇게 표현한 바 있다.

"스타워즈 시리즈에 나오는 마스터 요다가 낙산에 은거하고 있었네요!"

인실은 운전대를 잡고 있다가 조수석에 앉은 대평의 어깨 쪽으로 자세를 무너뜨리며 까르르 동의했었다. 늘 일정한 긴장감을 유지하고 그를 대하던 여자에게서 보기 어려운 행동이었다.

"요다… 요다 할머니 맞아요. 딱 그거예요! 그 차림새에 그 눈빛, 그 커다란 귀는 정말… 깔깔깔."

그렇게 웃을 때의 그녀는 삼십여 년 전 맞선자리에서 그의 말을 재밌어 하며 맞장구치던 순진한 아가씨의 모습으로 돌아간 듯 대평의 가슴을 훈훈하게 했다.

　　하지만 이제 둘은 돌아가기에 너무 먼 길을 와버렸다. 그때의 건달과 아가씨는 외적으론 여전히 미혼 남녀이되 청춘의 풋풋한 정열 대신 갱년기의 쓸쓸한 체념을 품은 독신 남녀가 되어 있는 것이다. 대평은 자신의 육십 평생에서 아쉬움으로 남아 있는 몇 가지를 꼽으라면 그중 하나로 인실과의 관계에서 상존해 온 그 어떤 미진함을 얘기할 수 있을 것 같았다. 푸우, 저도 모르게 나오는 한숨을 뿜으며 사무용 책상 뒤쪽의 반투명창으로 고개를 돌리던 그의 눈에 사람 그림자가 스쳤다 사라졌다. 곧이어 사무실 문이 열리고 배릿하면서 고소한 젖내 같은 향이 풍겨 들었다. 짙은 청바지에 소라색 블라우스를 입은 초로의 여인이 반달눈썹 아래 반가움을 가득 담은 눈빛으로 인사를 건넸다.

　　"여전하시네요, 대평 씨! 팔짱 끼고 삐딱하게 앉으신 폼이랑 발 까딱대는 버릇이… 호호."

　　대평이 얼떨결에 자리에서 일어서며 대꾸했다.

　　"인실 씨도 여전하고요. 반백 단발머리 소녀인데요?"

　　"호호, 소녀요? 소녀들하고 지내서 그런가? 지금도 몸

푼 지 얼마 안 되는 소녀 엄마들 모아 놓고 수유 교육 하다 왔으니. 요즘은 애기 젖 먹이는 것도 제대로 못하는 엄마들이 많아요, 하. 애가 애를 낳았으니 그럴 만도 하지만….”

“하하, 처녀가 애엄마들보다 더 잘 아신단 얘기?”

“그럼요! 제가 이 방면 짬밥이 얼만데요. 그래 봤자 원조 처녀 조산사 앞에선 깨갱 했지만요. 그 원조께서… 글쎄, 지병도 없으셨던 분인데 그렇게 갑자기…. 성모승천 축일 미사에 같이 가자고 전화 드렸을 때만 해도 멀쩡하셨는데 담날 아침 묵주를 손에 쥐고 반듯이 누운 채 숨을 거둔 모습으로 발견되셨어요. 제가 그날 센터에 급한 일이 생겨 못 가게 돼 다시 전화 했었는데 계속 안 받으셔서 이웃 분한테 가봐 달라고 했거든요. 마스터 요다다우신 자기 마무리가 아닌가 싶기도 한데, 사부님으로 모셨던 저한테조차 아무런 힌트도 없이 휙 가버리신 게 어찌나 섭섭하던지….”

이 말을 하며 인실은 정말로 골난 듯한 표정을 지었다. 마치 믿었던 보호자한테 저버림을 받은 아이가 그 황망함을 분함으로 드러내듯이…. 그런 모습을 보자 대평은 왠지 마음이 짠해져서 위로했다.

“그러게 말입니다. 비정한 마스터 같으니라고. 자기 포스의 비밀을 뭐 하나 전수해 주지도 않고 휘릭 떠나 버리다니….”

그러자 인실은 찌푸렸던 얼굴이 펴지며 뭔가 흥미로운 놀이를 발견한 아이의 눈빛이 되어 말했다.

“자 가요, 우리. 포스의 비밀을 알려줄지 모를 단서를 찾으러. 오늘 하루 제가 센터 차 전세 냈어요.”

호야 이모의 집은 낙산역과 마리아의 집이 있는 도향리 사이 딱 중간 지점에 있었다. 그 지역 사람들은 낙산읍의 주도로 격인 삼십여 리 신작로를 낙산역을 기점으로 그 위쪽은 웃께, 그 아래쪽은 아래께라고 불렀다. 그러니까 호야 이모는 아래께에 살았던 셈인데, 아래께 사람치고 호야 이모를 모르는 사람은 간첩이라 할 만큼 그녀는 그 일대에서 유명 인사였다. 내 이름에 명자가 밝을 명이 아니라 이름 명인 줄 알겠네. 그녀가 그 집에 처음 이사 와서 한글로 남명호라고 새긴 문패를 붙이며 한 말이었다.

아닌 게 아니라 그녀가 그 문패 아래 조산원이란 작은 간판을 내다 걸기 바쁘게 바로 앞 과수원집 며느리가 세 쌍둥이를 낳게 되어 호야 이모의 이름이 간단없이 알려지는 기회가 찾아왔다. 꽤나 난산이었던 그 출산에 호야 이모가 나서지 않았더라면 산모도 아기들도 위험할 뻔했기에 그녀의 명성은 단박에 아래께 이십 리 근동에 퍼져 나갔다고 한다.

그러잖아도 병원들이 몰려 있는 웃께까지 가기가 수월치 않았던 아래께 사람들인지라 산부가 있는 집들은 모두 호야 이모를 '구완의 여신'으로 여겼다. 당시는 아이를 참 많이도 낳던 시절이라 호야 이모는 가톨릭계 조산원 학교에서 배운 자연 피임법까지 성당 다니는 아낙들을 중심으로 교육하기 시작했던 까닭에 가족계획이 난망이었던 남정네들 사이에서 '구원의 여신'으로 회자되기도 했다. 구완의 여신이든 구원의 여신이든 명산파로 호가 나게 된 남명호 여사는 자기 이름값을 하느라 장애인의 몸으로도 주야를 가리지 않는 육체노동을 감당해야 했다.

차를 몰며 이런저런 회고담을 들려주던 인실이 무언가를 보더니 감정이 치받는지 잠시 브레이크를 밟은 채 호흡을 가다듬었다.

그들이 접어든 막다른 골목 끝에 잠그지 않아 틈이 벌어진 쪽문 너머로 웃자란 대파가 무성한 텃밭이 보였다. 호야 이모가 애지중지 가꾸던 꽃밭 겸 채마밭이었다. 삼 년 전 그 집에 같이 왔을 때도 언젠가 딱 한 번 얻어먹어 본 그 맛을 잊을 수 없다며 인실은 파밭에서 눈길을 떼지 못했었다.

"쌍둥이들은 사부님의 그 환상적인 오징어파전도 많이 얻어먹었겠지요…. 며칠 전 빈소에 그 과수원집 삼남매가 왔는데 그이들이 그러더라고요. 호야 이모네 집은 어린 시절 자기네 형제들에게 참새 방앗간 같은 주전부리 천국이었다고. 말하자면 애프터서비스 정신까지 투철했던 거죠, 그 요다 할머니는. 그 연세에 저기 저 채마밭 가꿔 논 거 보세요. 누굴 또 먹이겠다고 저렇게 농사를 짓고 계셨던 건지, 하!"

차를 담에 붙여 세우고 쪽문을 열고 들어선 호야 이모네 마당은 이전과 다름없이 온갖 화초와 채소들이 빼곡히 들어찬 작은 식물원이었다. 그렇다고 무슨 체계라도 있어 뵈게끔 화초는 화초대로 채소는 채소대로 나무는 나무대로 심어 논 모습이 아니었다. 장미꽃, 고추나무, 나리꽃, 가지, 봉숭아, 돗나물, 석류나무, 부추, 능소화, 애호박, 도라지꽃, 배롱나무, 오이, 붓꽃, 대파 따위가 지나새나 뒤섞여 자라나고 있었는데 신기하게도 다들 씽씽했다.

자연농법이란 게 이런 것인가! 아무려나, 이런 식의 농사를 짓느라 성치 않은 다리를 끌며 틈만 나면 밭에서 살았다는 요다 할머니에게 마스터 마인드란 게 과연 있기는 했을까? 포스의 비밀을 알려줄 단서? 마당이 이렇게 무정

부주의라면 좁아터진 집 내부는 더할 것 같은데 대체 뭘 찾아보겠다는 말인가 싶어 대평은 마스터의 아지트로 곧장 향하고 있는 인실을 불렀다.

"집 정리를 하자면서요. 뭐 박스나 포장재 같은 게 있어야 짐을 쌀 텐데, 혹시 차 트렁크에 갖고 왔나요?"

인실은 고개를 흔들며 알 수 없는 미소를 지어 보이고 구옥의 미닫이 현관문을 열어젖혔다.

호야 이모의 안방은 세 평 남짓한 공간 빼곡히 들어차 있던 온갖 잡동사니들이 싹 치워져서 누가 곧 이사 들어와도 될 것처럼 말끔했다. 아니 초상을 치른 게 불과 이틀 전인데 언제 이렇게 다 정리를 했나 싶어 대평은 어리둥절했다.

그런 마음을 알겠다는 듯 인실이 저간의 상황을 전했다. 결론적으로 남명호 여사는 자신의 죽음을 미리 알고 철저하게 티 안 내는 방식으로 대비를 해뒀다는 얘기인 듯했다. 영결미사에 왔던 한 의사 신자에 의하면 그녀는 두어 달 전에 성당에서 만난 그에게 심근경색의 전조 증상에 대해 물어 본 적이 있었다고 했다. 단지 물어 봤을 뿐 본인이 그런 증상들이 있다고 하진 않았다며 안타까워했다.

"짐은 미리 다 싸여져 있어 본인이 메모 붙여 둔 대로 처리했고요, 저기 저 장롱과 책상, 재봉틀, 반닫이만 우리가 처리하면 된답니다."

대평은 인실의 미소가 그제야 이해되었다.

"장롱과 반닫이는 동네 분이 조만간 가져가기로 했다는 것 같고 재봉틀은 센터에 가져가 쓰려고 해요. 저 낡은 책상이야 요새 누가 쓰겠어요? 그냥 재활용 폐기물로 내다놔야죠. 근데 가운데 서랍 속에 뭔가 있는 거 같은데 그게 사부님이 제게 남기신 유품이 아닌가 싶네요. 영안실로 모시던 날 경황 중에 보니 책상 위에 메모 쪽지가 있고 그 쪽지 위에 열쇠가 하나 놓여 있어 챙겨 뒀어요."

인실은 메고 온 가방에서 작은 봉투를 꺼내 책상 위에 털어냈다. 딱지 모양으로 접힌 메모지와 예스러운 디자인의 구리 열쇠가 나왔다. 메모에는 딱 세 문장이 달필의 볼펜 글씨로 적혀 있었다. '박인실 안젤라에게 맡깁니다. 고맙습니다. 남명호 젬마 합장.'

"좀 지나치게 담백하죠, 전수 방식이… 하! 제자에게 뭘 전수할 때는 마스터답게 최소한의 세레모니 같은 게 있어야 하는 거 아닌가? 고작 사후 메모장 하나에 그것도 단 세 마디가 다라니…. 대체 뭘 맡긴다는 건지, 생전에 다 털어내시고선 맡길 게 뭐가 남았다고 나 참!"

'인생 사부'와의 황망한 이별이 못내 서운한지 한참을 궁시렁대던 인실이 심호흡을 했다. 녹슨 열쇠가 책상 서랍 열쇠 구멍에 꽂히고 차착 하는 소리가 났다.

　"착각하지 말라네요, 얘가. 호홋."

　인실이 웃으며 서랍문을 열자 갈색 서류봉투 하나가 모습을 드러냈다. 봉투를 집어 드는 그녀의 손이 떨리면서 그 안에서 여남은 권의 공책이 우르르 쏟아졌다. 대부분은 '산과요결産科要訣'이라고 제목 붙여진 진료노트들이었고, 두 권은 신구약 성경의 어떤 부분들을 필사하면서 자기 생각을 적어 놓은 것이었다. 전자는 호야 이모가 대구에서 낙산으로 이사와 자리잡기 시작한 30대 후반부터 70대 초반까지 삼십여 년에 걸친 조산助産 체험을 적은 진료 기록이었고, 후자는 그 이후부터 만년에 이르는 시기에 쓴 영적 독서의 기록이었다. 인실은 흥분했다. 해말간 얼굴이 붉게 상기되고 눈빛은 열기로 반짝였다. 좀처럼 냉철함을 잃는 법이 없는 그녀의 이러한 모습이 낯설게 다가왔다.

　"와, 우리가 노다지를 얻었네요! 특히 이 산과요결은 사부님의 반백년 조산사 인생이 고스란히 녹아 있는 실전 비결인데요. 제가 엄청난 걸 물려받는군요! 그리고 이 성경 필사록은… 아, 저는 아직 정신적으로 이걸 읽어 볼 준비가 안 됐다는 생각이… 하. 근데 사부님 메모 쪽지를 보는 순간 왜 난데없이 대평 씨가 떠올랐는지 이제 알 거 같아요. 이 진귀한 독서록의 첫 수혜자가 되시는 거 어떠세요? 시간은 많으시잖아요, 젊을 때부터 늘 그러셨듯이… 하하."

물론 영광이었다. 더구나 건달의 본색 중 하나는 시간이 '나이아가라'라는 데 있지 않겠는가. 젊을 때는 '나이아가라'처럼 소용돌이치는 시간의 폭포 속에서 절대 바쁘지 않게 살면서도 무기력하지 않게 살려고 마음이 바쁘기도 했다. 하지만 환갑을 넘긴 지금은 달랐다. 시간이란 게 빠르든 느리든 상관치 않는, 바빠져도 괜찮고 아니어도 괜찮은 마음의 한가를 누리게 된 터다. 만수가 이런 나를 '호모 타임리스Homo Timeless'라고 일컬은 적이 있어 그게 뭐냐고 물으니 '나이야 가라' 주의자를 말하는 거죠, 하고 대꾸했었다.

엉터리 조어나마 모처럼 맘에 든 그 별칭에 걸맞게 나이 따위에 구애받지 않는 나이야가라맨으로 살기로 한 대평은 이후로도 대체로 나이와 관계없는 시간들을 보내왔다. 이를테면 젊은이들이 열광하는 웹툰 시리즈물을 밤을 새가며 탐독하기도 하고, 중장년에 자·타의로 퇴직하고 낚시터에서 세월을 낚는 강태공들 사이에서 넉두리며 술추

렴을 거들며 며칠씩 지내기도 하고, 유아원이나 유치원에서 동화구연 하는 할머니들을 도와 이야기에 필요한 공작물을 만들거나 구연 속 등장인물(주로 동물)로 찬조출연 하는 지역봉사 활동을 하기도 했다.

그러다가도 누님이 사는 섬 마을 집들에 지자체에서 기획한 벽화를 도맡아 그려 주느라 한 달씩 갯바람 맞으며 노동집약적 시간을 보내기도 했다. 그런 그이니만치 비록 다른 이 앞으로 전해진 유품이라 할지라도 생을 더없이 충일하게 살다 간 한 여인의 영적 독서록을 반갑게 받아들지 않을 까닭이 없었다. 더구나 삼 년 전 하룻밤 그녀의 건넌방에서 신세를 지며 저녁과 이튿날 아침까지 두 끼를 얻어먹은 기억도 생생했다.

삼 년 전 그날, 인근 과수원들에서 막 복사꽃 망울들이 올라오기 시작한 도향리의 초봄은 꽤나 쌀쌀했다.

"이래 추버 갖고 복숭꽃이 피다 말고 다 숨어 삐겠네."

본채에서 건너오는 잠깐 동안에도 추웠는지 망토처럼 생긴 뜨개옷을 머리까지 덮어쓴 채 게스트하우스로 들어서며 초면의 조산사는 미션 완수의 흐뭇한 심사를 드러냈다.

"그래도 오늘 우리가 받은 복숭 도령은 참 실하드만, 흘흘."

단구의 은발 할머니가 망토를 머리에서 내렸을 때의 그 인상을 대평은 잊을 수가 없다. 그가 그제껏 만난 인간 중에 가장 외계적이라 할 만한 이미지였다. 눈과 귀가 얼굴 크기에 비해 지나치게 큰 반면 코는 아주 낮고 작았는데, 너부죽한 입매는 대체로 한일자로 다물려 있어 웃을 때조차 뭔가 진중한 느낌을 주었다.

날이 이미 어두워지고 있었으므로 인실은 그들이 수인사를 마치기 바쁘게 차에 태워 읍내의 구옥으로 데려왔다. 대구로 나가 상경 열차를 타려면 바로 일어나야 했는데 그네들과 말을 섞다 보니 생각보다 많이 늦어진 터였다. 그때 호야 이모가 저녁 먹고 건넌방에서 자고 가라는 제안을 하며 갖은 곡물 자루와 말린 채소 봉지가 사방 벽을 요새인 듯 둘러싸고 있는 쪽방을 열어 보였는데, 대평은 이 할머니가 자신을 무슨 보릿자루로 아는가 보다 싶었다.

그런데 인실이 반색을 하며, 아 그러면 좋겠네요! 호야 이모 밥상 받는 거 보통 행운 아니거든요, 했다. 따라 나오는 대평을 떠밀다시피 현관 마루에 도로 주저앉히고 서둘러 센터로 떠나 버린 인실의 속내를 알아차리게 된 건 그 행운의 '호야 이모 밥상'을 마주하고 나서였다.

"메칠간 집을 비아 놔서 방이 뜨시질라모 시간 좀 걸릴 낀가 이거라도 깔고 있어 보소."

호야 이모는 낡은 전기방석을 내주고 부엌이 그쪽인 듯 마루 뒤편으로 사라졌다. 대평은 여느 시골집 안방이나 다름없이 촌스럽고 어수선한 중에도 뭔지 모를 좀 색다른 분위기가 느껴지는 그 방을 휘휘 둘러보다가 앉은뱅이책상에 놓인 작은 책꽂이에 눈길이 꽂혔다. 여남은 권의 책이 꽂혀 있는데 모두가 성경책이었다. 아주 두꺼운 신구약 합본과 신약 구약을 따로 엮은 분리본, 기독교 공동번역성서와 가톨릭 새번역성서, 연대기별 구약성서, 복음 저자별 신약성서, 신구약 성서 주해본 등 놀랍게도 다양한 버전이 망라된 종합성경 세트가 거기 있었다.

그 책꽂이와 기역자를 이루게 위치한 삼단 수납 선반 또한 대체로 상응하는 모습이었다. 맨 위칸에 야트막한 쌍촛대를 거느린 도자기 성모상이 자리 잡고 있고 그 밑 칸에는 묵주 두어 벌과 성수聖水 단지인가 싶은 미니 항아리, 그리고 맨 아래 칸에는 같은 맥락의 물건이라고 보기엔 무리가 있는 강아지 인형이 하나 놓여 있었다. 한눈에도 독실한 천주교 신자의 소장품들이었는데, 여느 크리스천 신앙인의 집에서 느껴 보지 못한 어떤 요소들이 있었다. 뭐랄까, 박해받던 초기 교회 신앙인들의 절박성, 순교도 불사했던 그들의 순일성純一性 같은 것이 손때 묻은 교회 물품들에서 느껴졌다.

그런 한편 난데없는 강아지 인형이라든지 벽에 걸어놓은 중세적 디자인의 뜨개 망토나 턱없이 길고 울퉁불퉁한 나무 지팡이 같은 것들에선 난장이 요정 동화 같은 천진난만함이 감지되었다.

대평은 이상한 나라의 엘리스가 된 기분이었다. 초면의 노인이 초대한 낯선 공간에서 묘하게도 예전에 이런 상황에 처했던 적이 있는 듯한 기시감을 느끼며 그는 시나브로 혼곤한 잠 속에 빠져들었다. 구들이 사람 덕 보려던 상태에서 온돌방은 빠르게 체면을 차리기 시작했다. 어느새 땀까지 흘리며 큰 대자로 누워 자는 나그네를 깨운 것은 코를 찌르는 청국장 냄새였다. 그의 머리맡에 개다리소반이 놓여 있고 집주인은 식전 기도를 하는지 눈을 감고 허공을 향해 두 손을 모은 채 서 있었다. 그 모습이 영화 〈스타워즈〉에서 우주의 포스와 소통하는 마스터 요다를 떠올리게 했다.

호야 이모의 밥상은 매우 소박했으나 맛이 깊었다. 기

장쌀밥에 청국장찌개, 말린 호박나물, 석박지 김치, 그리고 뜻밖의 별미 반찬 한 가지가 곁들여진 상이었다. 가자미식해를 이 내륙의 촌집 밥상에서 만나리라곤 전혀 생각지 못했기에 대평은 그 놀라움을 표시했다. 집주인의 반응은 덤덤했지만 많은 이야길 품고 있었다.

"뭐 별긴가, 요새는 바닷가서 까재미 같은 것도 잡은 날 바로 보내 주까이 고향 음식도 맹글어 묵을 만허요. 내가 받은 딸아 하나가 커서 포항으로 시집가디 가끔 생선을 보내온다카이."

그녀가 월남하기 전에 살았던 곳이 원산 바닷가였고, 그곳의 특산품 중 하나로 만드는 음식이 가자미식해이며, 오랜 세월 조산사를 하면서 받아낸 수많은 아기들이 커서 더러 그녀에게 보은도 한다는 사실을 알 수 있었다.

"많이 그리우시겠어요, 고향이."

대평은 그녀의 청회색 눈빛 속에 스며 있는 깊은 향수가 읽히는 듯해 위로랍시고 한마디 건넸다. 그런데 그 말이 그녀의 더 깊은 내면을 엿보게 하는 마중물이 될 줄은 미처 몰랐다. 뜨끈한 숭늉을 대평의 빈 밥주발에 부어 주며 호야 이모는 마스터 요다의 법어를 터뜨렸다.

"고향에는 자주 댕기오는데 뭐. 경원선 그런 거 안 타도

댕길 수 있는 고향길이 가차운 데 널렸단 얘기요. 하루하루 착하게 살고 넘한테 득 되는 일 하고 지 가진 거 나누고 그라마 그때마당 고향길이 싸악 열리는구마. 하느님 나라가 지척이란 말이제. 요 내 맘속에 있는데 그걸 못 보고 마카 딴 데서 찾을라카이 생전 못 가보고 마는기라. 하기사 나도 언저리나 좀 가보지, 더 깊은 데까진 언감생심이제. 그 깊은 데에 우리덜 본적지가 있을 낀데 마…. 그래도 어덴가 우리가 돌아갈 곳이 있겠거니 생각하마 사람이 살아갈 맛이 난단 말이요. 손님은 미래에 대한 향수란 얘기 들어 봤소? 예전에 어느 신학자가 쓴 글을 봤는데, 그 표현이 탁 맘에 와 꽂히드마. 가톨릭 구舊 성가에도 그런 게 있어요. 예루살렘 복되고 즐거운 나그네 집 너를 생각할 땐 마음 땁땁하다… 가사가 뭐 그케 나가는. 마음사 땁땁체. 빤히 빈는데 생각거치 잘 도달이 안 되이까. 그래서 우리가 여게 공부하러 와 있는 거 아이요. 말하자믄 우리는 다 영혼의 순례자제. 팔십여 성상 세월을 보내고 나이까 뭐 하나는 쪼매 알 거 같으요. 순례길에 꾀 피고 딴짓 하고 그라마 영원히 나그네 신세 못 면하는 기라. 목적지가 지척인데 자꾸 공회전하다 보믄 명왕성맨치로 아득해지이까 주저앉아뿐다 말요. 이럴 때 기도가 필요한 기지. 예수님, 성모님한테

도와달라꼬 매달리믄 아 그 자비의 화신들이 그냥 보고만 있겠소? 손님은 무신 종교가 있는지 모르지만 석가님, 마호멧님한테 매달리도 되게끼…. 그이들도 다 나그네 순례를 해봤던 영혼이라 진실로 섬기며 매달리믄 도움의 손길을 안 주시겠냐 말이제. 젊어서는 이걸 모르고 공동체 생활을 땁땁타 여겨 뛰쳐나왔는데 거기 있었어도 공부하고 기도하며 가는 자기 순례는 똑같았을 기라는 거, 지금은 아는구마. 거 유행가도 있잖소, 인생은 나그네 길 카는 거. 나그네는 언제 어데서 떠나도 나중에는 고향을 찾게 되이까 나그네 길이란 거는 결국 고향길이란 얘기제….”

생각잖게 터져 나온 자신의 열변이 문득 의식되었는지 요다 마스터는 겸연쩍은 표정을 지으며 대평에게 사과했다.

“아이구, 미안쿠만! 초면의 손님한테 할매가 와 이래 말이 많노…. 먼길 오니라 고단했을 낀데. 밥상 치우고 올 동안 저어짝에 있는 테레비 볼라믄 보소. 쫌 구식이라도 서너 군데 방송은 다 나오이까네.”

호야 이모로 돌아온 그녀는 성한 다리 쪽 가까이에 있던 목침을 짚고 끄응 소릴 내며 일어나더니 개다리소반을 들어올렸다. 대평이 따라 일어나며 자기가 들고 가서 설거지를 하겠다고 말하자 세상 환한 웃음을 지으며 대꾸했다.

"여어가 사실 금남의 집이요. 남정네는 첨 재와 주는구마. 박인실이 친구라 캐서 조카 같은 생각이 들어서리…. 부엌 출입까지 허락할 수는 없겠구마, 흘흘."

얼떨결에 초대받은 금남의 집에서 그렇게 하룻밤을 보내고 난 이튿날, 대평은 역까지 배웅을 해주러 온 인실에게서 수긍이 가는 정보 하나를 들었다. 남명호 젬마는 예전에 봉쇄수도회 소속의 수련 수녀였던 적이 있다는. 그렇다면 어떤 실용적이고 구체적인 기능으로 세상에 봉사해 온 그녀의 삶에 이면이 있다면 재속 수도자의 그것이 아니겠는가. 어디에 소속됨이 없이 스스로를 수도자로 여기고 금기와 규율을 자가 부과하며 산다는 것은 대체 어떤 의미일까? 알아갈수록 궁금해지는 호야 이모란 인물과의 만남은 또 나에게 어떤 의미를 갖게 될까?

그러한 의문들을 품어 왔던 대평은 뭔가 답을 알려줄 것 같은 '단서'를 얻은 듯싶어 내심 쾌재를 불렀다. 삼 년 전 그날 밤 남루한 방 어두운 백열등 아래서 호박 등불처럼 켜지던 호야 이모의 미소가 어제인 듯 환하게 떠올랐다. 대평은 두 권의 독서노트를 보물섬 지도인 양 품어 안으며 인실의 제안에 답했다.

"일생의 행운입니다!"

'렉시오 디비나….'

대평은 세 시간 가까이 고개를 처박고 있던 노트에서 눈을 떼며 중얼거렸다. 열차는 수원역을 막 지나 수도권에 진입하고 있었다. 라틴어로 '거룩한 독서'라는 뜻의 그 단어를 처음 알게 된 건 지금은 큰 교회에서 활동하고 있는 민 목사 덕분이었다. 민과는 그가 신학대학을 갓 나와 대평이 사는 동네의 개척교회에서 전도사를 하던 때 지역봉사회 미팅에서 몇 차례 만난 적이 있는 사이였다. 민은 청소년 독서지도를 했고, 대평은 실버세대 미술 취미생들을 지도했다. 연말께 어느 날 때아닌 진눈깨비가 추적거리는데, 그 시즌 마지막 수업을 마치고 구립 문화센터를 나서던 대평을 뒤쫓아오며 불러 세우는 목소리가 있었다.

"지 선생, 나랑 딱 한잔 하시겠소? 날씨도 이런데…."

전도사라면 당연히 금주하는 걸로 알고 있던 터라 좀 뜻밖이었지만 내색하지 않고 대평은 그러자며 근처 뒷골목의 실내포차로 그를 안내했다. 오뎅꼬치 몇 개와 소주 한 병을 나누는 동안 그에게서 들은 얘기의 요지는 이런 것이었다.

민 전도사가 지도해 온 독서반에 소년원 출신 아이가 하나 왔었다. 중학교 때부터 상습 폭행으로 삼 년가량 소년원을 들락거리다 나와 누나가 다니던 교회에서 심방을 나온 민의 권유로 독서 수업에 나오게 되었다고 한다. 독서반에서는 시즌마다 지정 도서와 자유선정 도서를 각각 한 권씩 다루는데, 이 아이는 다른 책엔 관심이 없고 오로지 성경만 읽어 왔다. 이따금 집에서 제가 궁금한 것들을 메모해 와 전도사인 민으로서도 생각해 본 적 없는 문제를 제기해 당황스럽게 만들기도 했다.

지난번엔 수업 시간 대부분을 멍하니 창밖만 내다보고 있던 녀석이 느닷없이 손을 들더니 물었다. 선생님, 요나서를 보면 하나님은 끝까지 요나를 괴롭히는데요, 꼭 그래야만 요나가 착한 사람이 되는 건가요? 아마도 녀석은 요나 선지자가 사막으로 가서 초막을 짓고 아주까리 그늘에서 간신히 더위를 피하며 살 때 하나님이 벌레를 투입하여 아주까리를 시들게 만들고 뜨거운 동풍을 보내는 대목을 얘기하는 듯했다. 요나는 그때 이렇게 울부짖는 걸로 나와 있다. "이렇게 사느니 죽는 것이 낫겠습니다." 민 전도사는 난감한 중에 이렇게 얼버무렸다고 한다. 하나님의 시험이 혹독할수록 인간의 영혼은 더 성숙한다는 가르침을 주려는 거겠지…. 하나님의 사랑이 컸기 때문에 요나의 시련도 계속됐던 게 아닐까. 녀석은 그 말을 숙고하는 듯 진지한 눈빛으로 고개를 주억거리더니 수업이 종료되기 전에 슬그머니 일어나서 가버렸다. 그리고 오늘 마지막 수업엔 오지 않았다고 한다.

착실히 나오던 아이의 결석이 신경이 쓰여 수업을 서둘러 마치고 그 누나에게 전화를 했더니 동생이 폭력배들에게 당해 병원에 입원해 있다고 전했다. 한때 복서 지망생이었던 그가 전혀 맞서 싸우지 않고 일방적으로 두들겨 맞아 더 심한 부상을 입었다는 것이다. 여기까지 얘기한 민 전도사는 소주병에 남은 술을 탈탈 털어 마시더니 탄식하듯 내뱉었다.

"렉시오 디비나! 그 아이는 이른바 성독聖讀을 한 겁니다, 하! 거기에 비해 나는 하나님 말씀을 팔아 열심히 제 살 궁리만 해온 사이비 신앙인인 거죠. L-E-C-T-I-O D-I-V-I-N-A…. 성스러운 독서라는 뜻의 라틴어입니다. 신학교 다닐 때는 들을 때마다 가슴을 떨리게 했던 그 말이 이젠 한낱 관념적 수사로만 다가오는 삶을 살고 있는 거지요, 부끄럽게도!"

민 전도사는 말을 마치며 자괴감이 치받쳐 오르는지 두

손으로 빨개진 얼굴을 감싸 안았다.

수십 년도 더 된 그 일이 어제인 듯 떠오르며 '렉시오 디비나'란 단어가 기억의 귓전을 두드린 것은 호야 이모의 독서노트에서 욥기 필사록과 그 밑에 적힌 '자해自解'라고 표시된 메모를 보고 나서였다. 구약 중에도 분량이 많은 편에 속하는 욥기를 가지런한 정자체로 필사해 놓은 것과 달리 반 페이지 남짓한 분량의 그 길지 않은 메모는 휘갈겨 쓴 듯한 좀 어지러운 글씨로 되어 있었다. 뭔가 심리적 동요가 있었음이 확연히 느껴지는 대목이었다.

'하느님, 당신의 도구로 저를 다시 써주소서. 다만 심하게 망가뜨려진 제 마음의 병을 먼저 고쳐 주시고 나서 그렇게 하소서. 저는 지금 당신이 심히 원망스럽나이다. 다시는 대면하고 싶지도 않나이다. 당신 말씀대로 어김없이 살아왔건만 제 마음에는 평화가 하나도 없나이다. 당신이 애초에 약속하신 땅은 어디에 있습니까. 그곳으로 가며 의지하라고 던져 주신 지팡이는 닳고 낡아 못쓰게 되었나이다. 몽당 빗자루처럼 되어 버린 지팡이에 제 지친 몸을 어찌 더 의지할 수 있겠나이까. 당신이 그 지팡이로 가리켰던 약속의 땅은 다가가면 갈수록 멀어지고 있는 듯하옵니다. 하느님, 이 고통스런 욥의 기록을 통해 당신은 제게

새 지팡이를 내려주시는 것입니까. 다시 출발하라고 명하시는 것입니까. 저는 다시 일어나 가야만 하는 것입니까. 당신의 사랑은 그렇게 고통으로밖에 오지 못하는 것입니까. 말씀해 주십시오! 정녕 고통이 당신의 사랑입니까. 그렇다면 저는 욥처럼 엎드려 승복하고 당신이 새로이 던져주는 그 지팡이를 주워 들겠나이다. 끝이 보이지 않는 그 길에 다시 오르겠나이다. 하지만 지금 저는 당신의 땅으로 가는 그 기약 없는 길 위에 주저앉아 울고 있는 지친 나그네일 뿐입니다. 하느님, 저를 가엾이 여기시어 제 영혼의 상처를 매만져 주소서. 그 상한 마음을 고쳐 주시어 당신이 창조하신 이 고통의 세상을 저 또한 가엾이 여겨 함께 어루만지며 나아갈 수 있게 하소서. 그리해 주시면 당신이 내리시는 새 지팡이를 짚고 다시 일어나 보겠나이다. 아, 고통이고 사랑이신 나의 주님!'

수도사의 고백록 같기도 한 그 메모는 뜻밖에도 반전의 요소를 품고 있었다. 호야 이모의 삶에 대해 누군가 인물 평전을 쓴다면 그녀가 산 외적 삶에 대해 듣거나 알아온 것과 이렇게 자기 내면을 토로한 내용에서 드러난 것이 상호 모순적이라 과연 그녀의 진면목이 무엇인지 헷갈리지 않았을까 싶었다.

대평이 보고 듣고 이해한 한도 내에서 호야 이모라는 인물은 시들지 않는 해바라기 같은 사람이었다. 햇빛이 있을 때나 없을 때나 한결같이 향광성이라 이처럼 응축되고 그늘을 품은 눅눅한 상태의 모습을 보인 적이 없었다. 그녀는 신체적 장애를 지니고도 못 하는 일이 없을 정도로 다재다능하고 활동적이었으며, 성품이 부지런하고 명랑하여 주변에 늘 도움과 편안함을 주었다. 그리고 무엇보다 신분, 성별, 나이에 관계없이 누구 앞에서도 당당하여, 비록 그 특이한 외양이 시속時俗의 편견을 더러 불러일으키긴 했지만 아무도 낮잡아 보지 않았다. 천주교 신자지만 불자들이 좋아하는 '보살'처럼 생각하는 이들도 적지 않았다. 그런데 이 고백록에서 그 '보살' 여인은 자신을 고통스런 인생 여로에서 상처 입고 주저앉은 무력한 존재라고 하지 않는가! 그녀는 대체 어떠한 아픔들을 혼자 삭이며 살았기에 이렇게 남몰래 고통스러워했을까? 그녀가 밖으로 내뿜었던 빛의 에너지만큼이나 그 연료로 소모한 어둠의 에너지가 컸던 것일까?

대평은 여러 해 전에 겉핥기로나마 읽어 본 아우구스티누스의 《고백록》에서 인상적이었던 한 대목을 상기했다. 오랜 세월 방탕한 삶에 빠져 있던 그가 어느 날 한심한 존재로 전락한 자신을 돌아보며 고민하고 있을 때 어디선가 "집어서 읽어라"는 어린아이의 목소리가 들려왔다. 그는 뭐라도 집어서 읽어야겠다는 생각에 집으로 돌아와 맨 먼저 눈에 들어오는 책을 집어 펼쳐 보았는데, 바로 사도 바오로의 로마서 13장 13절이었다. 이를 읽고 충격을 받은 아우구스티누스는 삶의 대전환기를 맞는다는, 뭐 그런 내용이었다.

이름 없는 촌부인 호야 이모가 욥기를 읽고 쓴 고백록과 대성인 아우구스티누스의 《고백록》을 비교한다는 것은 아마도 무리한 처사일 것이다. 하지만 대평은 왠지 두 사람 모두 험난한 오지의 길을 가다가 부상을 입고 쓰러져 구조의 손길을 기다리는 순례자처럼 느껴졌다. 어쩌면 호야 이모의 욥기 독서나 아우구스티누스의 로마서 독서는 민 목사가 얘기했던 '렉시오 디비나'로 간주될 수 있는 어떤 것이어서 그들은 그 성독의 깨우침에 의지하여 나머지 여정으로 나아갈 수 있었던 게 아닐까. 그들은 그렇게 하느님의 지팡이를 얻은 셈이었던가. 그것이 신이 그들에게 내린 은총이고 사랑이었던가….

창밖엔 어느새 촘촘한 어둠이 내려앉고 기차는 종착역에 거의 이른 듯했다. 곧 잊으신 물건 없이 안녕히 가시라,

는 방송이 흘러나올 것이다. 대평은 독서노트를 백팩에 챙겨 넣고 휴대폰을 열어 보았다. 인실에게서 문자 메시지가 들어와 있었다. '먼 길 왕림해 함께해 주신 덕분에 숙제 하나를 해결하게 되었어요. 혼자선 많이 떨렸거든요.' 그가 가면서 필시 독서노트를 읽으리라는 예측의 멘트도 덧붙여져 있었다. '요다 사부님 포스의 비밀을 좀 엿보셨나요?'

'차차 더 공부하며 보이는 게 있음 나눌게요. 아마도 그마저 내 이야기가 될 것 같지만.'

대평은 마음속으로 답을 한 후 일어서다가 도로 주저앉았다. 승객들이 하차 준비를 하고 있는 환히 밝혀진 열차의 차창 너머 어둑한 건너편 플랫폼에서 얼핏 낯익은 뒷모습을 본 듯했다. 오버사이즈 망토를 입은 노인의 환영…. 광선검도 지팡이도 아닌 낡은 유모차에 의지해 절뚝이며 요다 마스터가 '깊은 데'로 사라지고 있었다.

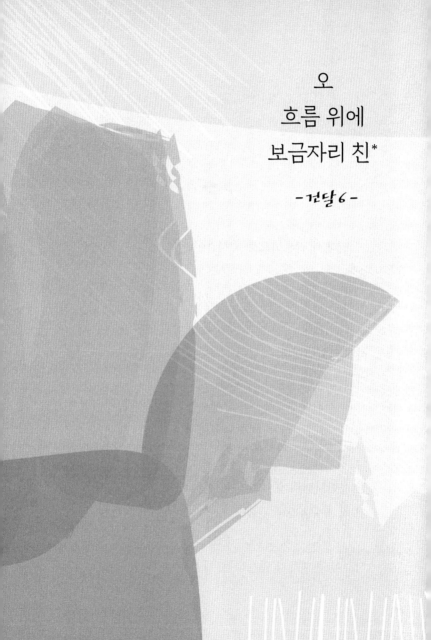

오
흐름 위에
보금자리 친*

-건달 6-

"그래서 결론적으로… 시간이란 건 없다, 이 말씀인가
요?"

화가가 술에 절은 비음 섞인 목소리로 문득 끼어들
었다. 이제껏 그는 술만 마실 뿐 좌중의 대화에 거의 참여
하지 않았더랬다. 스님이 그를 힐끗 쳐다보았으나 시선을
다시 창밖 먼 산으로 돌렸다.

루프니 양자중력장이니 생소한 개념들을 들먹이며 현
대물리학이 도달한 최신 경지에 열을 올리던 물리학 강사
는 벌겋게 달아오른 얼굴을 질문자 쪽으로 돌렸다. 술을
잘 못한다더니 보이차에 섞어 마신 몇 모금 독주에 어느
덧 취기가 올라온 듯했다.

"화백님, 그래도 듣고 계셨네요? 우리가 알아온 절대적
시간이 존재하지 않는다는 얘기지, 우주 만물에게 각각

의 고유한 시간이 존재하지 않는 건 아니죠. 각각의 공간적 조건에 따라 영향 받는 시간, 즉 시공간 속에서 물체가 변화하는 방식으로서의 시간, 그것은 있는 거지요…."

화가는 술을 마실수록 창백해지고 있는 빛바랜 얼굴로 몇 잔째일지 모를 제 잔을 움켜쥐며 대꾸했다.

"어쨌거나 그거 되게 허무한 얘기요. 하아… 내가 그림을 그리면서 그토록 몸부림쳐 온 시간이 나한테만 존재하는 거지, 내가 소통하려는 대상들한테는 무의미 내지 무가치하다는 말이잖소. 그러니 나의 시간은 다만 환영, 그림자였구먼… 하아."

"아니, 화백님, 그런 얘기가 아니고요…. 물리학적 개념을 예술적 인식으로 받아들이시면 자칫 혼동이 일어날 수 있는데, 화백님이 작업에 쏟은 시간만큼 화백님의 그림 즉 공간에는 변화가 있었을 거고 그 변화 자체가 화백님 시간의 흐름과 가치를 입증하는 거지요. 스님께서 늘 말씀하시듯 0과 1 사이에는 있다, 없다가 아닌 공집합이란 무한의 장이란 게 가능한데 그게 바로 화백님의 창조적 시간 아닐까요?"

노승은 제때 밀지 않아 흰 털이 까실까실 올라온 머리를 문지르며 뭔가를 말할 듯하다 그만두고 향 한 가치를 피워 문다. 그의 감은 듯 내리뜬 눈에서 잠시 날카로운 안광이 비쳤다 사라진다. 처음 만나는 사인데도 이상하게 소싯적부터 알던 사람을 만난 듯 친근감이 느껴지던 인상과는 사뭇 다른 예리함이다. 이 양반은 조만간 만수와 같이 찾아가기로 한 철학자 무하 선생과는 또 다른 종의 고수인 듯하다.

나는 잠시 화가와 물리 선생의 쉽게 결론 나지 않을 것 같은 대화에서 귀를 떼고 스님이 만들어 놓은 이 이상한 사랑방의 인테리어를 새삼 둘러보았다. 그냥 천장이 높고 커다란 공간에 커다란 다탁 두어 개와 아무데서나 주워 들인 듯한 모양새도 신통찮은 돌멩이들이 방 사방 구석에 마치 거기서 원래 풍화되어 왔던 것처럼 놓여 있다. 사랑방 주인 또한 큰 절에 있었다면 조실급 대우를 받을 스님이라는데 행색이 꽤나 남루하다. 목이 늘어진 러닝셔츠 위에 대충 걸쳐 입은 승복이 소매나 바지 끄트머리가 나달나달한 게 족히 십 년 이상의 세월이 누벼져 있는 듯하다.

그래도 여느 절집보다 뭔가 좀 풍요로워 뵈는 게 있다면, 차나 술을 마시는 데 필요한 물건들이다. 어떤 경로로 들어온 건지 모르지만 보이차나 녹차 못지않게 곡차를 좋아하는 이 노승에게 숨은 명인들이 만들어 선물한 명주와

명차, 명품 다구들, 거기다 늘 보루로 쌓여 있는 담배는 단지 생필품일 뿐이라고 공양주 보살이 귀띔했었다.

혜윤, 그녀가 처음부터 공양주 보살로 이 휴심암休心庵에 와 있었던 건 아니다. 암 투병 중 요양처를 찾다가 우연히 들르게 된 이곳에 그녀가 정을 붙이고 산 지도 어언 팔 년째다. 삼 년은 병자 신세로 해주는 밥 먹으며 객으로 지냈고, 밥 해주던 공양주가 오래 앓던 마음병이 웬만해져 가족과 다시 살려고 세간으로 가버리자 그 역할을 자청하여 더 머물렀다. 수술 후 도시에서는 도무지 회복의 기미가 보이지 않던 혜윤은 어느덧 건강을 되찾아 시도 다시 쓰고 있었다. 사실 만수와 여름휴가 삼아 같이 혜윤을 찾을 셈이었다.

그런데 갓 서른 나이에 작은 가게일망정 제 사업체를 가진 그 만년 철학도는 일도 쉬엄쉬엄, 공부도 쉬엄쉬엄 하겠다는 제 신조를 따라 살다 보니 사업과 학업을 겸하는 뜻밖에 바쁜 신세가 되었다. 올여름 계절학기 수업을 들어야만 입학한 지 거의 십 년 만에 대학 졸업이란 걸 하게 생겼다며 제 여친의 아버지가 했다는 말을 전했다. 리야카를 끌더라도 대학은 나와야 혀.

"봉고차를 끄니 고등학교만 나와도 되는 거 아닌가?"

혜윤은 장래 사돈의 입장에 짐짓 불만스러운 듯 궁시렁댔으나 표정은 그렇지 않았다. 내가 절에 도착하여 스님이 손들에게 대접하는 보이차 몇 잔을 마신 후 공양간으로 가는 그녀를 따라가자, 뒤편 텃밭에서 몇 가지 푸성귀를 따달라고 소쿠리를 내밀며 건넨 말도 그녀의 심중을 헤아리게 했다.

"장가를 가자니 쫑이란 걸 따네요. 아저씨처럼 살면 안 따도 될 텐데…."

호박, 상추, 쑥갓, 오이 등을 한 소쿠리 가득 따가자 혜윤은 이런 얘기도 했다.

"하하, 대평 씨는 본의 아니게 좋은 남편 타입인 거 알아요? 만수 아빠랑은 많이 달라요. 정희 남편이랑도 다르고…. 각시 될 아가씨가 그래도 나나 정희처럼 남자 입장을 너무 이해하고 배려해서 혼자 속으로 골병드는 타입이 아니라 다행이에요. 지가 원하는 걸 따박따박 요구하는 걸 보니…."

"정희가 누구…?"

"아까 스님 맞은편에 앉았던 화가 아저씨의 와이프요. 남들 차 마실 때도 술만 들이키던. 화가라고 다 그런 건 아닐 텐데…. 암튼 정희는 여간 속썩고 살질 않았어요. 저따나 평생 술귀신과 붙어살게 된 이유야 물론 있겠지만 같이 생활하는 고충이 오죽했겠어요. 걔가 대학 때는 동기 중에 젤 똑 부러지고 스마트하던 앤데 그 사람 만나 살고부터 많이 망가졌어요. 오죽하면 거두절미하고 행선지도 안 밝히는 무기한 여행을 떠나 서방이 나 있는 데까지 수소문해 찾으러 왔겠어요. 그런데 여기 와서도 사흘째 스님 술고방 축내며 저러고 있으니 참! 만수 아빠랑은 또 다른 종의 자멸파를 보는 것 같아 넘 답답해요….”

그러고 보니 오기 이틀 전에 방문 계획을 알리는 전화를 했을 때 이미 손님 두 사람이 와 있는데 그중 한 명이 대학 동창 남편이라고 했던 기억이 났다. 손님이 많으면 일정을 달리 잡겠다고 하니까, 주인장인 스님은 객이 몇이든 개의치 않으며 다만 공양주인 자기가 음식 바라지 할 수 있는 한도 내에선 상관없다고 했다. 화가는 무단가출한 아내를 찾으러 온 남자치고는 참 속편하게도 여러 날째 개기고 있는 셈이었다. 이곳에 한 번이라도 묵어 본 사람들은 이상하게 제 집처럼 맘 편하게 행동해도 된다고 생각하는 경향이 있었다. 그건 전적으로 주인장의 태도에 기인하는 듯했다.

스님은 이 절집이 본인 소유의 집임에도 주인 행세를 도무지 하지 않고 자기도 잠시 묵어 가는 객인 양 그때그때 있는 것을 같이 나눠 먹고 마시고 어디든 몸을 눕히는 데서 잠들곤 했다. 하지만 망팔의 연치에도 몸이 대꼬챙이처럼 마른 것 빼고는 아픈 데가 없을 뿐 아니라 새벽까지 손님들과 밤샘 대화를 해도 몇 시간 눈 붙이고 나면 금방 멀쩡해지는 비상한 체력을 지녔다고 한다. 혜윤은 이 스님의 특별한 인품과 도력에 반해 병이 낫고도 세간으로 돌아오지 않는 건가? 나는 그녀가 스님에 대해 얘기할 때면 눈빛이 따사로워지는 걸 보며 문득 의아해졌다. 때마침 양반은 못 되는지 노승이 공양간으로 들어서며 대평을 불렀다.

"거사 이름이 지, 뭐라 캤지요?"

"대평입니다. 클 대, 평평할 평."

"어, 대평… 이름이 좋구먼. 대평 선생, 요 밑에 가게에 가서 막걸리 몇 통 사다 줄라요? 화가 선생이 그 독한 술을 다 비와 뿟네. 독주야 찾아보믄 더 나오겠지만 무리가 될 거 같으이 막걸리로 바까야겠어. 중이 술 사러 가기도 뭣하고 다른 손들은 취기가 올라 심부름시키기가 쫌 그러네… 허허."

휴심암의 거실 격인 이층 마루방으로 가는 계단을 오르는데 공양간 쪽에서 구수한 된장 냄새가 풍겨 왔다. 그런데 된장 냄새에 비릿한 어물 냄새가 섞여 있었다. 마루에는 좀 전까지 갖가지 다기, 술병과 술잔들로 어지럽던 다탁이 깨끗이 치워져 밥상으로 변해 있다. 수저 다섯 벌과 푸성귀 채반, 쌈장, 김치 등이 놓여 있고 한가운데 대나무 냄비받침이 자리잡고 있다. 스님과 객들은 어딘가 들어가서 쉬고들 있는지 보이지 않는다. 통유리창 너머로 스님이 어디선가 어렵게 구해다가 심었을 성싶은 나이 먹은 배롱나무가 그 너머 펼쳐진 노을 비낀 하늘을 배경으로 낮보다 눈에 선명하게 들어온다. 팝콘 같은 흰 꽃송이들을 몽글몽글 매달고 있는 은성한 고목에 정신이 팔려 있는 나를 여자의 하이톤 목소리가 돌려 세웠다.

"대평 씨, 이것 좀 받아 주세요."

커다란 쟁반에 음식을 잔뜩 받쳐들고 층계 중간쯤에 멈춰 서서 혜윤이 말을 이었다.

"다들 어디 가시고 초행 객만 남아 꽃구경을 하시나요? 저녁 공양들 해얄 텐데…."

나는 얼른 계단으로 달려가 쟁반을 받아들었다. 혜윤이 들고 오르내리기엔 꽤 부담스러울 무게였다.

"아니 평소에도 이런 무거운 걸 들고 오르내려요?"

"아뇨. 손님들 불러 나르게 하는데 오늘은 낮부터들

취해 있어서리…. 그래도 더 마실 거라고 술을 사오게 한 거잖아요. 스님도 힘드실 텐데, 벌써 사흘째라…."

"그 친구 남편이라는 화가 선생이 술잔을 안 놓긴 하대요. 그래서 막걸리를 사오라고 하셨나 봐요. 스님도 힘드셨겠구먼…. 힘들어서 공양 때까지 좀 쉬러 들어가신 걸까요?"

"아뇨, 스님은 그 정도로 들어가 눕고 그러시지 않아요. 아마 뒤뜰에서 얼마 전 새로 심은 나무들을 살펴보고 계실 거예요."

아, 나무들…! 휴심암의 주인은 책과 돌 수집 외에 꽃나무를 심고 가꾸는 취미가 있다는 얘길 예전에 혜윤에게서 들은 기억이 났다. 나는 피식 웃음이 났다. 아무리 승려라 해도 인간적인 욕구가 한두 가지는 있지 않겠는가. 그 노승에게 술과 담배는 취미가 아니라 생활인 듯하고, 고작 책과 돌과 꽃나무로 불가에서 중생이라 부르는 보통 사람들이 추구하는 돈과 명예와 여자에 대한 욕구가 충분히 달래지는 건 아닐 것이다. 적어도 젊어서는 아니었을 터, 그는 이른바 용맹정진이라 불리는 깨달음에의 의지로 인간 실존의 자연적 욕구들을 넘어섰을까? 나는 노승에 대해 인간적 관심이 새삼 생겨나는 걸 느끼며 혜윤에게 말했다.

"내가 뒤뜰에 가서 스님 공양 드시라고 모셔 오지요. 혜윤 씨는 다른 사람들 찾아봐요."

노승은 법당인 듯 보이는 전통 양식의 작은 전각 한켠에서 등을 굽혀 뭔가를 들여다보고 있었다. 초파일에만 공개되는 삼장보살 탱화가 그 안에 모셔져 있으나 일 년 내내 염불도 불사도 없는 법당이라고 들었다. 특이한 것은, 혜윤이 처음 왔을 때 있던 공양주 보살에겐 늘 출입이 허락되어 기도를 하게끔 했다고 한다. 그 보살에게 지장경을, 그것도 '지장보살' 네 마디만 종일 외도록 했는데 신경쇠약증이 깨끗이 나아서 집으로 돌아갔다는 것이다. 나중에 그 염불의 적용에 대해 물어 보니 제일 간단하잖아, 하고 심상하게 대꾸했다는 노승은 지금 무엇에 그리 골똘히 정신을 팔고 있는지 내가 바로 옆에 다가가도 모르는 것 같았다.

"스님, 뭐 하세요?"

1미터 남짓 되는 작은 묘목을 어린아이 들여다보듯 살피고 있던 노승은 그제야 인기척에 반응을 했다. 돌아보는 노인의 얼굴에 지는 해의 잔광이 비쳐 언뜻 황동불의 인상이 스쳤다.

"으응, 이기 꽃치잔 줄 알고 심었디 열매치자네⋯. 여 보소. 꽃받침 속 열매 올라오는 모양새가 둥그스럼한 기 말야. 꽃 지고 난 걸 구해다 심은 거라 구분이 안 됐었는데….”

“열매치자가 약용으로 많이 쓰이는 거 아닌가요?”

“그렇기야 하지…. 현실적 효용성은 더 좋고말고. 근데 말이요, 유마경에는 ‘치자나무 숲에 들어가면 치자 향기만 가득하여 다른 향기는 맡을 수 없다’며 대승의 진리를 설명하는 대목이 나와요. 그러니 향기를 흠뻑 취하고 나면 열매까지 신경쓸 필요가 있겠냔 말이지. 꽃치자는 열매 쓰임새는 덜해도 향기가 지극한 나무라, 그걸 원했는데 그만 딴 걸 심어뿌린 거 같구마.”

“스님 말씀 들으니 건달바가 생각나는군요. 오직 향기만 먹고 살며 음악을 관장한다는 천신 말입니다. 저는 저 자신의 정체성을 건달로 정하고 살아왔는데, 그게 뭔가 건달바의 존재 방식과 상통하는 게 있지 않나, 요즘 와서 그런 생각도 해봅니다.”

노승은 굽혔던 허리를 펴고 나무에서 물러나 대평을 정면으로 마주보았다. 대체로 감긴 듯 내리뜨고 있던 그의 눈이 활짝 열려 회청색 동공을 보여준다. 이 눈, 무하 선생의 눈을 많이 닮았다! 한데 그의 눈보다 어딘지 좀 날카로운 느낌이다. 수행의 기치를 내걸고 납자로 살아온 인생이라 그러한가….

"그렇구만…. 한때 내가 원했던 삶이기도 하지. 헌데 수행자나 건달이나 실은 별다를 게 없어요. 모두 진리의 향기 언저리에서 맴돌 뿐, 향기 자체와 동화되는 건 아니니까 말이요."

나는 아, 이건 또 뭐지? 싶었다. 노승의 자기고백인가? 수행자로서의 자기 삶이 불완전하다는 얘기가 아니겠는가. 큰스님 반열에 오른 몸이면서도 그렇게 느낀다면, 여느 수행자들이나 중생들은 어떤 표상을 구해야 한단 말인가. 적어도 얼마 전 타계하여 그 숨겨진 삶의 자취를 더듬어 볼 기회가 있었던 가톨릭 은수자隱修者 할머니에게서는 이런 식의 자의식 표출을 느끼지는 못했다. 그녀가 수행자로서 한 수 위였던 것일까? 혼란스러워지려 하는 심사를 추스르려 나는 말머리를 돌렸다.

"스님, 저녁공양 준비가 다 됐나 봅니다. 지금 같이 가시지요. 부탁하신 술도 사다 놨고…. 다른 손님들은 어디 계신지 모르겠습니다만 곧 나타나겠지요. 된장이랑 고등어 냄새가 요란하니…."

"아 그쿠만. 어서 가봅시다. 밥은 무야지."

노승은 다시 내리뜬 눈매가 되어 내 어깨를 툭 치며 앞장섰다.

상추에 구운 고등어 살을 듬뿍 얹어 입이 미어지게 싼 현미밥을 서너 차례 우적거리고 나더니 노승은 수저를 놓고 숭늉을 찾았다. 혜윤이 방바닥에 두었던 노란 양은 주전자를 상 위에 올려놓았다. 아직도 김이 나는 숭늉 한 사발을 따라 단숨에 들이킨 뒤 끄윽 하고 트림까지 하는 그를 물리 선생이 신기한 듯 바라보며 말했다.

"스님 연치에 저렇게 식성이 좋은 분은 처음 봅니다. 생선도 아주 맛나게 드시네요."

"아, 내가 육고기는 별론데 바닷가 출신이라 물고기는 좀 좋아해요. 그래서 여기 우리 보살이 생선 반찬을 잘 챙겨 주지, 고맙게도."

혜윤이 웃으며 끼어들었다.

"술은 아무때나지만 밥은 워낙에 저녁 한 끼만 드시는지라 단백질 보충이 필요해 그러지요. 다행히 생선이라도 잘 드셔서 제가 고맙죠."

그러니까 노승은 불가에서 금하는 육식, 음주를 다 즐겨 하는 셈인데 혜윤이 그걸 당연시하는 걸 보니 어지간히 그의 삶에 동화가 되었나 보다 싶어 나는 새삼 그녀가 낯설게 다가왔다. 사십에 가버린 나의 철학자 친구는 자신의 미망인이 타인의 삶에 이렇게 깊숙이 어우러져 살게 될 줄은 상상치 못했을 것이다. 타인은 지옥, 이라는 사르트르의 말을 입버릇처럼 달고 지내면서도 혜윤을 사랑하여 아이를 낳고 가정을 꾸리고야 만 천세. 하지만 그 일상의 삶이 주는 부담을 너무도 고역스러워했던 그. 시를 쓰는 혜윤 또한 그와의 삶에선 철지난 연못에 떠다니는 가랑잎마냥 버성긴 자세로 임했던 듯하다. 천세는 미아리 시장통에서 자라 순댓국을 좋아했는데, 혜윤이 그걸 상에 올리는 걸 한 번도 본 적이 없다. 어쩌다 그들의 식탁에 함께할 때면 콩나물국밥이나 배춧국이 단골 메뉴였다. 물론 늘 해장이 필요한 천세였지만 그는 편식적 정신세계와 달리 흐벅지고 진한 맛을 좋아하는 식욕의 소유자였다. 그 괴리가 그를 그토록 시달리게 했을까? 아직 살아 있다면 절집에 와서 비리고 기름진 음식 해대기를 마다지 않는 사람이 돼 있는 혜윤과의 삶이 좀 더 조화로울 수도 있었을 텐데….

대평은 공연히 복잡해지려는 심사를 떨치려 반 넘게 남은 밥공기를 옆으로 밀어놓고 등 뒤편에 두었던 막걸리통을 집어 들었다. 상 어귀에 삐딱하게 앉아 물김치 국물만 연거푸 떠먹던 화가가 얼른 제 앞에 놓인 빈 사발을 내밀었다. 혜윤의 미간에 미세한 찌푸림이 스쳐갔다. 주위의 눈길 따윈 알 바 아니라는 듯 막걸리 한 사발을 꿀꺽꿀꺽 들이키고 난 화가는 얼굴이 밝아지며 스님을 향해 몸을 돌렸다. 느닷없이 무슨 공안公案과도 같은 화제가 밥상 위로 날아들었다.

"스님은 다시 태어나실 건가요?"

노승은 향을 피워 물고 있다가 "응 나 말이요?" 하더니 허헛 하고 웃었다.

"예, 스님께선 윤회 하실 거냐고 물었습니다."

노승이 민머리를 두어 번 쓰다듬더니 대꾸했다.

"모르지, 그거야. 안 하면 좋겠지만⋯."

"정각正覺에 이르면 윤회 안 하는 거 아닙니까? 정각을 이뤄 본 적 없으신가요?"

"정각이라⋯ 그런 거 난 몰라. 설사 그럴싸한 체험이 있었다 한들 누가 무슨 기준으로 그걸 정각이다 아니다 할 수 있겠어요. 우린 그냥, 알 수 없다는 것만 좀 아는 정도지 뭐."

"그럼 스님은 회의론자시네요. 아까 오후에 저기 저 물리학 하시는 선생하고 얘길 좀 더 나눴어요. 현대 물리학에서 무슨 루프 이론이란 게 있는데, 우리 우주는 시공간이란 게 따로 없고 공간 필라멘트랄 수 있는 고리들이 상호작용하며 이루는 관계체에 불과하다는 얘길 합디다. 그럼 그게 불가에서 얘기하는 인드라망 아닌가요?"

"하… 나도 그 비슷한 생각을 해요. 있다, 없다가 아니라 있음이면서 없음일 수 있다는 거지."

대평은 놀라웠다. 화가 저이는 끊임없는 명정酩酊의 상태에서도 계속 어떤 화두에 집중해 왔다는 게 아닌가. 혜윤도 의외라는 듯 눈을 크게 뜨고 그를 바라보았다.

"어머, 민 선생님 술 다 깨셨나 봐요? 정희랑 연락이 되더니 정신이 번쩍 드시나 봐요."

"어, 마누라가… 잘 살아 있는 것 같아 어 뭐, 안심이 되긴 하네요. 하아."

화가는 처음으로 화색이 도는 얼굴빛을 하고 고개를 주억거리더니 다시 화제를 이었다.

"제가 말이죠, 오랫동안 생각해 온 게 있는데 말입니다… 대체 우리 마누라가 전생에 무슨 빚을 져서 나랑 맺어져 그 고생을 하나 싶어, 윤회란 게 진짜 있다면 내생에는 반대로 만났으면 하거든요. 근데 윤회가 없다면 마누라에게 다시 빚 갚을 기회가 없게 되는 거니 너무 허무할 거같단 말입니다."

혜윤이 피이 웃으며 받아쳤다.

"아이고 민 선생님, 그냥 지금부터 마나님 잘 모시면 되잖아요. 뭘 내생까지…. 술만 좀 줄이셔도 정희는 사는 게 정말 편안해질 텐데요."

"맞아요. 아들놈도 노상 그렇게 말하지요. 근데 내가 이 생엔 그게 잘 안 될 거 같아서리 내생을 기약하고 싶거든요. 요즘 젊은 애들 말대로 '이생망'이죠, 하아. 정 선생, 선생은 어떻소? 현대 과학의 관점에선 윤회란 게 가능한 개념이요?"

상추쌈을 커다랗게 싸서 입안에 넣고 있던 물리학 강사가 놀란 듯 쌈밥을 내려놓고 스님 쪽을 바라보았다. 노승은 거들 의사가 없는 듯 등 뒤에 놓인 커피포트를 향해 돌아앉았다. 대략 난감한 표정으로 잠시 내려놓은 쌈을 만지작거리던 그가 되물었다.

"화백님 말씀은, 윤회의 시공간이 이 지구상에서 가능하냐는 얘기인가요? 이를테면 부인과 화백님이 처지가 바뀐 상태로 이 지구상의 삶을 다시 살게 되는, 그런? 그런 거라면 종교의 영역이고 신비의 영역이라 저는 모르겠습니다. 다만, 그 시공간을 여기 이곳에 한정시키지 않고 다차원의 시공간으로 확장해서 생각한다면… 글쎄요, 평행우주란 것도 현대 과학에서 다루고 있는 개념이니 아주 불가능할 것 같진 않은데요. 뭐 퍼즐의 재조합이랄까, 그런 형태가 되지 않을지….”

“퍼즐의 재조합? 아, 그거 아주 재미난 발상이요. 하핫, 나랑 마누라도 그 재조합이 가능한 평행우주란 걸 찾아봐야겠구려. 근데 그게 언제 어떻게 가능한 거요?”

“이미 일어나고 있는 중일지도 모르지요. 다만 우리가 인지하지 못하고 있을 따름, 평행우주란 게 그런 거라고 합니다. 술을 조금씩 줄여 나가시면 평행우주에서의 재조합된 삶이 그만큼 더 가능해지는 거 아닐까요? 하하.”

여유가 좀 생긴 듯 물리학 강사는 자기 앞에 놓인 잔을 막걸리 병을 앞에 두고 있는 나에게 내밀었다. 나는 술을 채워 주며 좀 편안해진 좌중의 분위기를 돋울 겸 한마디 거들었다.

“예전에 어디선가 들은 아일랜드인 술꾼에 대한 조크인데요. 더블린의 단골 술집에서 매일 저녁 시드니에 사는 자신의 쌍둥이 동생의 몫까지 술을 두 잔씩 시켜 마시던 사람이 있었답니다. 어느 날 그가 한 잔만 시키기에 바텐더가 무슨 일이 있냐고 물었더니 쌍둥이 동생이 죽었다고 했다네요. 그런데 다음날 그가 다시 두 잔을 시키기에 한 잔은 누구 거냐고 물었다죠. 형이 대답하기를, 예전에는 동생이 그 한 잔을 마셨지만 오늘부터는 동생 몫까지 대신해서 내가 두 잔을 마시기로 했소, 하더랍니다. 그 쌍둥이 형제에게는 언제나 평행우주가 존재했고, 계속 존재하는 셈이 아닐까 싶네요."

노승이 허허 웃고, 화가가 흐흐 웃고, 물리학 강사가 아하하 웃었다. 내 어깨를 치며 오호홋 따라 웃던 혜윤이 진동벨이 울리는지 주머니 속에서 폰을 꺼내 보더니 "어머, 얘가 웬일이래?" 했다. 그러곤 화가를 정시하며 문자 내용을 전했다.

"정희가 여기 온대요, 낼 아침에. 민 선생님 데리러…."

화가의 반쯤 풀려 있던 눈이 시나브로 커지더니 빛과 물기가 동시에 어렸다. 곧이어 그는 크엉, 하고 신음을 터뜨린 후 무릎을 세워 고개를 처박고 흐느끼기 시작했다.

집 밖을 나서는데 어디선가 건들바람이 일었다. 건들, 선들, 바람, 부니, 분명코 가을이로구나! 나는 사철가를 떠올리며 혼자 흥얼거리다가 만수가 몰고 올 빨간 아우디가 나타날 방향을 향해 눈길을 고정시켰다.

며칠 전, 혜윤이 절에 들어가고 난 이후로 늘 그랬듯이 만수는 아비의 20주기 기제사를 내 집에서 함께 지냈다. 그날 녀석은 추석 전에 여친을 데리고 성묘도 다녀오겠노라고 했었다. 그런데 머잖아 녀석의 아내가 될 그 아가씨 왈, 좀 있음 추석 연휴 들어갈 텐데 그전부터 장사를 쉬면 비즈니스에 차질이 생길 거라며 자기가 가게를 지키겠으니 혼자 다녀오라고 했다 한다.

"나보다 훨씬 현실적이고 미래지향적인 친구죠."

만수는 칭찬인지 비아냥인지 알 수 없는 이중적 어감의 멘트를 날린 후 내게 플랜 B를 제안했다.

"저랑 드라이브 삼아 산소에 같이 갔다가 오는 길에 화산에 들러 무하 선생 뵙고 오는 건 어때요? 어차피 올 가을 중 한번 찾아뵙자고 했잖아여…."

"어 나쁘지 않지. 근데 너무 돌게 되는 거 아닌가?"

"거기 강원도라곤 하나 경기도랑 붙어 있는 데라 이웃 동네 가는 정도라는."

"그래? 나쁘지 않군. 벌초야 니가 할 거고 난 너 대신 음복이나 하면 될 테지."

"아 그니까 아저씬 염불보다 잿밥에 맘이…. 그것도 나쁘지 않다는. 흐흐."

말투를 흉내 내며 나의 동행을 유도해 낸 것을 좋아하던 녀석이 문득 생각난 듯 물었다.

"그 할아버지 아직 담배 피우시겠죠? 빈손으로 가기 뭣한데 담배나 한 보루 사가면 어떨까 싶어서요."

기특한 생각이었다. 무하 선생은 칠팔 년 전엔가 만났을 때도 담배가 신체의 일부인 양 손에 붙어 있었다. 건강이 안 좋아 산채에서 내려와 임시로 서울 외곽의 농가 주택에 세들어 살 때였다. 거기서 매월 한두 차례 '철학사랑방'이란 걸 열었는데 소문을 듣고 인문학 강의에 관심 있는 사람들이 여남은 명 모여들었다.

나도 누군가에게 듣고 한 번 가본 적이 있었다. 기침을 쿨룩거리면서도 연신 연기를 뿜어 대며 열강을 하던 모습이 인상적이었지만 노장 사상에 치중한 그 강의가 당시 나로선 딱히 관심 분야가 아니었기에 더 이상 가진 않았다. 그즈음 나는 '무위자연'보다는 '유위자연'의 삶을 모색하는 쪽이었기 때문이다. 말하자면, 나만 평안하면 된다는 생각에서 내 주위의 타자들도 평안해야 진정 평안한 삶이라는 생각을 하게 되었던 것이다.

그래서 모종의 유위有爲, 즉 쓸모를 통해서 더불어 사는 삶에 뭔가 보탬이 되고자 도모했던 세월이 있었다. 시민단체 활동도 좀 해보고 지역사회 봉사 활동도 꽤 했는데, 결국 나란 사람은 어디고 소속이 돼서 활동을 하는 일이 안 맞는다는 자기 체질을 확인했을 뿐이다. '애씀'이란 것 자체가 내 건달 체질과 근본적으로 안 맞았다. 내가 뭣 때문에 남들 다 가는 대학도 안 가고 직장도 안 갖고 결혼도 안 하고 부모님이 물려주신 작은 집 한 채에 의지해 최소한의 생계를 이어왔겠는가.

휴대폰이나 컴퓨터도 만수가 갖다 안긴 덕분에 최근에 사용하게 된 물건일 뿐, 물질적 소유에 대한 여타 욕구를 느낀 적이 거의 없는 나였다. 당연히 차를 갖고 싶다는 생각도 해본 적이 없다. 그런데 내가 사는 다가구주택 주차장에는 입주 세대마다 할당된 한 칸에 혜윤의 낡은 자동차가 세워져 있다. 군복무 시절 운전병을 했던지라 차가 있으면 당연히 쓰겠거니 생각하고 폐차시키기엔 좀 아까운 제 엄마의 고물차를 그 자리에 가져다 놓은 지 이태가 넘었건만 시동 한번 걸어 보지 않아 만수의 잔소리를 들었다. 아저씨, 여자랑 자동차는 가끔 건드려 줘야 혀유. 안 그럼 저절로 퍼졌뿐다니께. 여친의 본가가 충청도 쪽이라고 들었는데 어느새 배웠는지 그쪽 사투리까지 써가며 녀석은 퉁을 줬었다.

그러던 녀석이 오늘 '퍼져뿌지' 않고 쌩쌩한 제 여자의 자동차를 빌려 타고 성묘를 가겠다 했다. 제 차인 1톤 봉고는 영업 차량이자 가게 자체여서 움직일 수가 없었다. 저 대신 밥차 운영을 하루 맡아 주는 데다 자기 차까지 내주는 여자를 만난 것이 어찌 녀석에게 행운이 아니겠는가. 그러니 평소 제 인생 철학을 잠시 접어두고라도 예비 장인이 요구하는 대학 졸업장을 따려고 생업에 학업을 겸하느라 동분서주하는 것도 무리가 아니다 싶었다.

　　예전에 여친을 처음 소개할 때 둘이 타고 왔던 빨간색 아우디가 골목 입구에 모습을 드러냈다. 노후 주택을 재건축한 다가구주택들이 빽빽이 들어선 이 서민 동네에 강렬한 색깔의 외제차는 생경스러웠다. 연식이 십 년도 넘은 중고차를 제 언니에게 불하받아 오 년 이상 잘 써왔다고 한다. 둘이 각기 제 차를 몰고 만날 때면 좀 웃길 듯했다. 봉고 트럭과 외제 스포츠카라니…. 처음에는 그들이 모는 차종의 차이가 자살한 철학 교수의 아들과 유복한 상인 집안 딸 사이의 간극을 말해 주는 듯 여겨졌다. 하지만 만수의 '현실적이고 미래지향적인' 여친은 나의 그 선입견을 점차 깨트려 가는 중이다.

　　"자알생긴 기사 대령했슴다!"

빨간 차에서 만수가 며칠간 면도를 못 한 것 같은 얼굴을 내밀며 소리쳤다.

"퍽도 잘생겼다. 얼굴이 그게 뭐냐? 부친 성묘 간다는 놈이…."

조수석에 올라타는 나를 향해 녀석은 수염이 제멋대로 자란 턱을 거의 비벼댈 듯이 들이밀며 능청을 떨었다.

"치이, 언제는 흙탕물에 뒹굴어도 잘생겼다며요."

"그건 인마 너 털 나기 이전 얘기고. 장비같이 하고 나타나선 잘생긴 타령이라니."

"요즘 주경야독하느라 털 깎을 시간이 없다우. 어젯밤에도 몇 시간 못 잤다구요. 여름학기 때 못다 딴 학점 땜에 과목 하나를 더 듣고 있는데 독일서 박사 한 교수라 독해요. 학기 초부터 리포트 요구하네요. 우리 건달철학 박사께서 대신 써주지도 않을 거고, 에고 미모 관리 할 틈이 없네여."

"짜아식, 엄살은. 리포트 두 번 썼다가는 아예 관운장 모드로 가겠구면."

"그건 안 돼여. 이 미모에 미염공의 위엄까지 붙으면 일 나는구마. 아저씨나 날 아직 똥싸개 취급 하지, 내가 쪼까 폼 잡으면 여자들이 막 쓰러져뿐다니께. 내가 여난에 시달려 제 명 다 못 살고 가믄 우리 아저씨 불쌍해서 으쩔 거나."

"원 참, 니 색시가 불쌍하면 불쌍하지 내가 왜? 지 문제 생기면 내게 문제가 생긴 것처럼 이바구 풀어 대는 건 부전자전이구먼, 하."

만수의 아버지는 나와 한동네서 유년 시절과 청소년 시절을 보낸 죽마고우였다. 성인이 되어서는 맞선 자리에 나를 대신 내보내 놓고 저는 제갈량처럼 뒤로 물러앉아 이러쿵저러쿵 필승 전략을 일러 주는 식으로 심심찮게 도플갱어 놀음을 했었다. 때로 그의 자식이 비슷한 성향을 보일 때 나는 섬칫 놀라게 되는데, 그럴 때면 만수가 지 아비 뒤를 좇아 잘못된 선택이라도 할까 봐 걱정하고 있는 자신을 발견하곤 했다. 이를 일러 자기보다 더 어미의 마음을 가졌다고 언젠가 혜윤이 지적한 적이 있는데, 어쩌면 그럴지도 모른다는 생각도 들었다. 그 어미가 직장 생활 하느라, 출장 다니느라, 투병하느라 아이를 충분히 돌보지 못할 때 그 공백을 내가 기꺼이 메꾸고 있었던 것이다. 일찍 간 아이 아버지를 대신해 부성의 공백을 메꾸는 역할도 있었지만, 돌이켜볼 때 아이를 품안에 끼고 보살핀 시간의 총량만큼이나 모성적 역할의 비중도 크지 않았을까 싶었다. 그러니까 만수에게 나는 아저씨라 불리는, 아비 겸 어미가 아니었을까. 문득 나는 스스로의 정체성에 대해 의문이 일었다. 나란 사람은 본래 그런 성향을 타고난 걸까? 아님 만수를 보살피다가 그렇게 된 걸까?

"아저씨, 이거 봐봐요. 골초 선생님 드릴 뇌물인데 어때요?"

만수가 동네 길에서 벗어나 대로로 올라서더니 좌석 아래 손을 뻗어 작은 쇼핑백을 집어 보이며 물었다. 쇼핑백 안에는 작은 종이 상자가 들어 있었는데 코끝에 느껴지는 향내로 보아 담배인 듯했다. 일반 담배 보루보다 좀 얇고 길이도 짧은 그 상자를 여니 한 곽씩 따로 포장되지 않은 궐련이 가득 채워져 있다. 수입 담배냐고 물으니 만수가 대답하길, 원재료는 수입 맞고요 제조는 메이드 인 코리아입니다, 했다.

"이른바 수제 담배죠. 질 좋은 수입산 연초를 사다가 손으로 말아 놓은. 그거 마느라고 선영이가 같이 밤샜어요. 나는 리포트 쓰고 지는 옆에서 담배 말고. 한석봉이네가 따로 없쥬, 크크. 몸에 덜 해롭대요, 첨가물이 안 들어간 천연 연초라서. 게다가 기성품의 거의 반값밖에 안 든다네요. 아저씨 예비 며늘아기, 엄청 착하고 알뜰하지 않아여? 자기 외할아버지가 그걸 피우신대요. 지 언니가 독일 유학 갔다 그걸 배워 돌아와 권한 후로. 좀 웃기는 집안이긴 해요⋯."

녀석이 제 여친에 대해 얘기하는 동안 젊은 나이에도 내 천川자 주름이 자리잡은 미간이 어느덧 펴지고 양 입꼬리에 웃을 때면 쌍으로 생기는 팔八자 주름이 자주 패였다. 그 처녀가 좋긴 좋은가 보다 싶어 한편 안도가 되기도 했다. 제 아비가 그렇게 가버리고 에미도 병을 얻어 요양처로 떠나 버리자 한동안 마음 둘 곳 없어 주방 보조로 일하던 술집에서 기도 보는 왈패들과 어울려 다니는 것 같아 적이 염려되었다. 허나 그런 마음을 비쳤을 때 녀석은 의외로 담담하게 응대했다. 건달 원조께서 별 걱정이래여. 이래봬도 소인이 그쪽 건달들보단 아저씨 쪽 건달에 가까우니 그딴 걱정일랑 붙들어 매옵소서. 요리 배울 거 배우고 나면 걔들 더 만날 일도 없어요.

제 말대로 얼마 후 만수는 그 알바를 그만두고 나와 한 여대 기숙사 앞에 포장마차를 차려 친구 하나와 주야 교대로 국수를 말아 팔았다. 그 여대는 유난히 지방 출신 학생들이 많아 기숙사 규모가 컸는데 꽃 같은 아가씨들이 만수의 '땡삐 포차'에 지독히 매운 국수를 먹으러 떼지어 몰려들었다. 만수의 표현대로라면 '제 발로 꿀 빨리러 온' 그녀들 중 제대로 걸려든 꽃이 지금의 여친, 선영이었다.

이후 그 대학 경영학과를 나와 큰 출판사 총무부에서 일하게 된 선영은 그러나 그냥 '꿀만 빨리고' 말 꽃이 아니었다. 꿀을 주는 대신 제 꽃가루를 퍼뜨려 야무지게 제 식생의 터전을 다지고 넓혀 나갈 줄 아는 매우 주체적인 꽃이었다.

결국 만수는 그녀의 조언대로 포차를 접고 중고 트럭을 사서 그녀가 다니는 출판사가 있는 출판단지에 점심 밥차를 차리고 근처에 그녀와 살림을 차리게 될 셋집까지 얻어 미리 이사를 갔다. 처녀 집안에서 결혼 허락이 떨어지는 대로, 다시 말해 만수가 대학 졸업장을 따는 대로 그들은 맞벌이 부부의 가정을 꾸리게 될 터인데, 그 모든 과정이 너무 빠르게 진행되어 나는 왠지 또 좀 염려스럽다. 경기도 외곽으로 빠지는 순환도로에 올라서면서 드문드문 야산 기슭에 자리잡은 흰 억새 덤불이 건들바람에 시야를 흔들었다. 만수가 낮은 목소리로 읊조렸다.

"아아 으악새 슬피 우우니 가으을인가아아요."

"짜아식, 별 걸 다 아네…. 너 서른 살 맞아?"

"서른 살 플러스 백 살 들락날락하쥬. 아저씨 말대로 애 늙은이라서…. 아저씬 늙은이애고. 크크."

"그래 맞다. 백 살 안팎 차이가 뭐 그리 나겠냐. 하루하루 시계 눈금 따라 움직이는 그딴 시간이 뭐 대수라고."

"지금 우주적 관점의 시간, 얘기하시능 거?"

"아냐, 그냥 시간이란 게 실체가 없는 거 같단 얘긴 거지. 니 애비가 늘 그걸 고민하다 갔는데… 없는 시간이 흐르는가, 마는가 하는 문제. 요즘은 물리학에서도 수천 년 전 동양철학이 도달한 경지에 비슷하게 접근하는 것 같더구나. 불변의 실재는 없다는 거, 따라서 시간이란 실재하지 않는다는 거… 뭐 그런."

"요즘 듣는 수업에서 하이데거 철학을 좀 간보고 있는 중인데요, 그 양반이 이런 말을 했다대요. '고유하게 존재하는 자는 늘 시간이 있다. 그가 항상 시간이 있는 것은 시간이 곧 자기이기 때문이다.' 멋지지 않아요? 우리, 호모 타임리스종 아저씨야말로 바로 그 한 사례가 아닐런지. 암튼 내가 아저씨랑 친해서 얼마나 다행인지! 늘 시간이 있는 매우매우 희귀한 존재에게서 곁불이라도 쬐니 나도 쬐끔은 이 미사일처럼 날아가는 세상에서 시간이란 걸 좀 챙기게 되잖아여. 흐흐."

"개똥철학 거름내가 진동을 하는구나. 뭐 그래도 날 꽤 평가한다는 소리로 들리니 오늘 점심은 아저씨가 쏘겠다. 짜장 곱빼기?"

"짜장 곱빼기에 군만두 추가, 콜!"

만수는 어릴 적부터 짜장면을 좋아했다. 제 엄마 출장 때 중국집에 데려가서 짜장면을 사주면 예닐곱 살 때도 혼자서 어른 분량을 거뜬히 해치웠다. 산소 가는 길에 적당한 시골 짜장면집이 나타나길 기대하면서 나는 기분이 흐뭇해졌다. 제각기 '고유하게 존재하는' 만수와 내가 함께 하는 그 시간이 잘 숙성된 밀반죽처럼 풍성하게 부풀어 올랐다.

노은자老隱者는 더 이상 산채나 농가에 살지 않았다. 화산에 도착하여 예전에 알던 전화번호가 바뀐 번호로 자동 연결되어 통화했을 때 무하 선생은 우리가 누군지 잘 모르는 듯하면서도 대뜸 방문을 반긴다고 했다. 그는 예전의 산채가 있던 산이 골프 리조트로 개발되는 바람에 거기서 이십 리 남짓 떨어진 면 소재지에 있는 작은 연립아파트를 얻어 살고 있었다. 팔순 고개도 이미 한참 전에 넘은 그는 신체 놀림이 많이 어둔해져서 그 동네 사는 조카뻘 되는 아주머니가 들락거리며 살림을 살아 주고 있었다. 그럼에도 그는 여전히 뭔가를 읽고 쓰는 데 하루 대부분의 시간을 들이고 있으며, 이따금씩 동네 저수지에 나가 낚시를 던져 놓고 '물멍'을 하다 오는 것이 유일한 취미라고 아주머니가 전했다.

　얼굴을 마주하자 칠팔 년 넘게 세월이 흘렀음에도 무하 선생은 나를 기억했다. 정확히는 농가주택에서 진행하던 철학사랑방 강의 중 라이터 가스가 다 된 그에게 담뱃불을 붙여 주던 청강자를 기억했다. 그리고 몇 가지 힌트를 던지자 그로부터 십여 년 더 이전에, 그가 아꼈던 후배 철학자 김천세의 미망인과 함께 산채로 찾아갔던 나를 기억했다. 그의 눈빛은 고령자 특유의 회청색이었으나 안광의 기세는 별반 무뎌지지 않았다. 깡마른 몸피에 귀밑까지 단발로 늘어뜨린 머리도 여전했는데 이전에는 반백 정도였던 것이 이젠 드문드문 회색모가 섞여 있는 백발이었다.

　그런데 큰 변화가 있었다. 그가 앉은 주변에 담배와 재떨이가 보이지 않았다. 꽤나 궁금했으나 참았다가 아주머니가 차를 내온 후 방을 나가고 나서 물었다.

　"선생님, 끊으셨나요?"

　"어 뭘… 아 담배? 끊었소. 한 이태 되지 아마? 의사가 피든가 죽든가 하라니까 애들이 여간 성화를 해대야지…"

　그는 지방 대학에서 '선생질' 하느라 평생 주말부부로 살아온 아내와 그래도 자식을 셋이나 뒀는데 그녀가 삼 년 전 노환으로 돌아간 이후론 아들딸들이 번갈아 들락거리며 자길 감시하고 잔소리를 해댄다며, 허나 그게 싫지만은 않은 표정으로 자신의 근황을 전했다.

"귀찮아서 끊긴 했는데 육십 년 가까이 몸에 붙이고 살던 거라 처음엔 꽤나 허전하더구먼. 솔직히 마누라 갔을 때보다 훨씬 허전했어, 한동안은. 크흣."

그렇게 된 그에게 담배 선물을 챙겨 온 게 낭패스러울 만도 한데 만수가 엄지손가락을 치켜세우며 노령의 의지력에 찬사를 보냈다.

"와 대단하십니다! 우리 어머닌 암 걸려서도 못 끊었더랬는데…. 무슨 비결이 있으셨나요? 이를테면 담배를 집착할 실체가 없는 대상으로 보는, 뭐 그런 류의 철학적 해결이라든가…."

노학자는 재밌다는 눈빛으로 애송이 철학도를 바라보다가 크흥, 하고 담배 피울 때처럼 목을 고르더니 대꾸했다.

"비결은 무슨. 담배는 그냥 담배고, 담배라는 이름의 습관일 뿐이야. 난 예서 좀 더 시간을 벌어야겠다는 생각에 길들여진 습관 하나를 버리기로 한 거지. 더구나 버리는 게 얻는 거라는 것쯤은 익히 터득해 온 바가 아니겠나. 내생에 또 피울 수도 있겠고. 크흣."

의외였다. 무하 선생이 내생을 얘기하다니. 지난 몇 번의 만남이나 저서를 통해 내가 알아온 그는 무신론자에 다분히 허무주의자적 성향을 보이는 종교적 아나키스트였다. 그의 아호인 무하無何 또한 그가 강단에서 가르치고 이후로도 연구를 이어간 장자 철학에 나오는 개념인 '무하유지향無何有之鄕'에서 따온 것이라 했다. 아무것도 없고 어디에도 없는 이상향을 가리킨다는 그것을 찾아 나선 그의 인생 행보가 대개의 세속인들처럼 현실에 뿌리를 두기는 어려웠을 터다.

그럼에도 건강상의 필요에 따라 종생 이어질 것 같던 흡연도 끊고 방목하다시피 키운 자식들의 효도도 받으며 비교적 편안해 뵈는 여생을 살고 있는 선생의 모습이 좀 생경스럽게 다가왔다. 거의 딴사람을 보는 듯한 느낌조차 들어 격조했던 지난 수년 동안 그에게 어떠한 특별한 변화의 계기가 있었지 않나 싶었다. 나는 만수와 그를 찾아보기로 한 당초의 동기를 떠올리며 다소 성급하긴 해도 이번 방문의 요체가 되리라 여겨지는 이야기를 꺼냈다.

"혹 기억하실지 모르겠네요, 예전에 학계에서 서로 알고 지내던 사이였으니…. 이 젊은 친구의 아비 되는 자가 생시에 늘 고민하던 철학적 명제가 하나 있는데요, 시간의 문제입니다. 시간은 과연 흐르는가, 하는 것이죠. 김천세는 이렇게 묻곤 했어요. '내가 이 세상에 던져졌다고 여기서 주어진 시간을 다 살아낼 필요가 있을까?' 그러더니 결국 자기가 선택한 시간에 존재하기를 중단하는 결정을 내렸지요. 선생님께서 이 세상에서의 시간을 좀 더 벌어야겠다며 금연까지 하시고 내생마저 기대하시는 듯한 발언을 들으니 저도 의문이 생기는군요…."

나는 무하 선생의 눈빛이 언뜻 흔들리는 걸 보며 말을 밀어붙였다.

"시간은 공간을 관통하여 이어지는 것입니까? 아니면, 현대 수학의 견해처럼 시간은 하나의 선으로 볼 때 면적이 없는 점이 움직여서 만들어내는 것이라니 실재성이 없는, 다만 운동에 불과한 것입니까? 과문한 제가 아는 바로도 현대 물리학 역시 후자의 견해에 대체로 동의하는 듯합니다. 그렇다면 우리의 시공간은 시간과 공간을 나누어 인식하는 관측자의 행위가 개입되지 않는다면 시간도 공간도 따로 없다는 얘기인지요?"

만수가 눈을 둥그렇게 뜨고 나를 바라보는 게 느껴졌지만 개의치 않고 나는 한때 난공불락의 철인으로 여겨졌던 도학자를 향해 좀 거칠다 싶은 한방을 더 날렸다.

"선생님께서 수년 전 철학사랑방 강의에서 '도道란 시간과 공간이 동시적으로 있을 때는 알 수가 없다. 인식한다는 것은 시간과 공간을 분리시키는 일이다'라고 말씀하신 걸 기억합니다. 그 말씀이 현대 과학에서 내놓은 견해와 궤를 같이한다는 느낌이 드는데, 그럼 이제 그 하나 된 시공간 즉 무하유지향을 찾으신 건지요? 이생과 내생, 심지어 전생까지 가름 없이 넘나드는 경지가 지구라는 시공간에 던져진 육신의 존재에게 정말 가능한 것인지요?"

내가 스스로의 열기에 취해 눈치채지 못하는 동안 무하 선생은 만수가 다탁에 내려놓은 수제 담배 꾸러미를 어느결에 뜯어보고 있었다. 만수가 얼른 설명했다.

"외국산 천연 연초를 사서 일일이 손으로 만 것입니다. 선생님 담배 끊으신 줄 모르고 이런 선물을 가져왔네요, 하."

선생이 길게 늘어진 흰 턱수염을 쓰다듬으며 흐뭇한 미소로 화답했다.

"고마우이. 이런 귀한 선물을 받을 줄이야…. 끊긴 했지만 좋은 게 있으면 가끔 한 대씩 태운다네. 맛보고 싶으니 다같이 한 대 태우세."

만수가 화들짝 놀라며 대답했다.

"아이구 무슨 말씀을요. 어른 앞에서 맞담배질 하는 거 아니라고 어머니에게 배웠습니다. 글고 우리 아저씨도 담배 안 피운 지 오래됩니다요, 하하. 선생님께서 어서 한 대 맛보시지요."

그러면서 만수는 담배 한 대를 꺼내 무하 선생에게 공손히 건네고 제 주머니에서 라이터를 꺼내 불을 붙여 주었다. 선생이 눈을 가느다랗게 뜨고 한 모금 깊숙이 빨더니 감탄을 연발했다.

"햐아 좋다! 아아 좋다! 무하유지향이 따로 없지, 지금 여기가 바로 거기 아닐까나… 크흐흐."

지금 여기가 바로 거기? 나는 잔뜩 벼르고 뭔가 알아내려 부린 스스로의 안달이 갑자기 부질없는 짓거리로 느껴지면서 맥이 풀렸다. 이십 년 전 천세가 가고 얼마 후 혜윤과 함께 그의 산채 허심당虛心堂으로 찾아가 만났던 황해룡 교수는 그때 무하란 이름의 도플갱어를 만들어 숨바꼭질 놀이를 하고 있었다. 그 놀이를 통해 황 교수는 노장 철학에서 지식이나 논리적 사고로는 들어갈 수 없는 진리의 자리를 상징한다는 현주玄珠라는 개념을 아름다운 여인으로 상정하여 밤낮으로 현주 여인을 찾아다니는 짝사랑 놀음에 몰두해 있었다.

그때의 무하와, 수년 전 철학사랑방 시절의 무하와 지금의 무하는 모두 별개의 존재였다. 각각의 시공간에서 각기 달리 존재해 온 그를 하나의 동일한 존재로 전제한 채 시답잖은 논변으로 고정적 존재성의 진화를 캐묻는 어리석음을 나는 범하고 있었던 것이다. 부끄러웠다. 특히 나를 건달 철학의 원조쯤으로 여기는 만수 앞에서 평소 같지 않은 강박적 언사를 보인 것이 자못 후회스러웠다. 그런 심중을 읽기라도 한 듯 담배 한 대를 맛있게 피우고 난 무하 선생은 자리에서 일어나 서가로 가서 뭔가를 찾더니 고개를 돌려 내게 물었다.

"지난번에 온 손이 마시다 두고 간 솔술 남은 게 있는데 어때요, 한잔 하겠소? 난 술은 못 하고 거긴 담배를 안 하니 서로 바꿔 하면 좋지 않겠나! 크흐흣."

결국 화산에서의 오후 차담은 때아닌 술자리로 귀착되었다. 운전을 해야 하는 만수는 옆에서 아주머니가 내온 찜닭 안주 뜯는 걸로 만족해야 했으나 나는 40도는 되는 듯한 독한 솔술을 반 병 가까이 마시며 꽤나 취했다. 한 잔만 받아 놓고 향기만 홀짝거리던 무하 선생은 관음觀飮을 한다는 신선의 경지인지 같이 취한 듯이 기분이 흥그러워져서 처음 듣는 이상한 노랫가락을 흥얼거리기도 했다. 꽤 어두워진 뒤에야 그의 집을 나서면서 얼핏 눈에 들어온 것은 재떨이 대용으로 쓴 화분 받침에 수북이 쌓인 담배 꽁초였다. 그러는 동안 그는 기침 한번 하지 않았으니 신기한 노릇이었다.

캄캄한 지방도를 타고 가며 술기운에 혼곤해진 내가 깜빡 조는데 만수가 저도 졸리는지 라디오를 틀었다. 저희 세대들이 듣는 음악 방송인지 랩송 같은 것이 귓전을 두드렸다. 이 길이 내 길인 줄 아는 게 아니라 그냥 길이 거기 있으니까 가는 거얏⋯. 빰빠빰빠⋯. 원래부터 내 길이 있는 게 아니라 가다 보면 어찌어찌 내 길이 되는 거얏⋯. 빰빠빰빠⋯.**

그 멜로디에 맞춰 무하 선생의 흥얼거림이 내 입에서 흘러 나왔다.

"길이 길을 모르나니 어느 길을 찾을까낫⋯. 길이 길을 가리키니 어느 길로 가볼까낫⋯."

어머낫 아저씨—잇! 푸하하하하! 가을 밤 인적 없는 시골길을 달리던 빨간 자동차 안에서 늙은이애 재롱에 애늙은이가 파안대소를 터뜨렸다.

소설小雪 아침, 첫눈 예보가 있어 기대를 했는데 오후가 되도록 눈 기척은 없었다. 하긴 눈이 오기엔 대기가 좀 눅진하고 기온이 높았다. 이런 날 만수의 밥차에선 뭐가 많이 팔릴까 궁금했다. 아무래도 뜨끈한 국밥류보다는 최근 메뉴에 추가했다는 집짜장밥이 더 많이 나가지 않을까 싶다. 메뉴 몇 가지를 추가한 만큼 만수의 '주경야독'도 더 바빠졌을 텐데 다행히 여친이 휴직계를 내고 돕고 있다니 올해 안에 녀석이 대학 졸업장을 딸 확률은 나쁘지 않은 듯했다.

　엊그제 안부 인사 삼아 혜윤에게 전화를 했다가 만수네 소식을 들었다. '만수네'라 함은 만수와 그의 여친을 아울러 부르는 것인데, 그 통칭을 이후로 자주 쓰게 될 이유를 혜윤이 전했다. 평소 같지 않게 그녀의 목소리가 약간 들떠 있었다.

　"애들이… 애를 가졌대요!

　나는 당황했다. 어, 저런! 하고 대꾸하자 혜윤이 받아쳤다.

　"어 저런, 이라니. 왜, 맘에 안 들어요?

　만수가 2세를 생각보다 일찍 가진 것이 어디 내가 맘에 들고 안 들고 할 일인가! 다만 충분히 예상할 수 있는 일이었는데 어째서 그런 일차적 반응이 나왔는지 그 순간엔 나도 잘 몰랐다. 아무튼 혜윤은 벌써부터 어미라면 당연히 하게 될 걱정을 하고 있었다.

"스님 살림 이제 와서 팽개치고 올라갈 수도 없고, 색시 모친이 일찍 돌아가 친정 도움도 받을 수 없는데 걔들 어쩌죠? 미리 대비했는지 휴직계를 냈다지만 밥차 일도 도와얄 텐데 그애한테 만수가 너무 무리시키는 거 아닌가?"

혜윤은 누가 들으면 그녀가 색시 친정 쪽 사람인 줄 알 법한 걱정을 줄줄이 늘어놓더니 내가 당황했던 이유가 무엇인지 깨우쳐 주는 얘길 넌지시 던졌다.

"설마 아저씨 믿고 일 저지른 건 아니겠죠? 그런 염치는 알 만한 애들인데…."

나는 그에 대한 응답을 바로 하지 않고 화제를 돌려 딴 이야기를 좀 나누다가 전화를 끊었다. 그리고 며칠간 골똘히 생각을 해보았다.

염치를 알든 모르든 두 젊은 남녀 사이엔 내도록 붙어 지낼 만한 뜨거움이 있었고 어느 날, 어쩌면 한석봉이네처럼 녀석이 리포트 쓰고 처자가 곁에서 담배 말고 하던 날 일지도 모를 그 어느 날엔가 새 생명 하나가 만들어졌다.

오 흐름 위에 보금자리 친

그렇다면 그 새 생명에 나도 책임이 있는 것이다. 화산에 무하 선생을 보러 가자고 했고, 무하 선생에게 선물할 담배를 그 아이들이 준비하던 그날, 그 자리에 새 생명의 인연이 비집고 들어왔을지 모른다. 알 수 없는 인연의 작용으로 이 세상에 던져진 우리가 살아가는 시공간은 그러한 우연을 가장한 필연의 순간들로 이어지는 것이고, 또 그 순간순간에 새롭게 생겨나는 시공간을 우리가 살아가는 것이 아니겠는가.

지난여름에서 가을 사이 여러 고수들을 만났다. 휴심암의 노승, 허심당의 철학자, 시간의 궤적을 그린다는 화가, 양자역학을 가르치는 과학 선생…. 그이들이 아무리 평생에 걸쳐 0과 1의 진리를 궁구하더라도 생명 하나가 없다가 있게 되는 존재의 실상實相을 만수네만큼 생생하게 보여 주진 못할 것 같다. 나 스스로 그 대단한 역사의 창조자가 되진 못할망정 곁에서 그것을 제대로 보아 주고 북돋우며 지켜 주는 역할을 할 수는 있지 않겠는가.

나는 만수가 알려준 하이데거의 표현대로 '고유하게 존재'하므로 앞으로도 시간이 무한정 많을 건달이다. 게다가 건달이란 힌두교와 불교 신화에 등장하는 건달바가 그 정체성의 원류가 아니던가. 건달바는 향기만 먹고 노래를 부르며 살다가 제 인연이 다하면 소멸하는 존재지만 사실 태아와 어린아이를 수호하는 천신이기도 하다. 나는 건달 본색상 쓸모를 별로 좋아하지도 추구하지도 않지만 이 대목의 쓸모는 제법 마음에 당긴다. 아, 그렇네. 건달의 쓸모 없음이 이런 식으로 쓸모있어질 수도 있겠구먼. 흐흐.

나는 기분이 훨씬 가벼워져서 동네 한 바퀴를 돌고 오려고 집을 나섰다. 흐릿한 하늘에서 곧 뭔가가 쏟아져 내릴 듯한 기운이 느껴졌다. 눈이 아니어도 좋다. 비가 내리면 또 어떠리. 아, 어쩌면 진눈깨비가 내릴 것도 같다. 사실 나는 진눈깨비가 좋다. 눈도 비도 아닌 그것. 눈이 될 수도 비가 될 수도 있는 그것. 그때그때 대기의 상태를 봐서 자기 정체성을 결정하는 그것. 그 선택이 있을 때까지 한껏 머뭇거리며 기다리는 그것. 그래서 그 기다림 안에서 자기 시간을 숙성시켜 가는 그것. 진눈깨비, 너를 오늘 만나면 내 건달의 시간이 더 풍요로워질 것 같다. 그러면 뭣 때문인지 아이 소식을 직접 알리지도 못하고 있는 만수에게 전화를 걸어 말하리라. 아저씨가 모처럼 쓸모를 발휘할 그 시간을 기다리고 있다고….

유아용품 가게가 있는 재래시장 골목으로 접어드는데 휴대폰이 울렸다. 아저씨…. 만수가 침통한 목소리로 알렸

다. 선영이가 병원엘 갔어요. 태아 상태가 안 좋은 것 같아
요…. 멈춰선 내 발등 위로 진눈깨비도 눈도 아닌 빗방울
이 하나 둘 떨어지기 시작했다.

---

* 공초 오상순의 시 〈방랑의 마음〉에 나오는 구절을 인용.
** 가수 장기하의 노래 〈그건 니 생각이고〉에 나오는 구절을 인용.

건달의 철학을 찾아
한시절을 보냈으니…

정과리

문학평론가·연세대 국문학과 교수

1. 발단 : 건달이 왜 건달 이야기를 하나

이 소설은 '건달'에 관한 이야기다. "나는 건달이다"라고 시작한다. '건달'이란 무엇인가? 그에 대한 가장 간단한 정의는 "하는 일 없이 먹고 노는 자"(113쪽)다. 이 정의가 모든 것을 말해 주지는 않는다. 아무리 '먹고 노는 자'라 해도 사연도 있고 그로 인한 고생도 있다. 심지어 체모體貌도 있다. 이 연작소설 대부분의 주인공이자 화자인 '나'–'지대평'은 스스로를 건달이라고 지칭하는 이유 중의 하나로 "룸펜이니 백수니 업자니 하는 시체 표현들도 있지만 나는 건달이라는 말이 보다 클래식하다고 생각"(8쪽)한다는 점을 들었다. 전 작품의 두 번째 문장이다. 이때 '클래식'하다는 말이 무슨 뜻일까? 분명 아무렇게 쓰인 건 아니다. 뒤이어 그는 그가 건달로 살겠다고 결심하게 된 사연을 털어놓는다. 불우한 환경, 가족을 지키기 위해 노력한 형의 허망한 과로사, 상심한 어머니의 죽음, 누이의 실연과 변신 등등 집안에서 일어난 일련의 사건들 속에서 '대평'은 자연스럽게 건달로 살기를 원하게 되었다.

누군가가 이런 건달로 산다면 말릴 수는 없다. 그런데 건달 이야기를 전하는 건 얘기가 다르다. 왜냐하면 이 순수 건달은 자신이 드러나는 것 역시 원하지 않을 것이기 때문이다. 그렇다면 건달 이야기는 여기에서 그쳐야 한다. 그럼에도 불구하고 이야기를 해야겠다면 무언가 미진한 게 있기 때문이다. 독자는 작가의 숨은 의도가 있다는 의심을 품을 수밖에 없다.

실로 건달이 된 사연이 밝혀졌다 하더라도, 건달 이야기가 지속되려면 하나가 더 보충되어야 한다. "어쩌다 건달이 되었나?"가 "왜 건달로 사나?"를 대신할 수 없기 때문이다. 건달의 사정은 건달의 철학으로 바뀌어야 한다. "나는 건달이다"라는 첫 문장은 진술이 아니라 '선언'이어야 한다. 작가의 숨은 의도가 바로 이것임을 암시하는 대목이 하나 있다. 화자가 거지를 만났을 때다. 어느 초가을 마포대교 근처에 터를 잡고 있는 거지의 소쿠리에 대평은 만 원짜리 지폐를 넣었다가 거절당한다. 그것은 거지에게도 거지의 철학이 있다는 것을 알리는 신호다. "머쓱해진" 대평은 "흥, 디오게네스시군. 나야 알렉산더가 아니니 당신한테 감복할 이유가 없지"(105쪽)라고 무안한 마음을 달래면서 "보도 위에 버려진 빈 플라스틱 병에 불량스런 발길질을 한 방 먹이"지만, 그가 거지의 철학에 맞닥뜨렸다는 것은 엄연한 사건이다. 그렇기 때문에 그는 마포대교에서 한강을 바라보면서 뜬금없이 '장자'를 떠올린다. "강은 오늘도 장자가 말한 곤鯤이란 물고기처럼 가늠할 길 없이 긴 몸통을 느릿느릿 움직여 어디론가 가고 있다."(105쪽)

물론 그는 건달답게 자신에게 닥친 진지함에서 고개를 돌리려 한다. 그래서 곧바로 죽은 친구의 아내 '혜윤' 생각을 한다. 그러나 이 또한 그를 건달에 어울리지 않게 사람 관계에 대한 진지한 고민으로 이끄는 일이 되고 만다. 그것 역시 건달의 삶에 위협이 되고야 만다. 그러니까 마음먹기만으로 건달로 살 수 있는 것은 아니다. "하여간 나는 언제까지나 건달로 살아갈 작정인데, 자처한 건달로서의 이 삶도 예기치 못한 변수와 복병적 요소로 가득 차 있음"(100~101쪽)에 직면할 수밖에 없는 것이다.

이 위협에서 벗어나려면, 건달로 사는 것에 대해 책임을 질 수 있어야 한다. 불가피하게 화자, '대평'은 건달의 철학을 밝혀야만 하는 문제에 직면한다. "건달의 본질인 한가로움"은 한가롭게 내세울 수 있는 게 아니다. 정신을 차리고 진지하게 고려하여 해명해야 할 문제다.

2. 전개 : 건달은 직접 묘사될 수 없다

그렇다면 건달은 어떻게 그의 철학을 밝힐 수 있을 것
인가? '건달'은 "사회적 여건 또는 제도에 의해 부여된 신
분"(9쪽)이 아니다. 무언가를 밝힌다는 것은 사회적 의미망
속에 그것을 위치시킨다는 뜻이다. 그 점에서 건달은 그냥
해명되지 않는다. 그렇기 때문에 건달은 그와 비교될 수 있
으나 사회성을 보전하고 있는 여타의 활동들과의 대비를
통해서만 의미가 드러난다. 이 비교 과정이 소설의 드라마
를 구성한다. 건달의 철학은 선포되지 않고 체험을 통해서
드러난다. 비교가 시작되는 순간부터 대평은 그것을 알아
차린다. 그는 가장 중요한 비교 대상 중의 한 사람인 '인실'
과의 만남 이후 "어느 날 아침 산행을 하면서 문득 깨"닫
는다. "진리 또는 도라는 것은 어떤 절대 불변의 법칙이 아
니라 내가 지금, 바로 여기, 존재하는 상태에서 시시때때
만들어 가는 무엇이라는 것"(81쪽)을.

그렇다면 어떤 것들이 비교 대상이 될 수 있을까? 쉽
게 접할 수 있으면서도 정의하기가 까다로운 문제다. 왜냐
하면 비교 대상이 될 수 있는 첫 번째 조건은 유사성인데,
건달의 인력이 상대를 끌어당기면 그 또한 사회성을 상실

하기 때문이다. 따라서 두 번째 조건은 건달과 유사함에도 불구하고 사회성을 유지하는 활동이어야 한다는 것이다. 그리고 이 두 번째 조건의 복합성에 의해서, 이 사회적 활동은 일반적 사회 활동, 즉 사회를 유지하고 보완하는 성격의 활동이 아니라, 사회를 변동시키는 기능을 가진 사회 활동으로 제한된다. 이 후자의 사회적 활동은 사회라는 틀 안에서 보면 전자의 사회 활동에 반성적으로 작용한다. 유지가 아니라 변화를 도모하기 때문이다.

그리고 이런 정의를 통해서 건달 사상의 기본적 성격이 드러난다. 건달의 철학은 사회를 변동시키는 기능을 가지고 있지 않되, 사회에 대해 반성적이라는 것. 하는 일이 전혀 없는 것 같아도 그 존재만으로 사회의 일반적 현상에 대해 의문을 제기하게끔 하는 표지가 된다는 것. 이 건달의 존재론적 성질은 대평이 건달로 사는 최초의 순간부터 나타난다. 무엇보다도 그는 사회적 위계 관계 및 평판에 전혀 개의치 않는 인간관계를 보여준다. 하릴없이 돌아다니는 그는 모든 곳을 돌아다닌다.

집 앞의 개천을 건너 바로 이어지는 색주가 골목을 가로질러 나가면 종합시장이 나오는데 거기서 나는 이런저런 가게와 물건과 사람들을 구경하며 두어 시간을 보낸다. 오후 2~3시쯤 나는 다시 색주가 골목 한쪽에 붙은 다방이나 당구장에 들러 내 초등학교 동창들이기도 한 색싯집 기도 보는 친구들과 한 시간가량 노닥거린다. _ 11쪽

이 "색싯집 기도 보는 친구들"을 두고 "사람들은 흔히 이들을 건달이라고 표현하는데 그건 합당한 표현이 아니다. 그들은 나와 달리 엄연히 하는 일이 있지 않은가."(11쪽)

이 진술에 건달의 비교 대상의 속성이 분명하게 지시되어 있다. 사회를 훼방하는 사회적 활동을 하는 이. 그 훼방이 사회의 양지를 넓히는 것이든, 음지를 가꾸는 것이든, 그것은 중요치 않다. 그들은 건달의 비교 대상이 될 수 있을 뿐 건달이 아니다.

그러나 그럼에도 불구하고 이 소설에서 건달의 비교 대상은 좀 더 범위가 좁혀진다. 색주가의 사람들은 대평을 특징지우는 일에만 기능할 뿐, 스스로의 사상을 갖지 않는다. 건달의 비교 대상은 그 행동으로 인해 삶에 대한 적극적 개입의 태도가 나타나는 사람들이다. 이러한 사실도 이 소설이 '건달의 철학'을 목표로 하고 있다는 것을 가리킨다. 철학에 대한 추구라는 점에서 건달과 건달의 비교 대

상은 엇비슷한 목표를 향해 더듬이를 내민다. 그래서 대평
은 인실과의 "직·간접적인 왕래가 오가는 동안 (…) 인생의
또 다른 차원에 눈뜨게 되었"으니, "즉, 내가 남다르게 지
니고 있는, 그녀 표현에 의하면 '훌륭한 사슴뿔'과도 같은,
존재의 질質을 뚜렷이 의식하고 그 가치를 높여 나가려는
의지가 생"(79쪽)겼다고 고백한다.

대평의 핵심 비교 대상은 김천세, 박인실, 혜윤, 김만수
(김천세와 혜윤 사이에 태어난 아들), 구석희, 남명호(호야 이모), 황
해룡(무하 선생)이다. 마지막 작품에 나타나는 '물리 선생',
'화가', '노승', '정희'는 대평과 원 비교 대상들의 복본 혹은
압축본이라고 할 수 있다.

흥미로운 것은 모든 인물이 성을 가지고 있는데, '혜윤'
만이 성이 밝혀지지 않았다는 것이다. 이는 일단 '혜윤'의
특별성을 가리키는 표지로 유념할 만하다.

비교 대상들은 두 범주로 갈라진다. '건달'에 대해 경쟁
적 관계에 놓이는 쪽과 '건달'과 동행적 관계에 놓이는 쪽
이다. '천세', '혜윤', '만수'가 동행적 관계라면, '인실', '구
석희', '호야 이모', '무하 선생'은 경쟁적 관계에 놓인다.
동행적 관계가 대평과의 관계에서 상호 보완적인 데 비해,
경쟁적 관계의 사람들은 세계관에서 '건달의 사상'과 대립

한다. 그 차이를 선명하게 보여주는 게 '천세'와 '구석희'의 경우이다. 천세와 구석희는 모두 대학 강단에 선 교육자이고 자기 전공에 충실한 사람들이다. 그리고 자살한다는 점에서도 둘은 유사하다. 그러나 자살의 이유가 다르다. 천세의 자살은 사회적 삶에 대한 회의에서 비롯되었다. 그는 제도 안에서 "저러다 언제 확 고꾸라지지 싶게 많은 책임들을 짊어지고 살"면서 "이렇게 살려고 철학을 공부한 게 아닌데, 어떻게든 정리를 해야 해, 정리를! 하고 괴로워" 하다가 "술을 마시면 녹초가 될 때까지 마시곤" 했지만, "살아서는 끝내 그 정리란 것을 할 엄두를 못 냈던"(92쪽) 탓에 생을 마감하였다. 반면 '구석희'는 교수 임용에 대한 기대로 교수의 논문을 대필하는 등 현실에 매달리다가 교수에게 배신당하고 극단적 선택을 한다. 그는 자살하기 직전까지 교수에게 전화를 걸었으니, 마지막까지 현실에 대한 믿음을 버리지 못했던 것이다.

그러니까 건달의 철학과 경쟁적 관계에 놓이는 사람들은 현실을 믿는 사람들, 즉 현실 쪽에 패를 놓은 사람들이다. 반면, 대평과 동행적 관계에 놓이는 사람들은 현실에 대해 작건 크건 회의를 품은 사람들이다. 전자의 규정에 반하는 것처럼 보이는 사람이 있다. '무하 선생'이다. 그는 도가 사상에 깊은 식견을 가졌으며 은퇴한 후 아무와도 접촉하지 않고 고독한 은둔 생활을 한다. 그런 사람을 현실을 믿는 사람이라고 단정하기는 어렵지 않은가?

그런데 여기에 약간 복잡한 사연이 있다. 이에 대해서는 곧이어 자세히 음미해 보기로 하고, 여기서는 황해룡 교수로서의 무하 선생, 즉《동양 철학, 오늘을 살다》라는 책을 썼으며, 김천세에게 큰 영향력을 끼쳤던 그 사람을 뜻한다는 점을 지적하기로 한다. 그 사람은 분명 현실 안에서 꽤 힘 있는 지위를 차지하고 있으며, 그 점에서 현실에 대한 신뢰를 버리지 않은 상태이다.

그렇다면 경쟁의 양상은 무엇인가? 간단히 말해, 그것은 건달 대 성자(혹은 현자)의 대립을 이룬다. 건달이 무위도식하는 자라면, 상대방은 사회에 대해 무언가 기여하는 사람들이며, 그것도 아주 특별히 기여하는 사람들이다. 그 특별한 기여가 그들을 건달과 비교할 수 있게 해준다는 것은 앞에서 말한 바와 같다. 성자를 대표하는 것은 인실과 '호야 이모'이며, 이 중 '인실'은 성자의 의식과 실천철학을 대표하고 '호야 이모'는 무의식적 성자, 성자의 실천 자체를 드러낸다. 현자를 대표하는 것은 물론《동양 철학, 오늘을 살다》의 저자이다. 이들은 건달과 더불어 현실에 대해 반성적인데, 그러나 건달과 달리 생산적이다.

그렇다면 건달의 사상은 성자(현자)의 철학에 흡수되는 게 타당하지 않을까? 건달의 철학이 성자(현자)의 철학에 비해 모자란 점이 확연히 보이니까 말이다. 건달이 하나를 가진다면 성자의 철학은 두 개를 가진다. 이보다 확실한 계산이 어디 있는가?

그러나 작품은 그게 아님을 천천히 가르쳐 준다.

3. 위기 : 건달은 왜 고결한 가르침들을 거부할 수밖에 없는가

우선 현자의 철학부터 살펴보기로 하자. 바로 무하 선생 말이다.

천세의 자살 이후, 대평과 혜윤이 천세의 스승이었던 무하 선생을 찾아나선 것은 천세의 세상 등짐의 까닭에 대한 실마리를 찾기 위해서였다. 그런데 "화산의 허심당虛心堂. 우여곡절 끝에 찾아간 그 산거의 초당에 무하 선생은 없었"고, 대신 어떤 노인네가 집을 지키고 있었는데, 그 양반 왈, 무하 선생은 '현주'라는 여인네를 찾으러 떠났으니,

그런 일이 이미 수차례이며, "못 만나고 돌아올 때면 칠십 바라보는 영감이 이불을 뒤집어쓰고 엉엉 울기도 하"고 "내가 아무리 기집은 모두 요물이니 다 잊고 나랑 낚시질이나 다니며 맘 편히 살라고 해도 그러지를 못"(98쪽)하더라는 일을 전한다.

열흘 후 혜윤과 대평은 천세의 유물들을 정리하던 중, 천세가 밑줄 그으며 읽은 무하 선생의 책,《동양 철학, 오늘을 살다》을 찾아내고 그 안에서, '현주'가 장자의《도덕경》에 나오는 "지식이나 논리적 사고로는 들어갈 수 없는 진리를 상징"하는 개념임을 알게 된다. 그 개념을 거론하며 저자 황해룡(무하 선생)은 이렇게 적고 있다.

> 현주는 아름다운 여인이다. 순수하고 풀잎 같은 여인이다. 많은 사람들이 모두 그녀를 만나고 싶어했다. 그러나 지금까지 아무도 만난 사람이 없고 홀로 짝사랑만 하다가 죽어갔다. _ 100쪽

그러니까 현주는 보이지 않는 진리의 상징을 황 교수가 여인의 형상으로 가리켜 재명명한 것이다. 여기에 무슨 문제가 있는가? 마침 동양철학자 신정근 교수의 풀이가

있으니, 그걸 읽어 보기로 하자.

> 황제黃帝가 여행하다가 현주(玄珠·검은 구슬, 道를 비유한 단어)를 잃어버렸다. 그는 그것을 찾기 위해 척척박사인 지知, 눈이 아주 밝은 이주離朱, 말솜씨가 뛰어난 끽후喫詬를 보냈지만 모두 실패했다. 그러나 형상도 없고 멍청하기로 이름난 상망이 현주를 찾았다. 지 등은 모두 자신의 관점에서 현주를 찾으려고 했다. 하지만 상망은 모든 것을 내려놓았기 때문에 못 찾을까 초조해하지 않았다. 다른 사람이 먼저 찾을까 애달아하지도 않고 어떻게든 찾아야만 한다는 고집 또한 없었다. 이렇게 보면 상망이 현주를 찾은 것이 아니라 현주가 상망을 찾았다고 볼 수 있다. 여기에는 지식이나 밝은 눈, 말솜씨만으로는 도를 찾을 수 없다는 의미가 들어 있다. 더불어 인위적인 것으로는 자연의 이치인 도를 찾을 수 없다는 의미도 담겨 있다. _신정근, 〈장자 9. 조용히 앉아서 모든 걸 잊으시게나〉, 《매경이코노미》, 1751호, 2014.4.1.

글에 의하면 현실적 능력의 소유자는 현주를 찾는 데 실패하고, "멍청하기로 이름난 상망"이 찾았다고 한다. 전자는 왜 실패했을까? "지 등은 모두 자신의 관점에서 현주를 찾으려고 했다. 하지만 상망은 모든 것을 내려놓았기 때문에 못 찾을까 초조해하지 않았다"고 필자는 말한다.

이 풀이는 무하 선생의 태도를 이해하는 데 의미심장한 단서를 제공한다고 할 수 있다. 즉 무하 선생은 없는 것을 있는 것으로 만들어서 찾았다는 점이다. 그것은 '지', '이주' '끽후'가 한 방법과 같은 계열(이를 '식자의 계열'이라고 하자)에 속한다. 없는 것을 있는 것으로 착각하는 것, 그것이 무하 선생의 기본 태도라는 것은 그가 "유일하게 이뻐하며 거두는 장닭을" "봉새의 현신이라니 뭐니 하면서 저는 굶어도 때때마다 챙겨 먹이며 신줏단지 모시듯 하는"(98쪽) 데에서도 알 수 있다. 그에 비해서 그 장닭이 병든 것 같고, "복날도 되고 해서 보신 좀 하려고" 삶아 먹은, 무하 선생의 산거를 지켜 주던 노인은 '상망'에 가깝다.

여기까지 읽으면 철학자 무하 선생의 어리석음이 명백하게 보인다(그러나 여기에 한 가지 트릭이 끼어 있다. 그 점에 대해서는 다시 말하기로 한다). 현자의 사상은, 진리를 드러내려고 할수록 진리는 시정의 하찮은 잡물들로 변신해 번잡해진다는 결과로 귀착한다. 결국 진리를 쪼잔하게 만드는 짓이다.

이제 독자는 천세의 자살을 이해할 수 있다. 그가 무하 선생을 따라 도의 원리를 실천하려 할수록, 그에게는 시정의 요구가 더욱 증가할 것이다. 그 증가는 도의 혼잡도를 증폭시킬 것이다. 그가 성실하면 할수록, 그것은 더욱 그랬을 것이다. 도의 엔트로피의 폭주 앞에서 그는 손을 놓지 않을 수 없었을 것이다.

성자의 철학은 어떠한가? 분명 '인실'은 대평을 처음 만나는 순간부터 그에게 감화를 주었고, 대평으로부터는 영감을 얻었다. 그러나 그들의 만남은 연애 관계로 발전하지 않았다. 대신 인실은 타인들의 고통과 곤란을 보살피는 봉사자로서의 삶을 살게 된다. 그녀는 그런 삶 자체에 철저하여 그런 삶이 자칫 배반당할 수 있다는 것까지 알게 된다. 그러나 그럼에도 불구하고 그녀는 자신이 선택한 방향을 더욱 밀고 나간다. 인실은 그가 속한 순수한 봉사자의 삶에서조차, "인간관계에서 생겨나는 갈등의 문제가 제일 어려"웁다는 것을 알게 된다. 그래서,

> 몸을 부려 일을 열심히 하는 건 얼마든지 하겠는데, 동료들 간의 미묘한 감정적 알력, 서로 견주며 자신의 우월함을 확인하려는 마음, 공동 작업에서 일이 잘 안 풀리면 생겨나는 남에 대한 원망 따위로 속을 끓이고 나면 기도도 잘 안 되고, 내가 이럴 바엔 어쩌자고 하느님께 수도자의 서약을 했을까 싶을 때가 있어요. _ 89쪽

라고 탄식한다. 이 말을 들은 혜윤이 인실에게 "평범한 삶"

으로 복귀할 것을 권유한다. 그러나 그녀의 대답은 단호하다.

아, 아녜요 그건 그렇지 않아요. 저는 이미 기도 속에서 하느님께서 저를 어떻게 쓰기를 원하시는지를 알았어요. 좀 전에 말씀드린 것처럼 이런저런 분심이 들어 마음의 평온을 잃을 때가 많지만, 하느님께서 제게 주신 은총의 선물인 봉사의 능력은 제가 그분께 부르심을 받았을 때의 상태를 유지할 때 가장 효과 있게 쓰이리라는 믿음만은 변함이 없기 때문에 다른 형태의 삶은 생각할 수가 없어요. 다만 제가 하느님께서 선물해 주신 믿음의 은총을 자만하여 분수에 맞지 않는 생각에 빠져들거나 나도 모르게 사람들을 거짓 겸손과 거짓 애정으로 대하는 위선적인 생활을 하게 될까 봐 두려운 거죠. _ 89~90쪽

혜윤과 인실이 이 대화를 나누는 동안, 혜윤은 두어 번 대평을 흘낏 본다. 그렇다는 것은 건달의 태도와 인실의 태도를 무의식적으로 비교하고 있다는 것을 가리킨다. 과연 몇 쪽 지나 대평은 자신의 삶의 태도를 밝히는데, 이는 인실의 그것과 뚜렷이 구별된다. 대평이 만수 강아지를 떠맡아 키우는 일을 언급하면서,

우리 집에 저놈의 강아지를 갖다 놓으면 내가 팔자에 없는 애완동물에다 만수까지 먹여 살려야 할지 모르니까, 차제에 혜윤 씨네도 아파트 생활을 청산하고 단독주택으로 옮기는 게 어떨까요? 우리 옆집도 세 내놨던데…. 그래서 강아지도 키우고, 토끼도 키우고, 상추도 좀 심어 먹고 그러면 좀 더 환경친화적인 삶이 되지 않을까요? 뭐, 환경운동이 별겁니까? _ 95~96쪽

라고 말한다. 독자는 인실의 '자애주의'와 대평의 '자연주의'(자연스럽게 살자는 주의라는 뜻으로 썼다)의 뚜렷한 대조를 읽을 수 있다.

그렇다면 건달의 관점에서 인실의 문제는 무엇인가? 방금 인용한 대목에 단서가 있다. 인실의 인식과 태도 사이에 모순이 있다는 것. 인식에서 인실은 수도자들 또한 인간임을 인정한다. 그러나 태도에서 수도자로서의 그녀는 보통 사람들 너머에 있다. 이것이 모순이다. 인실도 그것을 모르지 않는다. 자신이 자칫 "믿음의 은총을 자만하여" "거짓 겸손과 거짓 애정으로 대하는 위선" 속에 빠져들 수 있다는 것. 그러나, 그것을 알고 있음에도 불구하고 존재론적 상황은 그녀에게 끝없는 주의를 요한다는 준칙 외에는 그녀에게 줄 것이 없다. 그리고 그러면 그럴수록 그녀는

더욱 더 인간 너머의 자리로 옮겨가게 된다. 봉사자로 살기 위해 봉쇄 수도원으로 들어간 것은 결국 자신을 세상으로부터 봉쇄하는 결과를 맞이하게 하는 것이다.

한 사람의 경쟁자가 더 있다. '호야 이모.' "여자 신선이란 게 있으면 저렇지 않을까 싶게 천년만년 살 것 같던 그분."(181쪽) 스스로 "신체적 장애"를 가지고 있으면서도 "미혼모 재활원"에서 봉사한 조산원으로 "구완의 여신"으로 불리다 "구원의 여신"으로까지 격상되었고(195쪽), 사회적 문제가 있을 때마다 운동의 앞장에 선 행동가, 자연농법의 실천가였다. 그리고 입적을 대비해 모든 것을 정리했고, "'산과요결産科要訣'이라고 제목 붙여진 진료노트 (…) 신구약 성경의 어떤 부분들을 필사하면서 자기 생각을 적어놓은"(199쪽) "영적 독서의 기록"(199쪽)을 남겼다. 호야 이모는 다른 사람에게 선물만을 주었다. 대평은 그녀를 "시들지 않는 해바라기 같은 사람"으로 생각한다.

햇빛이 있을 때나 없을 때나 한결같이 향광성이라 이처럼 응축되고 그늘을 품은 눅눅한 상태의 모습을 보인 적이 없었다. 그녀는 신체적 장애를 지니고도 못하는 일이 없을 정도로 다재다능하고 활동적이었으며, 성품이 부지런하고 명랑하여 주변에 늘 도움과 편안함을 주었다. 그리고 무엇보다 신분, 성별, 나이에 관계없이 누구 앞에서도 당당하여, 비록 그 특이한 외양이 시속時俗의 편견을 더러 불러일으키 긴 했지만 아무도 낮잡아 보지 않았다. _214쪽

그러나 대평은 그녀를 《고백록》의 성자 '아우구스티누스'와 더불어 "두 사람 모두 험난한 오지의 길을 가다가 부상을 입고 쓰러져 구조의 손길을 기다리는 순례자처럼"(215쪽) 느낀다. 이 느낌은 최종적으로 아우구스티누스와 '호야 이모'가 모두 몰입한 '렉시오 디비나', 즉 성독聖讀에 얹힌다. 그 의미는 복합적이다. 한편으로 그것은 성독의 결과로 크게 다친 한 학생의 일화로 뻗는다.

"착한 사람 요나"의 고난(210쪽) 이야기, 요나서를 열심히 읽은 한 학생은 "한때 복서 지망생"이었음에도 불구하고 "폭력배들에게" "전혀 맞서 싸우지 않고 일방적으로 두들겨 맞아 더 심한 부상을 입고" 병원에 입원한다. 왜? 바로 "렉시오 디비나! 그 아이는 이른바 성독聖讀을"(211쪽) 했던 것이고, 그 가르침을 그대로 실천한 것이다. 그리고 그 결과는 자신의 입원이다. 대신 세상의 폭력과 불행의 양이 줄어들었다는 정보는 없다. 바로 이 때문에 '호야 이모'는 자신의 독서 노트에 이런 기록을 남겼다.

당신의 사랑은 그렇게 고통으로밖에 오지 못하는 것입니까. 말씀해 주십시오! 정녕 고통이 당신의 사랑입니까.

_ 213쪽

바로 이것이 "구조의 손길을 기다리는 순례자"처럼 그를 느끼게 한 이유이다. 그러나 동시에 '렉시오 디비나'는 구원에 이르는 유일한 통로이다. 그것을 멈출 수는 없다. 그것이 두 번째 의미이다.

지금까지 건달 사상의 경쟁자들의 양상을 보았다. 경쟁자들의 기능은, 건달 사상 해명의 필연성을 부각시키는 일이다. 겉으로 보아 기능적으로 더 풍부하고 질적으로 더 우수한 것으로 보이는 성자(현자)의 사상은 심각한 한계를 노출하였다. 그 한계들의 양태는 다양할 수 있지만 기본 구조는 하나라고 말할 수 있다. 즉 일반성 혹은 보통 사람들과 자신의 분리를 통해 동력을 얻게 된다는 것, 또한 바로 그로 인해 현실에 그렇게 충실함에도 불구하고 현실의 구성에 참여하기 어렵다는 것. 더 축약해 말해, 비현실적으로 현실에 개입하는 그 작동의 형식이 문제이다(자세히 풀이되지 않은 '구석희'의 경우에도 이 형식이 작동했음을 독자는 쉽게 알 수 있으리라).

4. 절정 : 건달의 철학을 구성하는 요소들 또는 근접인식사건들

건달 이야기에서 절정이 있다는 것은 어색하다. 절정은 있되, 거기는 움푹 들어갔다. 차라리 '위기'의 대목들이 절정에 가까운 파고로 요동친다. 그러나 그럼에도 절정은 분명히 있다. 건달 사상을 향해 간 모든 도정이 모종의 결론으로 수렴되는 극적인 계기가 있다. 그 계기들은 경쟁자들이 아니라 동행자들로부터 나온다. 아니, 좀 더 정확하게 말한다면 동행자들을 경유해서 나온다.

먼저 유념해야 할 것은 모종의 결론이 나온다 하더라도, 그것이 건달 사상의 전모를 명쾌하게 밝혀 줄 수는 없다는 점이다. 왜냐하면 그렇게 하는 건 '무위도식'을 핵심으로 하는 건달 사상에 어울리지 않기 때문이다. 건달 사상은 미정의 상태로 복수의 양상들과 형식들에 의해 암시될 수 있을 뿐이다. 이 소설의 절정이 에베레스트처럼 솟아오른 게 아니라, 크레이터의 모습으로 들어갔다고 말한 소이이다.

이에 이어서, 또 하나 유념해야 하는 건, 바로 양상과 형식의 복수성이다. 건달 사상이 암시적으로 투영되는 만큼 그것은 '근접인식사건'들을 거울로 삼는다. 그 거울은 반투명 거울이다.

우리가 지금은 거울에 비친 모습처럼 어렴풋이 보지만
그때에는 얼굴과 얼굴을 마주 볼 것입니다.

_ 〈코린토인 신자들에게 보내는 첫째 서간〉, 13장 12절, 《성경, 신약》,
한국천주교중앙협의회, 2005, 393쪽

라고 말하듯 말이다.

'근접인식사건'들의 기능은 무엇인가? "그러므로 이제
믿음과 희망과 사랑 / 이 세 가지는 계속됩니다. / 그 가운
데에서 으뜸은 사랑입니다."(같은 서한, 13장 13절)라고 성경에
서 말하듯, 그것은 독자에게 믿음과 희망과 사랑을 주고,
또 부추기는 일이다. 다시 말해 건달의 철학을 완성하는 일
이 독자에게 이월된다는 것이다. 좀 더 정확히 말하면, 이
월의 순서는 아래와 같다.

작가 → 화자, 대평 → 근접인식사건들의 주체들 → 독자

이 선결 이야기가 사실은 '절정'부의 본-이야기일 수
있다. 하지만 표면 이야기들(근접인식사건)을 거쳐 가야만 이
것이 온전히 이해된다. 이는 또한 "믿음과 희망과 사랑이

계속"되어야 한다는 뜻을 함의한다.

'근접인식사건들'의 첫 번째는 '천세'의 죽음이다. '천세'는 대평과 절친이고 유사한 생각을 공유했으나, 사는 양상은 정반대였다. 그의 자살은 대평과 혜윤으로 하여금 '무하 선생'을 찾아가게 한다. 독자는 이 사건으로부터 천세의 자살 원인을 찾을 수 있었다. 그러나 '천세'의 기능은 여기서 그치지 않는다.

앞 절에서 무하 선생의 모순을 풀이하는 데 증거를 제공한 '한 노인네'가 있었음을 보았다. 그 노인네는 어디서 온 누구인가? 작품에서 이런 우연은 결점에 해당한다. 그러나 여기에 숨은 비밀이 있다. 무하 선생을 조롱하듯 말하던 노인네가 실은 무하 선생 자신이라는 것이다.

> 혜윤이 [책의] 겉표지의 날개를 들춰 보이는데 그곳에 낯익은 얼굴이 하나 박혀 있었다. 화산의 초당에서 만난 그 늙은이, 자기 할 말만 마치고 낚싯대를 챙겨 들더니 온다 간다 말도 없이 반대편 산기슭으로 사라져 버린 그 노인이었다.
> _99쪽

그렇다면 무하 선생은 분열적 존재이다. 세상에 그 이름으로 드러날 때 그는 현실적 영향력을 발휘하는 존재이다. 이때 그는 앞에서 본 '식자'의 계열에 속한다. 그러나 그는 자신의 오류를 알고 있었다. 그래서 산 속으로 달아났다. 그래서 과거의 자신을 비판하는 다른 존재가 되었다.

달리 말하면 무하 선생은 자신을 죽이고 새로 태어났다. 이것이 실제의 죽음을 면하는 일이었다. 그 점에서 무하 선생은 천세의 이전이자 동시에 천세의 이후이다. 천세가 모순 속에 포박된 무하 선생이라면, 무하 선생은 자살강박을 극복한 천세이다.

이러한 구도는 건달의 동행자의 또 다른 기능을 알려준다. 동행자는 경쟁자와 무관한 존재가 아니라, 경쟁자의 이본異本으로서, 경쟁자를 동반자 쪽으로 이동시킨다. 천세는 무하 선생의 이본이고 혜윤은 인실의 이본이다. 만수는 누구의 이본인가? '호야 이모'의 이본이다. 그 둘은 실천성을 공유한다. 실천철학을 말하지 않고 그냥 실천한다. '구석희'의 이본은 없다. 그것은 경쟁자 집합에 '편차'가 있다는 것을 가리킨다. 동반자 쪽으로 이동할 수 있는 경쟁자가 있고 그러지 못한 경쟁자가 있다. 동반자 쪽으로 이동할 수 있는 경쟁자는 건달의 사상을 격상시킬 수 있는 무언가를 가지고 있어야 한다. '구석희'는 성실했으나 교수 자리를 위해 지도교수의 논문을 대필하였고, 지도교수에게 배신당했다. 사회의 일반성과 타협한 결과이다. 그것이 그 인물에 편차를 부여한다(사람이라고 말하지 말자. 만일 '구석희' 가 실존했던 사람을 모델로 한 것이라면, 그 사람의 운명은, 모든 사람에게 공 히 해당하듯, 어여쁘고 긍휼한 것이다. 다만 소설은 독자로 하여금, 인물을 통 해서 자신의 처신을 가다듬게 하는 것이다).

여하튼 이렇게 해서, 천세를 통해 무하 선생이 되살아났 다. 그의 부활은 경쟁자로부터 동행자로의 이동. 즉 현자 로부터 일상인으로 돌아오는 현상으로 나타난다. 대평과 만수가 무하 선생을 다시 만났을 때, 그는 모든 것을 기억 하고 있었고, 평범한 촌로가 되어 있었다(249~250쪽). 더 이 상 사람들을 피하지 않았고 스스럼이 없었다. 그런데 그의 태도는 궁상맞기 짝이 없었으나 또한 범상하지 않았다. 무 하 선생과의 두 번째 만남 사건의 요목들은 다음과 같다.

〔i〕 허무주의자 무하 선생이 내생을 말해, 대평과 만수는 놀란다.

〔ii〕 무하 선생의 이름이 장자 철학의 '무하유지향無何有之鄕'에서 따온 것임을 화자가 밝힌다('무하유지향'은 "아무것도 없고 어 디에도 없는 이상향을 가리킨다").

〔iii〕 대평이 무하 선생에게 천세의 화두였던 '시간의 흐름 여부'에 대해 묻는다.

〔iv〕 대평이 계속 질문을 던지지만 무하 선생은 대답하지 않는다.

〔v〕만수가 무하 선생에게 담배를 선물로 내놓자 무하 선생은 끊었던 담배를 피운다.

〔vi〕담배를 피우며 무하 선생이 "감탄을 연발"한다: "햐아 좋다! 아아 좋다! 무하유지향이 따로 없지, 지금 여기가 바로 거기 아닐까나… 크흐흐." _ 253쪽

이 요목들을 통해서 독자가 깨닫는 것은 다음과 같다.

첫째, '무하유지향'의 자리가 없는 곳에서 있는 곳으로 이동했다는 것이다. 〔ii〕와 〔vi〕을 연이어 놓으면 그 점을 알 수 있다. 이것은 본래의 황해룡 교수가 없는 것을 있는 것처럼 말한 것과 정반대의 방향에 놓인다. 황해룡의 저서는 없는 것을 '있지만 없다'고 말함으로써 실존의 환각을 부여한다. 그래서 사람들로 하여금 없는 것을 찾아 무한히 헤매게 한다. 반면 무하 선생의 끽연 탄사歎辭는 무하유지향이 지금 이 순간 실존하고 있음을 가리킨다. 이상향은 지금, 여기에 있다. 그것의 직접적인 뜻은 지금, 여기가 그 스스로 변화하고 있다는 뜻이다(없는 것이 있어야 하니까). 이것은 환몽을 찾아 헤매게 하는 대신에 일상의 발견과 실천 쪽으로 자세를 바꾸게 한다.

둘째, 그러나 여기에서 그치면 시중에 떠도는 사이비 인생통달론, 요컨대 개똥철학에 그칠 수 있다. 독자는 이 일

상선의 깨달음을 실제로 실현하기 위해서는 아주 촘촘한 실천들과 풍요한 세목적 사실들이 보태져야 한다는 것을 알 필요가 있다. 요컨대 "공덕 쌓아 기다리리"(향가, 〈풍요〉)라는 말을 쉼없이 되풀이하는 것과, 실제로 공덕을 쌓는 일은 천지 차이로 다른 것이다. 그러니 대평의 질문에 무하 선생이 대답하지 않는 것이다((iv)). "한 말씀만 하소서"라고 청할 때 예수가 끊임없이 비유를 사용한 것도 같은 이유일 것이다. 예수의 비유parabole는 '달리 말하는 것'이 아니라 '계시'이다(이에 대해서는 장-뤽 낭시, 《나를 만지지 말라》, 이만형·정과리 역, 문학과지성사, 2015를 참조하라). 즉 듣는 자에게 말을 주는 것이 아니라 행동을 부추긴다((v)가 역방향으로 그 사정을 비추고, (vi)이 독자를 유도한다). 이미 이 작품을 읽는 데 들일 길쭉한 시간도 그에 해당한다. 독서의 시간을 통해서 독자는 건달의 철학이 형성되어 가는 꽤 까다로운 과정을 추체험하는 것이다.

셋째, 건달과 성자(현자)의 대립을 앞에서 현실에의 개입 여부로 분간했다면, 이는 현실에서 이상향을 건설할 수 있느냐 없느냐의 문제로 치환될 수 있다. 그런데 이 문제는 여기에서 시간이 흐르는가, 흐르지 않는가의 문제로 재치환된다. 왜냐하면 현실에서 이상향을 건설할 수 있다는 성자(현자)의 믿음은 '시간이 흐른다'는 쪽을 편들 것이고, 건달은 그 반대일 수 있기 때문이다.

넷째, 그런데 독자는 방금 경쟁자가 동행자 쪽으로 변신하는 것을 보았다. 이는 이 작품 내의 관계가 변증법적이지 않고 음양적이라는 것을 가리킨다. 정과 반의 충돌이 아니라, 음양 사이의 교번交番 형태를 갖는다는 것이다. 그런 형태는 '시간의 흐름'에도 적용될 수 있다([i]의 장면이 등장하는 것은 그 때문이다). 이 깨달음은 독자를 대단원으로 이끈다.

하지만 아직 미처 말하지 않은 것이 있다. 동행자인 '혜윤'과 '만수'의 기능이 아직 밝혀지지 않았다.

'혜윤'에 대해서는 성姓의 부재라는 특별한 표지를 가지고 있다는 점을 이미 말했다. 이이가 왜 특별한가? 대평이 친구의 아내를 마음속으로 사랑했다는 증거인가? 물론 그럴 수 있다. "황하의 흙탕물" 앞에서 혜윤은 순간적으로 몸의 균형을 잃고 대평의 품에 안긴 적이 있으며(105쪽), 대평은 그걸 내내 잊지 못했다.

그러나 그것을 사랑의 사안으로 이해하는 것은 이 작품에 관여적이지 않다. 우선 천세와 혜윤 사이에 변별성이 없었다는 점을 먼저 상기해야 할 것이다. 천세와 혜윤은 출신이 다르다는 것(21쪽) 외에는 특성상의 차이가 없다. 천세가 철학 교수이고 혜윤이 시인이라는 차이는 사실상 그 둘이 비경제적인 직업에 종사한다는 공통점으로 읽는 것이 타당하다. 만일 이 점에 착안한다면, 혜윤은 천세의 죽음 이후 '인실'의 이본이 되기 전에, 천세의 복본이었다고 할 수 있다(그러니, 이렇게도 말할 수 있다. 姓의 부재는 性의 부재와 동의어이다).

그런데 천세는 죽었고, 혜윤은 남았다. 그렇다면 이 또 하나의 천세도 죽지 않을 수 있겠는가? 혜윤은 천세의 죽음 이후 여러 가지 사회활동에 뛰어들었다. 그것이 천세가 생전에 과로했던 것과 다른가? 그렇기 때문에 혜윤은 "황하의 흙탕물" 앞에서 비틀거렸던 것이다. 황하의 흙탕물은 천세의 잡무들과 동격이다.

과연 독자는 다음과 같은 결정적인 진술을 본다.

> 그는 더 이상 이 세상 존재가 아닌 반면 그녀는 여전히 이 세상 존재인 것이다. 이는 그녀가 이 세상에 계속 건재하기를 바랄 수 있다는 의미로, 이미 그런 바람 따윈 소용없게 된 천세와는 얘기가 달랐다. _ 121쪽

'혜윤을 살려야 한다.' 이것이 혜윤의 기능이다. 이 말의 정확한 의미는 이렇다: 건달의 동행자들을 살려야 한다, 그들에게서 구원이 나오기 때문이다. 혜윤은 천세의 복본

으로서 살아 있는 동행자들의 표본이기 때문이다. 이 말을 좀 더 이끌고 가면 건달이 아니라, 건달 곁의 동행자들이 건달의 사상을 실현할 수 있다는 말에까지 이른다. 우리는 이미, 이 동행자들이라는 거울을 통해서만 건달의 철학이 밝혀질 수 있다는 것을 보았다. 일단 그 거울은 흐릿한 거울이다. 하지만 그 거울이 '희망과 인내와 사랑'을 내장한다면, 그것은 스스로 밝아지는 거울이 된다. 그 점을 수락하면, 건달의 사상은 건달을 표방한 사람이 아니라 건달을 비추어서 건달의 모습을 형성해 가는 동행자들에 의해 완성되고 실현될 수 있다는 점도 이해할 수 있다. 건달은 끝끝내 자신을 모르기 때문이다.

따라서 이로부터 현실 안에서 스스로 살아가는 것만으로 건달 사상의 최대치의 가능성을 품은 존재를 가정할 수 있다. 과연 그를 만나게 된다. '만수'가 그이다. 만수는 천세와 혜윤 사이에 태어난 아들이다. 만수는 태어날 때부터 작품의 마지막까지 대평과 가장 "케미스트리"가 잘 맞는(69쪽) '거의 건달'이다. 다만 그는 생활력이 강하기 때문에 대평과 다르다. 독자는 금세 생활 속의 건달로서 만수가 등장했음을 짐작할 수 있다. 이 만수를 작품은 어떻게 묘사하고 있는가? 만수는 이본 경쟁자(호야 이모)와 직접적인 상호 영향을 갖지 않는다. 천세→혜윤→만수로 이어지는 선은 이본들로부터 멀어지는 선이기도 하다. 즉 직접적인 상호 소통에서 단순한 반영 관계로 변해 간다. 이것은 무엇을 암시하나?

우선 만수가 경쟁자와의 상호 교배를 통해서 태어난 존재가 아니라는 뜻을 갖는다. 실로 만수는 그냥 태어났다. 어떤 목적도 계획도 없었다. 천세와 혜윤이 함께 살다 보니 어쩌다 혜윤이 임신하고(22쪽) 결혼을 했고 애가 태어난 것이다. 무하 선생 제자로서의 천세와는 아무 상관이 없다. 그 점에서 만수는 사상 없는 순수 육체이다. 그가 나중에 기를 개 '베로'와 다를 바가 없다. 다만 만수는 '지적 생명'으로 태어난 덕분에 말하는 베로이고 생각하는 베로이다. 그 생각의 형식이 '순수 육체'에 가깝기 때문에 그는 생각 없이 생각한다. 그는 생각의 건달이다. 그런데 그런 만수가 건달 사상의 최대치에 도달할 수 있는 인물로 상정된다고? 실로 작가가 암암리에 그런 생각을 품었다는 것이 만수가 애를 가지게 된 사연을 통해 살그머니 드러난다.

만수와 동거하던 여친 사이에 애가 들어선 것이다. 그 소식을 전하면서 혜윤은 대평에게

설마 아저씨 믿고 일 저지른 건 아니겠죠? 그런 염치는 알
만한 애들인데⋯._257쪽

라고 토를 단다. 대평을 걱정하는 말이지만, 이 말을 진담
으로 받아들이면, 모종의 진실이 드러난다. 건달은 생각하
지 않는다. 건달은 남을 돌본다. 이것이 "건달의 쓸모". "쓸
모 없음의 쓸모"이다(259쪽).

　그렇다면 이것이 건달의 사상일까? 아니다. 이건 그냥
건달의 처신술이다. 그러나 여기에서 또 하나의 진실이 따
라 나온다. 건달 곁에 있으면 건달 아닌 건달들, 즉 생활
하는 건달들이 늘어난다. 이 말을 무슨 뜻인가? 혜윤과의
전화를 끊은 다음 대평은 "며칠간 골똘히 생각을 해"보고
다음과 같은 결론을 내린다.

염치를 알든 모르든 (⋯) 그 어느 날엔가 새 생명 하나가 만
들어졌다. 그렇다면 그 새 생명에 나도 책임이 있는 것이다.
화산에 무하 선생을 보러 가자고 했고, 무하 선생에게 선물
할 담배를 그 아이들이 준비하던 그날, 그 자리에 새 생명
의 인연이 비집고 들어왔을지 모른다. 알 수 없는 인연의 작
용으로 이 세상에 던져진 우리가 살아가는 시공간은 그러
한 우연을 가장한 필연의 순간들로 이어지는 것이고, 또 그

순간순간에 새롭게 생겨나는 시공간을 우리가 살아가는 것
이 아니겠는가. _ 257~258쪽

이 진술이 이 작품의 핵심적인 전언이라고 생각해 보자.
그냥 보면 이건 무상한 삶의 흐름의 확인이다. 그러나 건
달 철학의 추구라는 입장에서 보면, 이 진술은 아주 놀라
운 관점을 제시한다. 그것은 건달 사상이란 외부와의 교섭
없이 단성생식으로 존속한다는 이론(혹은 가설)이다. 그 이론
을 가장 강력하게 뒷받침하는 것이 천세와 혜윤의 정신적
동일성이다. 그들은 부부였다기보다 이란성 쌍둥이였다.
　아주 먼 옛날 최초의 생명은 세포의 자가분열로 증식했
다. 훗날 성의 구분이 일어나 유성생식으로 진화한 것은,
그것이 진화를 촉진하기 때문이라는 설명이 거의 기정사
실화되어 있다. 아마도 성 선택의 순간이 오늘날의 문명까
지도 기약하는 것이었을 수도 있을 것이다. 그런데 건달족
의 번식은 꾸준히 단성생식에 근거해 왔다는 내용을 저 진
술은 전음술로 건네고 있다.
　정말 그럴까? 그렇다고 치자. 건달은 스스로 건달을 낳
고, 그렇게 건달의 종족은 족보를 이어간다. 그러나 여기
에 한 가지 문제점이 있다. 만수는 건달이 아니다. 건달은

대평이다. 건달은 애를 낳지 않고, 건달 곁에서 자란 생활하는 건달이 애를 낳는다.

　대평이 죽으면 건달은 사라질 것이다. 다시 그러나. 대평이 죽는다고 건달이 사라지나? 생활하는 건달은 건달이 아닌가? 생활하는 건달은 다시 생활하는 건달을 낳을 것이다. 그렇다면 대평으로부터 만수로의 이행은 순수 건달에서 생활하는 건달로의 진화로 보아야 하는 것 아닌가? 그리고 그렇게 본다면, 대평도 실은 생활하는 건달이지 않았던가? 그저 놀고먹기만 한다고 했지만, 그는 끊임없이 남을 돌보는 일을 하지 않았던가? 그러니 이제 건달은 존재의 문제가 아니라 '함유량'의 문제가 아닌가? 더욱이 건달의 철학이 보통 사람에게서 구현되어야 한다는 게 이 작품의 실질적인 방향 설정이라면, 문제는 건달 아닌 사람들이 건달 성분을 얼마나 어떻게(어떤 성질로) 함유하는 게 중요하다는 얘기가 되지 않는가? 그러면 건달의 동행자들과 건달 사이의 구별은 사라진다. 건달과 동행자들이 아니라, 건달 성분의 함유량에 따라서, 건달1에서 건달n까지를 나열할 수 있을 것이다. 그리고 그럴 때, 경쟁자들, 즉 성자(현자)들은 건달의 철학을 형성하는 데 기여하는 게 아니라 단지 생각의 발달, 정지, 증진, 전환을 유도하는 표지판에 지나지 않게 된다.

물론 만수가 모든 것을 알려주진 않는다. 이미 말했듯, 건달의 사상을 최종적으로 압축하는 '절정'은 움푹 들어간 분지이다. 그 심연 안을 채우기 위해서는 다른 존재들이 필요하다. 독자여, 당신들이 그 사람들이다.

이로써 절정을 구성하는 인물들의 역할이 대충 정리되었다. 천세(무하 선생)는 건달 사상의 형식적 존재론을, 혜윤은 건달의 생존 이유를, 만수는 건달의 존재론적 대의를 각각 가리킨다. 물론 가리킬 뿐이다. 내용은 독자가 채워 넣을 것이다.

5. 대단원 : 건달의 문학사

마지막 작품, 〈오 흐름 위에 보금자리 친〉은 혜윤이 "공양주 보살"로 봉사하는 "휴심암"에서 화가, 물리학 강사, 노승 등의 술자리 장면을 전달하고 있다. 이들은 차와 술을 마시면서 '시간의 흐름'을 두고 열심히 토론을 한다. 대평은 그 자리에 끼어 이야기를 듣다가 술을 사오곤 하는 건달 행세를 여전히 하고 있다.

이 장면은 마치 지금까지의 모든 이야기들을 압축적으로 보여주고 있는 듯이 보인다. 그들은 대체로 '언술'로서만 존재하기 때문에 삶의 편린이 거의 드러나지 않는다. 아주 제거된 건 아니지만, 얼핏 보이는 생활의 모습도 이미 앞선 인물들에게서 이미 본 것이어서 별 의미가 없다.

다만 한 가지 차이가 있다면, 화가의 아내 정희-화가-물리 선생의 관계는 대평-천세-혜윤의 관계와 역대칭을 하고 있다는 것이 눈에 띈다. 앞선 이야기들에서는 건달 대평(그는 화가이기도 하다)이 독신이라면, 여기에서는 물리 선생이 독신이고, 화가와 정희가 부부이다.

이러한 작품 사실들은 두 가지 표지로 요약된다. 하나는 '휴심암' 일화가 대평을 중심으로 한 원본 '건달 이야기'의 응축본이라는 것이다. 다른 하나는 원본과 응축본 사이에는 역대칭적 관계가 만들어진다는 것이다.

첫 번째 표지의 의미는 무엇인가? 그것은 여기에서의 토론이 '시간이 흐르는가'에 대한 것임에 주의해야 이해할 수 있다. 이 물음은 원-이야기의 핵심 물음임을 앞에서 이미 보았다. 이 물음은 건달 사상의 존재 이유와 존재 방식을 압축하는 최종 물음으로 나타났다. 이 물음에 관한 탐구를 다시 요약적으로 보여주는 건 무슨 뜻일까?

'건달 이야기는 항구히 이어진다'는 점을 가리킨다고 하지 않을 수 없다. 좀 더 정확하게 말해, '건달 이야기는 건달 철학의 형성 의지 속에서 항구히 이어진다'는 것이다. 그렇다면 건달 이야기의 시간은 흐르는 것인가, 흐르지 않는 것인가?

지금까지 본 바에 의하면 건달 철학은 결코 완성되지 않는다. 다만 완성 의지를 타자들에게 이월할 뿐이다. 작가에게서 인물로, 인물에게서 독자로. 그런 점에서 '시간이 흐르는가 흐르지 않는가'에 대한 토론이 언제나 똑같은 화두 속에서 공전하듯, 건달 사상도 공전한다. 즉 여기에는 진보가 없다. 건달 철학이 '단성생식'을 통해서 나온다는 것도 이와 관련이 있을 것이다. 그러나 시간은 흐른다. 대평·천세·혜윤·무하 선생은 물리학 강사·화가·정희·노승이 아니다. 그 점에서 분명 시간은 흐른다. 이 시간의 흐름은 변화를 생성하지 않고 변이를 생성한다. 이것은 끝없는 거울 반사 놀이와 같다. 두 번째 표지 '역대칭'이 가리키는 것이 그것이다.

그렇다면 이 끝없는 변이 안에 진화는 없는 것일까? 필자는 그러나 대평에서 만수로 이어지는 선을 '진화'로 보았다. 아주 미세한 차이지만, 건달의 함유도에 변화가 있다고 본 것이다. 정확하게 말하면 생활 성분과 건달 성분의 합성률에 변화가 있다고 본 것이다. 그렇게 본 이유는, 우선 작품에서 그렇게 표현되어 있기 때문이다.

그러나 만수의 내용이 밝혀지지 않았기 때문에, 대평에 비해 생활 성분이 더 많은 만수가 대평보다 진화한 종이라는 추정은 아직 할 수가 없다. 그럼에도 불구하고 그것을 진화로 본 데에는 필자의 믿음이 개입되었기 때문이다. 그 믿음이 아주 엉뚱하지는 않다. 필자가 생각하기에 삶의 태도에 관한 인식은 인류가 다른 생물과 분리되어, 생명들을 포함한 지구 환경을 관할하기 시작한 때, 즉 '자의식'이 발생한 때와 동시적이다. 그때 인간은 자연을 대상화하여 개발하는 자신의 능력에 대해 자부심과 의심을 동시에 품기 시작한다. 즉 '어떻게 사는 게 타당한가'라는 물음이 시작된 것이다. 그리고 인류세에 갇혀 있는 동안, 이 물음은 특이점에 도달할 수가 없었다. 끊임없이 동일한 질문이 공전했을 뿐이다. 특이점에 도달하면, 인류세가 종결을 고할 것이다. 즉 인류는 지금까지의 인간-종의 상태를 탈출하게 될 것이다. 아니면 멸종하거나.

바로 그렇기 때문에 삶의 태도에 관한 질문은 지금까지 인류의 역사 속에서 한없이 축적되어 왔을 뿐, 변화하지 못한다. 이것은 두 가지 결과를 야기한다.

첫째, 삶의 태도에 관한 유형별 분류가 비교적 안정되면서 각 유형 및 유형들의 관계에 대한 수많은 물음과 주장들이 축적된다. 건달의 철학도 마찬가지다. 모든 건달의 철학이 삶을 '순수 반성'으로 되돌리는 데에서 출발한다는 공통성을 갖는다면, 그다음의 태도에 대해서는 무수한 변이가 일어나면서 또한 각각의 대답들이 반복적으로 되풀이된다. 마치 비교적 유한한 색깔을 가진 돌멩이들이 무작위적으로 한없이 쌓이듯이 말이다. 그 각각의 타당성을 말할 단계는 아니다.

여하튼 이로부터 우리는 건달의 문학사를 쓸 수 있을 만큼 저 옛날부터 건달에 관한 숱한 일화들을 만날 수 있다. 디오게네스를 비롯하여 거지-교수였던 토마스 플라터 Thomas Platter le vieux 같은 실존 인물들, 니코스 카잔차키스의 소설 속 인물 '희랍인 조르바', 혹은 박태원의 '구보'씨, 소설과 실존을 한꺼번에 구현한 이상李箱, 건달의 어원에 해당하는, "힌두교와 불교 신화에 등장하는 건달바"(258쪽), 《반지의 제왕》의 '간달프Gandalf'. 가상과 실존에 관계없이 수많은 건달형 인물들이 인간 정신의 파노라마 위로 나타났다 사라지기를 한없이 되풀이해 왔다. 그들은 모두가 나름대로 진실하고 핍진한 건달의 삶을 보여주었다. 그럼에도 불구하고 그들의 종합판은 없다.

둘째, 바로 그렇기 때문에 삶의 태도에 관한 기본적인 관점은 누구에게나 익숙한 것이 된다. 바로 이로부터 건달의 철학을 전유했다는 환상과 만인에게 전파하고자 하는 순진하거나 실리적인 욕망이 들끓는다. 이른바 사이비 인생통달론, 즉 '개똥철학'들이 난무하게 되는 것이다. 특히 건달 사상의 출발점이 순수 반성, 즉 '비움'에서 비롯되는 것이기 때문에 그 살며시 감추어진 염결성은 강력한 마약으로 군중을 현혹한다.

구자명의 소설은 어쩌면 바로 건달 철학을 개똥철학으로부터 구해내기 위해서 고안된 것인지도 모른다. '천세의 자살과 '무하 선생'의 변신의 궤적을 더듬어 보면 그런 짐작에 점수를 더욱 주고 싶어진다.

그러나 그보다도 문제는 이 건달의 문학사가 궁극적으로 인류세의 질적 쇄신에 바쳐질 수 있는가이다. 그 여부가 결국은 인류세에 특이점이 발생할 시점에서 인류의 생존 여부를 결정지을 것이다.

그렇다면 똑같은 물음들의 공전이라 하더라도 그 쇄신 쪽에 내기를 걸어야 하지 않겠는가? 다시 말해, 특이점에

도달하지 못한 건달 사상들의 양적 축적 자체가 다행한 특이점을 맞이하기 위한 준비가 되어야 하지 않겠는가?

그런 생각이 대평에서 만수로 이어지는 선을 '측정되지 않는 진화'라는 쪽으로, 패를 던지게 하는 것이다. 앞에서 언급했듯이, "믿음과 희망과 사랑"의 정서를 담고.

그리고 그것은 얼마간 윤리적인 정당성을 가지고도 있다. 앞에서 자세히 보았듯이 건달의 철학은 성자(현자)의 철학에 비해 생산성이 떨어지지만, 그 존재론적 형태학에서 그들을 앞서 나간다. 중요한 것은 성자(현자)들을 수없이 받들어 모시는 것이 아니라, 그들이 보여준 양질의 삶의 내용들을 보통 사람들 스스로가 실현하는 것이다. 그것이 건달 철학의 존재론적 대의라 할 수 있을 것이다. 당연히 그 대의는 성자의 대의, 현자의 대의를 능가한다. 이것이 얼마나 소중한 것인가를 알려주는 일화들은 문화사의 여러 곳에 산재해 있다. 가령 원효가 해골물을 마신 후, 유학을 포기하고 돌아와 저잣거리의 승려로 살게 된 경위를 생각하는 것만으로도 쉽게 이해할 수 있다.

《희랍인 조르바》를 읽은 독자라면, 조르바를 찬송하기보다는 조르바로서 살아야 하는 것이다. 그것도 작품 속의 조르바를 발판으로 자기만의 조르바를 이뤄야 하는 것이다. 그래야만 소수의 선지자가 아니라, 인류 전체가 상승의 궤적 위로 오를 것이다. 어쩌면 '구원'이라고까지 말해야 할지도 모른다. 오늘날의 처참한 정신 환경과 위협적인 물리 환경을 생각한다면 말이다.

구자명의 소설은 그에 대한 자각과 더불어 건달의 속성들이 치밀하게 구상되어야 하며, 또한 그렇게 하게 되었다 하더라도 그걸 실제로 실천하기란 여간 어려운 일이 아님을 절감케 한다. 그 대부분은 오로지 결여로서 독자에게 넘겨져 있다. 필자가 이 소설의 절정을 '움푹 파였다'고 말한 까닭이 거기에 있다.

그러나 자각은 새 하늘을 보는 사건과 같은 것이다. 새 하늘을 본 사람은 결코 그것을 잊지 못하고, 그걸 몰래 가려 버린 구름을 뚫고 기어이 다시 보려고 한다. 구자명의 소설을 읽는 순간 대부분의 독자는 그 마법에 걸려들고야 말리라.

건달의, 건달에 의한, 건달을 위한
이야기를 펴내며

흐름 위에 보금자리 친
오 흐름 위에 보금자리 친 나의 魂…

공초 오상순의 시 〈방랑의 마음〉을 여는 첫 연聯이다. 나는 아버지가 그분을 스승으로 모셨던 특별한 인연 덕분에 오랜 세월 이 시구를 마음 한 귀퉁이에 품고 살아왔다. 아주 어려서부터, 그러니까 1963년 공초께서 입적하시고 아버지의 서가에 위 시구가 새겨진 유택의 시비를 찍은 흑백 사진이 놓이고부터라고 할 수 있겠다. 그렇게 '오 흐름 위에 보금자리 친'이란 문구는 하나의 선연한 이미지처럼 내 마음의 망막에 각인되었다.

그 당시 나는 강변 마을에 살던 취학 전 아동이라 자고 새면 집 뒤편 강가에 나가 노는 게 일이었다. 나이 차이가 많이 지는 오빠들이 서울로 유학 가 있어 대체로 외톨이였던 나는 함께 놀던 동무들이 제 형제들끼리 돌아가고 난 다음 땅거미가 짙어진 무렵에야 혼자서 선창가 언덕길을 되짚어 귀가하는 적이 없지 않았다. 낮시간 동안 빨래하는 아낙들, 인근 소시장 장사꾼들, 그들을 강 건너로 태워다 주는 나룻배 사공들, 선창가 밥집 손님들로 북적였던 강나루에는 어느덧 적막이 감돌고 노을도 거의 사위어 버린 즈음이었다.

그럴 때면 나는 왠지 칠백 리나 흐른다는 그 강이 하루 서너 번씩 저 멀리서 연기를 뿜으며 철교를 통과하는 검은 기차처럼 가속도를 내어 어디론가 빠르게 이동하고 있는 거대한 괴생명체처럼 느껴졌다. 좀 무서웠지만 나는 언덕바지에 다다르면 꼭 뒤돌아서서 그것이 아직 사라지지 않았는지 확인하고 걸음을 떼었다. 빠르고 소리없이 흐르는, 크기도 깊이도 알 수 없는 거대한 존재…. 내게 해 진 뒤의 강물은 그런 것이었다. 어디서 오는지 어디로 가는지 모르지만 항상 움직이면서도 거기 머물러 있는 존재….

그리고 어느 날 아버지의 책꽂이에서 '오 흐름 위에 보금자리 친'이란 글귀를 보았을 때 내 머리에 떠오른 이미지는 다름 아닌 그 강물이었다. 어린아이가 무얼 알았겠는가. 그냥 본능적 감각이 그러했고, 그 감각은 나중에 성장하면서 인간에 대한 어떤 인식으로 연결되었다. 주변에 유난히 예술가형 인간이 많은 환경에서 자라난 나는 그들이 자신의 예술에 골몰한 나머지 외양적으론 건달과도 같은 삶을 영위하는 경우를 흔히 접했다. 그 외에도 비슷한 과科로 분류될 만한 철학자형 또는 종교가형 인간들을 근거리에서 살펴볼 기회 또한 적지 않았다. 이들은 대체로 현실지향적이 아니며, 어쩌다 현실을 생각할 때조차 거기에 머물게 될까 저어하는 특성을 지닌 듯했다.

그런데 중년기로 접어든 어느 시점에 나는 별나다고만 생각했던 그들이 나와 별다른 존재가 아니며, 그들과 함께할 때 내가 가장 나 자신으로 있을 수 있다는 사실을 문득 깨달았다. 내가 어느 별에서 왔나 했더니 건달별에서 왔구나, 하는 식의 존재론적 인식. 그것이 나로 하여금 첫 건달 소설인 등단작 〈뿔〉을 쓰게 했다고 이제는 말할 수 있겠다. 이어 25년에 걸쳐 띄엄띄엄하게나마 건달 시리즈를 계속 쓰게 만든 것도 살면서 나름의 진화가 진행되고 있다고 여겨진 그 인식이었다.

최근 들어 고민하게 된 인식의 요체는 이것이다. 시간의 흐름에 우리, 건달들은 어찌 대처할 것인가? 시간은 우리의 존재론적 선택에 따라 흐름의 빠르기를 달리한다. 때론 시간이란 게 과연 존재하는가 싶게 묘연한 흐름으로 다가오기도 한다. 그 흐름 위에 우리의 생은 어떻게 '보금자리 칠' 것인가? 내 문학 여생의 과제로 안고 갈 생각이다.

건달 연작 1·2편이 실린 나의 첫 소설집 《건달》을 나무와숲에서 펴낸 지 20년이 되었다. 긴 세월 묵묵히 기다렸다가 정리하여 마침내 후속작 네 편을 통합한 연작 장편 형태의 출간이 성사되니, 나무와숲 최헌걸 대표의 우의와 이경옥 주간의 배려에 감사할 따름이다. 건달 소설의 첫 단추를 꿰게 해주신 윤후명 선생님을 비롯한 몇 분 선배 작가님들, 게으른 사람이 여기에나마 당도하는 동안 외롭지 않게 함께해 주신 뒷북소설 동인들과 미니픽션작가회 글벗들께 새삼 고마운 정이 솟는다. 정겹고 살뜰한 추천사를 써주신 노순자 선생님과 권여선 작가께는 해묵은 사랑을 어찌 전해야 하나 싶다. 가장 바쁘신 시기에 졸작 해설의 '미션 임파서블'을 기꺼이 수행해 주신 정과리 평론가님께 크게 빚진 마음이다. 앞으로 보다 진화한 작품들로 보답할 수 있기를 소망한다.

철나기 전부터 건달 존재론에의 영감靈感을 나도 모르게 베풀어 주신 '대선배' 건달 공초 오상순 선생님께 깊은 경의를 표한다. 세상의 모든, '건달' 정체성을 존재의 근간으로 하는 동류同流들과 그 지음知音들에게 무한 응원을 보낸다. 그들 덕분에 이 각박한 세상이 조금은 여유로워지는 쪽으로 선회할 수 있지 않을까, 순진한 기대를 품어 보며….

계묘년 초,
봄으로 열린 터널을 가며.
구자명

구
자
명

1950년대 후반, 한국전쟁의 상흔이 뚜렷이 남은 낙동강 철교가 바라보이는 강촌에서 태어났다. 어릴 적부터 생성과 소멸이 끝없이 반복되는 강물을 보며 문학과의 인연이 시작되었다. 성장한 후에도 인간 실존에서 유사한 패턴을 감지하고 그 느낌과 생각을 표현하려는 이런저런 시도를 하다가 소설을 쓰게 되었다.

1997년 계간 《작가세계》를 통해 단편 〈뿔〉로 등단했다. 사십 세에 출발한 늦깎이임에도 이후 띄엄띄엄 작품을 써왔다. 오십 대 들어 촌철살인 형식의 미니픽션에 매력을 느끼면서 그 장르 작품 활동 또한 이어오고 있다.

쓴 책으로 소설집 《건달》, 《날아라 선녀》, 미니픽션집 《진눈깨비》, 에세이집 《바늘구멍으로 걸어간 낙타》, 《기억과 망각 사이》 등이 있다.

한국가톨릭문학상, 한국소설문학상을 수상했다.

구자명 연작 장편

건달바 지대평

초판 1쇄 찍은날 2023년 3월 2일
초판 1쇄 펴낸날 2023년 3월 6일

지은이 구자명

펴낸이 최윤정
펴낸곳 도서출판 나무와숲 | 등록 2001-000095
주   소 서울특별시 송파구 올림픽로 336 910호(방이동, 대우유토피아빌딩)
전   화 02-3474-1114 | 팩스 02-3474-1113
e-mail : namuwasup@namuwasup.com

ⓒ 구자명 2023

ISBN   978-89-93632-90-3   03810